Bibliografische Information der Deutschen Nationalbibliothek
Die Deutsche Nationalbibliothek verzeichnet diese Publikation in der Deutschen Nationalbibliografie; detaillierte bibliografische Daten sind im Internet über http://dnb.d-nb.de abrufbar.

FSC
www.fsc.org
MIX
Papier | Fördert gute Waldnutzung
FSC® C014496

Text: Karin Müller
Karin Müller wird vertreten von Agentur Brauer
Covergestaltung: Max Meinzold
Satz: Müjde Puzziferri, MP Medien, München

978-3-8458-4459-6

www.arsedition.de

Karin Müller

ASHWOOD ACADEMY

Das Geheimnis des Phönix

arsEdition

Kapitel 1

Ich schlage die Augen auf. Die Sonne scheint in mein Krankenzimmer und auf dem Nachtkästchen steht ein Strauß Blumen mit einer großen Tafel Schokolade und einer Genesungskarte.

Ich brauche einen Moment, bis mir wieder einfällt, was geschehen ist und wo ich mich befinde. Mein linker Fuß hilft mir dabei ziemlich direkt auf die Sprünge. Ein stechender Schmerz jagt nämlich in mein Hirn, als ich mich in den Laken zurechtschiebe. Richtig, den Fuß habe ich mir auf der Flucht vor den Steintrollen verstaucht. Als ich Silva gerettet habe – eine echte Waldnymphe. Und das alles zusammen mit meiner Mitschülerin Zoe, die sich überraschend als echte Freundin in der Not herausgestellt hat. Dann hat uns noch mein Dad Feuerschutz gegeben – und zwar wortwörtlich: mit einem spektakulären Flammenwerfer!

Absolut gar nichts ist jetzt noch, wie es bis vor Kurzem schien! Das klingt alles viel zu verrückt, um wahr zu sein, oder? Stöhnend angle ich nach dem Wasserglas auf meinem Nachttisch.

Ob ich das alles doch nur geträumt habe?

Vielleicht sollte ich noch mal um eine Ration dieses bitteren Sirups bitten, der so schön benommen macht. Mit diesem lila Zeug im Kopf klang das alles nämlich wesentlich weniger verworren und total glaubwürdig obendrein.

Die ganze Zeit hatte ich Angst, als unechte Baumläuferin enttarnt zu werden, und in der nächsten Minute behaupten alle ganz aufgeregt, ich sei eine Feuerwächterin, eine Schülerin des fünften Turms – des Feuerturms, der als Brandruine seit Ewigkeiten leer steht. So was Abgefahrenes würde ich niemals träumen. Auf so was kommt doch kein Mensch!

Die Schmerzen in meinem Fuß, die Verbände und den Brummschädel bilde ich mir jedenfalls definitiv nicht ein. Neugierig lasse ich meinen Blick durch den Raum schweifen.

Den Farben und Formen nach zu urteilen, befinde ich mich im gelben Turm – oder einem der dazugehörigen, in die Hügel gebauten Erdhäuschen. Möbel und Vorhänge sind in hellen Gelb- und Erdtönen gehalten. Alles wirkt irgendwie abgerundet und so heimelig, als wäre man zu Hause bei Familie Hobbit.

Ich nehme die Genesungskarte in die Hand. Alle meine Klassenkameradinnen und -kameraden haben unterschrieben.

Mit dem Finger fahre ich behutsam über den rauen Karton, und sofort stellt sich wieder dieses leicht duselige Gluckern von Glück und Abenteuer in meinem Bauch ein. Nein, kein Traum, ich bin wirklich hier – in Ashwood.

Diese in einem riesigen Wald versteckte, geheime Schule mit

ihren fünf Türmen ist mein neues Zuhause. Und die Academy ist gar nicht so schlecht, wie ich anfangs dachte.

Bin ich wirklich erst eine Woche hier? Es kommt mir wesentlich länger vor, dass mein Dad mich aus heiterem Himmel ins Nirgendwo geschleppt hat. Angeblich mussten wir wegen eines dringenden Hausmeisterauftrags umziehen. Aber in Wahrheit ist mein Dad gar kein Hausmeister, sondern ein … wie war das noch mal genau?

Der Meister der Häuser und unser erfahrenster medizinischer Berater, so nannte ihn die Rektorin, Peggy Ringwald. Allerdings ging es dabei nicht um menschliche Patienten, sondern um … oh …

Blutblättriger Hautkopf! So ganz genau weiß ich das immer noch nicht.

Mein Schädel brummt. Die letzten vierundzwanzig Stunden hatten es wirklich in sich. Ächzend schiebe ich mich in den Kissen zurecht und angle nach der Schokoladentafel. Dunkle Nuss hilft bestimmt ganz wunderbar gegen diese dröhnenden Kopfschmerzen. Woher kommen die eigentlich?

Da war dieser Angriff. Riesige, graue Steintrolle mit messerscharfen Zähnen hatten die Schule der fünf Türme gestürmt. Und zwar weil … Moment, hab's gleich. Ich wusste das doch, oder nicht?

Kauend breche ich mir ein weiteres Stück Schokolade ab. Aber es will mir nicht einfallen. Überhaupt, wenn mir jemand noch vor einer Woche erzählt hätte, dass Trolle, Faune und Nymphen wirklich existieren und dass ich … *Nymphen*! O nein!

»Silva!«, rufe ich laut. Kopfige Kernkeule, jetzt fällt es mir wieder ein! Die quirlige Waldnymphe ist von einem Prankenhieb schwer verletzt worden.

Auf dem Flur höre ich eilige Schritte. Die Tür geht auf und Tara Claybottom, die Leiterin des gelben Turms, streckt ein bisschen außer Atem ihren Kopf durch den Spalt.

»Ist da etwa jemand wach geworden?« Tara lächelt mich warm an und erinnert mich sofort wieder an eine gemütliche Kartoffel. »Guten Tag, Langschläferin. Wie geht es dir?« Sie kommt herein, befühlt meine Stirn und schüttelt mir das Kissen auf.

»Ich habe Kopfweh«, gebe ich zu. »Und mein Fuß sticht auch. Aber was ist mit Silva?«

»Nun, ich würde sagen, es geht ihr … den Umständen entsprechend gut. Wir – also die Kolleginnen – kümmern uns bestens um sie.« Die Lehrerin tut, als müsste sie meiner Bettdecke die volle Aufmerksamkeit schenken. Ich bemerke trotzdem, dass ihr Lächeln ganz kurz zittert.

»Wo ist sie? Kann ich zu ihr?«, frage ich beunruhigt und richte mich auf.

»Oh, nein, nein, nein! Aufstehen wäre im Moment keine gute Idee.« Sie versucht, mich zurückzuhalten, aber da habe ich bereits beide Beine aus dem Bett geschwungen und stehe auf.

Das heißt, ich versuche es – und scheitere.

Gnadenlos.

Mrs Claybottom hat recht, wie ich völlig überrascht feststelle. Der Boden unter mir fühlt sich an wie Gelee – was natürlich Quatsch ist. Es sind meine Beine, die versagen. Die Knochen darin scheinen über Nacht zu Gummi geworden zu sein und meinen verstauchten Fuß kann ich nicht belasten. Die Lehrerin kann mich gerade noch auffangen und hilft mir zurück auf die Matratze.

»Das vergeht, es sind nur die Nebenwirkungen des Sirups«, sagt sie sanft und steckt energisch die Decke um mich herum fest.

»Mach dir keine Sorgen, spätestens heute Abend bist du wieder in Ordnung.« Sie tätschelt meine Hand. »Versuch, noch ein bisschen zu schlafen.«

Kopfige Kernkeule noch mal! Geschlafen habe ich genug. Jetzt bin ich hellwach und tausend ungereimte Dinge fahren in meinem schmerzenden Schädel Karussell.

»Wo ist mein Dad?«, will ich zuerst wissen.

»Er war kurz hier, als du geschlafen hast. Nachher kommt er noch mal wieder. Er hat sehr viel zu tun. Die Aufräumarbeiten sind in vollem Gange und ...« Sie stemmt die Fäuste auf ihre molligen Hüften. »Liebe Sonne, mein schöner Kräutergarten sieht aus, als hätte eine Horde Trolle darin gewütet. Na ja, haben sie ja auch, aber die zarten Pflänzchen solltest du sehen! Oder besser nicht. Ganz zerzaust und platt getreten. Schlimm, oder?«

»Sehr«, sage ich artig. Dann sprudelt alles beinahe gleichzeitig aus mir heraus. »Wo sind denn die anderen? Benu und Zoe? Und Penelope? Oder Wanda? Was geschieht jetzt mit Ephne? Sind die Trolle wirklich weg? Was wollten die überhaupt hier? Und was war das für Feuerwerk aus Dads Wohnung? Was hat sein besonderer Patient damit zu tun?«

»Was denn für ein Feuerwerk? Das musst du dir eingebildet haben, mein Wurzelchen.«

»Nein«, widerspreche ich. »Ich habe doch genau gesehen, wie aus dem Fenster riesige Feuerfontänen geschoss–«

»Oh! So viele Fragen.« Tara Claybottom späht in den Flur und schließt dann eilig die Tür. »Und das, wo die Wände Ohren haben könnten ... Ich glaube, deine Fantasie und dein Erinnerungsvermögen haben grade richtig Spaß zusammen und spielen dir gemeinsam Streiche.«

Sie zwinkert mir zu, aber ihr Lächeln gerät erneut ein wenig nervös und will so gar nicht zu der gemütlichen, bodenständigen Lehrerin passen, die normalerweise nichts aus der Ruhe zu bringen vermag.

»Aber ich … Mrs Ringwald hat doch auch gesagt, dass …«

»Ach, Wurzelchen. Darf ich überhaupt Wurzelchen sagen? Du bist jetzt ja eine richtige Heldin! Eine Lichtwandlerin – und Feuerwächterin noch dazu!« Die Lehrerin hält einen Moment inne und strahlt mich an. Dann schüttelt sie energisch den Kopf. »Ich plappere und plappere. Dabei bin ich hier ja gar nicht zuständig. Taglauscher kümmern sich um Taglauscher und Nachtaugen um Nachtaugen – und Silva und du, ihr seid Chefsache.« Sie hält kurz inne. »Da siehst du's – ich plappere schon wieder. Besser, ich sage Peggy Ringwald und Fleur Verboom Bescheid, dass du wach bist«, flötet sie und türmt. Anders kann man ihren Abgang wirklich nicht bezeichnen.

»Und Dad!«, rufe ich ihr nach.

Aber da ist sie schon weg.

Kapitel 2

»Wurzelchen«. Hmpf.

»Chefsache«. Pff.

Unzufrieden starre ich zuerst die Tür und dann die Zimmerdecke an. Ich erinnere mich jetzt wieder. Ringel hat mich darüber aufgeklärt, dass mein Dad gar kein Hausmeister ist, sondern magische Waldwesen behandelt. Von wegen Hausmeister – er ist ein medizinischer Berater – für Fragen rund um mythologische Kreaturen aus aller Welt. So was wie ein Spezialtierarzt, schätze ich also. Ausgerechnet mein Dad, der ohne mich keinen Nagel in die Wand bekommt, ohne sich den Daumen blau zu hauen, und der nicht mal Blut sehen kann. Wer hätte das gedacht – ich jedenfalls nicht. War das etwa alles nur Tarnung? All die Jahre meiner Kindheit?

Ein leises Klopfen am Fenster lenkt mich ab. Dort stemmt sich eine Kröte auf ihren kurzen Hinterbeinen an der Glasscheibe hoch und zeigt mir ihre helle Bauchunterseite.

»Runzelige Koralle, Penelope!«, rufe ich glücklich und befreie mich umständlich von der festgesteckten Bettdecke. Die kurze Strecke bis zum Fensterbrett werde ich doch wohl schaffen, oder? »Gib mir nur zwei Minuten. Ich komme.«

Die kleine Wechselkröte ist seit der ersten Minute in Ashwood meine Freundin. Und Gedanken lesen kann sie auch, genau wie ich offenbar neuerdings – zumindest funktioniert das, was Penelope und Wanda angeht. Wanda ist Zoes Gleithörnchen.

»Nein, ich finde dich überhaupt nicht runzelig, bezieh doch nicht immer alles auf dich ... Was soll das heißen, ich wäre eine lahme Kröte? Das ist ziemlich unhöflich, findest du nicht? ... Krötenhumor? ... Sehr witzig, ha, ha ... Ja, natürlich liegt das am Sirup!«

Empört halte ich in der Bewegung inne, froh, am Bettpfosten durchatmen zu können. Die ersten dreißig Zentimeter sind schon mal geschafft. Ich fühle mich noch genauso wackelig wie vorhin. Mein Fuß pocht, mein Kopf auch.

»Schneckenförmiger Öhrling!«, schnaufe ich und schließe kurz die Augen, weil sich alles dreht. Ich bin wirklich eine lahme Kröte.

Die kleine Wechselkröte trillert amüsiert.

»Nicht lustig, Penelope!«

Ich muss das bei der Gelegenheit noch mal kurz erklären: Von meinem Dad habe ich einen Spleen übernommen: Als ich sprechen lernte, ging er dazu über, Pilznamen zu fluchen. Er meinte, wenn Kinder schon etwas nachplappern, dann sollten sie dabei auch etwas lernen. Das habe ich! Der Schneckenförmige Öhrling etwa, kurz Schneckenöhrling, heißt lateinisch *Otidea cochleata*. Das ist ein schwach giftiger, in Büscheln zwischen Laub und Moos, aber auch auf Brandstellen in Wäldern vorkommender Pilz. Auf den ersten flüchtigen Blick sieht er aus wie ein weggeworfener, zerknüllter und feucht gewordener Lederlappen. Und bei genauerem Hinsehen ähnelt er lauter kleinen Schüsselchen mit eingerollten Rändern.

Fast alle von Dads Fluchpilzen sind giftig. Aber die meisten sehen bizarr bis wunderschön aus – zumindest in den Augen eines Nerds, wie mein Vater einer ist. Irgendwann habe ich seine Art zu fluchen übernommen. Es ist ein Familien-Insiderscherz, sozusagen. Schon komisch, dass ich nie infrage gestellt habe, wieso sich ein Hausmeister in der Großstadt so fantastisch mit Pilzen auskennt.

»Leg dich wieder hin!«, höre ich auf einmal eine Stimme von draußen, und dann taucht Benu hinter Penelope auf. Mit geschickten Fingern schiebt er das Fenster auf und quetscht sich gleich nach der Kröte herein.

»Wieso benutzt du nicht die Tür?«, frage ich und taumle erleichtert von meinem Bettpfosten zurück zu meiner Matratze. »Und müsstest du nicht in der Schule sein?«

»Der Nachmittagsunterricht ist schon längst vorbei«, sagt er, schiebt seine Hoodiekapuze zurück und grinst mich an. Seine dunkelbraunen Augen mit den goldgrünen Sprenkeln glitzern. »Die haben nach dem Trollangriff einen Hochsicherheitstrakt aus der Academy gemacht. Außerdem wusste ich nicht, wie Mrs Claybottom zu Kröten im Krankenzimmer steht.«

»Wieso, wie spät ist es denn?«

Reflexartig will ich nach meinem Handy greifen, aber es liegt nicht auf dem Nachttisch. Stimmt ja. In Ashwood gibt es kein Internet, und Handys sind sowieso verboten. Darum habe ich keine Ahnung, wo ich das nutzlose Ding gelassen habe. Ich runzle die Stirn. Es ist wirklich spannend, wie schnell hier manche Sachen nebensächlich geworden sind.

Ich krabble zurück unter die Decke und ziehe sie mir bis unter die Achseln. Mir ist kalt, dabei ist Sommer und ich habe nie zu den Frostbeulen gehört.

»Das ist eine Nebenwirkung von dem …«

»Ich weiß. Fängst du jetzt auch schon an, meine Gedanken zu lesen?«, frage ich und rolle mit den Augen.

Benu starrt mich verdattert an und ich könnte schwören, dass Penelope schon wieder leise kichert. Nach allem, was ich bisher weiß, gehört das Gedankenlesen eher zu den Talenten von Taglauschern, aber noch eine Frage mehr, und dann platzt mir wirklich der Schädel.

Behutsam setzt er die marmorierte Kröte auf meine Bettdecke, wo sie ihre Farbe passend zur Bettwäsche von Dunkelgrünbraun nach Blassgelblichweiß wechselt.

»Entschuldigung«, sage ich schnell. »Das sollte nicht so schroff rüberkommen. Ich glaube, meine Nerven liegen ein wenig blank.«

»Kein Ding.« Benu lächelt und jetzt wird mir doch ein wenig warm, zumindest in der Magengegend. »Ich hab dir was mitgebracht, Lichtwandlerin.« Er greift in die Kängurutasche seines Hoodies und holt ein zusammengefaltetes Stück Papier heraus. »Dein neuer Stundenplan. Mit lieben Grüßen von Saliah.«

»Von Saliah?«

Sie gehört wie Benu zu den Nachtaugen und ist bei der Turmzeremonie vor ein paar Tagen vom Metallturm aufgenommen worden. Bisher hatte ich noch nicht viel mit ihr zu tun, aber sie scheint mich zu mögen. Sie hat mich nicht verpfiffen, als ich mich unerlaubterweise in den unterirdischen Gängen herumgetrieben habe. Ich bewundere Saliah für ihre ruhige Klarheit – und am meisten dafür, dass Demir Farrons Stecknadelblick sie nicht mal mit einer Wimper zucken lässt. Mir stellt der Leiter der Schattenhüter mit diesen strengen, stahlblauen Augen sämtliche Nackenhärchen auf. Ich finde den kompletten silbernen Metallturm ziemlich unheimlich Aber ich schweife ab.

Benu nickt aufgeregt. »Die Schattenhüter haben lange beraten, welche Fächer für dich die geeignetsten sind – wenn du in ein paar Tagen wieder fit bist. Also für den Anfang. Weil es doch so lange her ist, dass eine Feuerwächterin …«

In meinem Gesicht breitet sich ein seliges Grinsen aus. Noch vor wenigen Tagen hatte ich mich mit Benus Hilfe als Baumläuferin ausgegeben, damit ich nicht das nächste halbe Jahr als Turmlose in den Grundkursen abhängen muss. Und jetzt gehöre ich dazu. Ich darf endlich in die weiterführenden Kurse. Nachmittagsunterricht. Wie alle anderen auch! Alle Fragen, die eben noch in mir brannten, sind auf einmal völlig nebensächlich.

Mit fliegenden Fingern nehme ich ihm den Zettel ab und falte ihn auseinander. »Mathe, Englisch, Physik, Geschichte, Musik, Werken, Sport«, lese ich vor und mein Gesicht wird immer länger.

»Vom Sportunterricht bist du die ganze Woche freigestellt«, sagt Benu hastig.

»Ja, aber ich dachte … worin unterscheidet sich das denn vom Grundniveau?«

Benu runzelt die Stirn, dann schlägt er sich mit der flachen Hand dagegen und grinst. »Ach, ich Schussel. Warte.« Er fischt einen zweiten Zettel aus seiner Tasche. »Das war der Zettel für den Stammunterricht am Vormittag. Hier, das sind die erweiterten Kurse.«

Mit klopfendem Herzen blicke ich auf die Liste der neuen Fächer. »Devakunde, Pflanzenmagie, Elixiere, Mentale Kommunikation – Moment mal, *und* schamanische Kunst, Tierwesen I, Räuchern?«

Benu nickt eifrig. »Saliah sagte, du solltest auch Fächer aus Nachtaugenkursen belegen, das heißt, die Hälfte der Zeit bist du bei uns. Und dann kommen später noch Spezialkurse dazu. Aber dazu muss Ringel sich mit deinem Dad beraten, wenn er wieder …«

»Wow!«, murmle ich und lese gebannt weiter. »Erzkunde … und Elementlehre II? Das klingt fortgeschritten – und nach mächtig viel Stoff, den ich nachholen muss!« Entmutigt lasse ich den Zettel sinken. »Wie soll ich das denn alles schaffen? Das sind ja doppelt so viele Fächer, wie ihr habt.«

»Dabei kann Hazel dir helfen, soll ich ausrichten, damit du den Anschluss kriegst. Du *darfst* diese Fächer alle belegen, Lenya. Du *musst* aber nicht. Solange du noch in der Krankenstation bist, können wir dir alle drei ein bisschen Nachhilfe geben und natürlich Hausaufgaben bringen, Saliah, Hazel und ich. Dann kannst du selbst entscheiden, wo du Schwerpunkte setzen willst, was du abwählst oder nach hinten schiebst. Demi, Kelvin und Zoe haben sich auch angeboten, dich zu unterstützen. Ich soll von allen schön grüßen. Du hast einen richtigen Fanklub da draußen, in allen Türmen.«

Normalerweise sind sich Taglauscher und Nachtaugen nicht besonders grün und gehen einander aus dem Weg. Die einen bewegen sich am liebsten über die Baumwipfelpfade, die anderen nutzen als Einzige die unterirdischen Gänge. Ein Fanklub in allen Türmen – das heißt also richtig was! Strahlend und mit einem flattrigen Gefühl im Magen lege ich beide Blätter auf den Nachttisch. »Danke, Benu.«

»Ich bin nur der Überbringer.« Er feixt. »Also? Womit wollen wir anfangen? Dann hole ich meine Bücher. Ich wollte nur nicht gleich alle mit herschleppen.«

»Mit einem Krankenbesuch bei Silva«, sage ich entschlossen. »Und danach muss ich zu Dad. Weißt du, was das für ein besonderer Patient ist, den er da versorgt?«

Benu schüttelt den Kopf. »Nein, aber du musst mir alles von den Trollen erzählen und wie er sie in die Flucht geschlagen hat. Ich habe Brandlöcher auf der Wiese am Feuerturm gesehen. Riesige, lang gezogene Krater, sag ich dir.« Er breitet die Arme aus, um die Ausmaße anzuzeigen. »Hast du eine Ahnung, was da los war? Wenn sich das ausgebreitet hätte, das hätte was werden können. Einer der Aprikosenbäume ist leider total verkohlt. Ich frage mich wirklich …«

Penelope gibt ein lautes Zirpen von sich.

»Na, siehst du. Ich mich nämlich auch! Und zu den Brandspuren kann ich dir einiges erzählen, wenn wir unterwegs sind!«

»Unbedingt, bitte!« Benu sieht mich mit glänzenden Augen an.

Penelope knarrt jetzt, es klingt warnend.

Das Blöde an der Tierkommunikation ist, dass man nicht mitbekommt, was da geredet wird, wenn man nicht selbst der Empfänger der Nachricht ist. Ich zumindest nicht. Noch nicht. Das lerne ich schon noch.

Benu guckt von der Wechselkröte zu mir. »Oh, das heißt, äh … meinst du, das ist eine gute Idee? Lieber nicht.«

»Wieso? Was jetzt genau?«

Benu schielt noch mal hinüber zu Penelope, die ihn aus ihren zitronengelben Augen fixiert.

»Also … alles … angefangen mit dem Besuch bei Silva.«

»Ich will doch nur wissen, was hier los ist, und sie hat Antworten.«

»Das verstehe ich. Und du kannst auf keinen Fall allein …«

»Deal«, sage ich strahlend und schlage meine Bettdecke zurück. »Ich freu mich riesig, dass du mitkommst. Dann los.«

»Äh … neee.« Benu zögert und sieht nachdenklich zu der kleinen Wechselkröte. »Warte.«

Penelope bläht schweigend ihre Schallblase auf. Ich wünschte, ich würde das mit einem Kaugummi nur halb so gut hinkriegen.

»Wieso denn nicht?«, bohre ich. »Was spricht dagegen?«

Benu schluckt und weicht meinem Blick aus.

»Du weißt doch irgendwas?«, frage ich misstrauisch.

»Wer, ich? Nein, was soll sein?«

»Hat es mit Silva zu tun? Ich wusste es.«

»Keine Ahnung! Ich dachte nur … Ringel sagt … Solltest du es nicht besser langsam angehen lassen?« Er nickt mit dem Kinn zu meinem bandagierten Fuß, aber der wird mich ganz bestimmt nicht davon abhalten, Antworten zu finden.

»Tu ich ja! Sonst wäre ich schon längst aus dem Fenster geklettert. Hör zu: Kurz vor dem Angriff der Steintrolle hat Dad mir doch etwas von einer Bedrohung von außen erzählt. Erinnerst du dich?«

Benu nickt ernst. »Die Sache, die du mir nicht erzählen solltest.«

Ich wische seinen Einwand beiseite.

Penelope kriecht mit einem beleidigten Knurren außer Reichweite.

»Ringel hatte ihn wegen eines Notfalls gerufen. Deswegen sind wir überhaupt hierhergekommen. Und wie wir inzwischen wissen, ging es dabei nicht um ein kaputtes Aggregat im Heizungskeller, sondern um einen geheimen Patienten. Wer da in Wahrheit seine Hilfe braucht, muss ich noch herausfinden.«

»Musst du wirklich?« Benu legt den Kopf schief und zieht die Nase kraus. Er denkt an Nachhilfe und Bücher. Dafür braucht man keine Telepathie.

Ich nicke. »Das mit den Kursen ist super. Wirklich! Du ahnst nicht, wie viel mir das bedeutet. Aber …«

»Aber?«

»Mit dem Lernen fange ich später an. Ich glaube, es gibt einen Zusammenhang zwischen Dads Patienten und dieser Bedrohung. Das muss der Trollangriff von gestern gewesen sein, was denn sonst? Vielleicht gibt es ja sogar eine Verbindung zu dem Brand in den Ferien, bei dem Mensa und Schlafsaal zerstört wurden? Seit wir hier angekommen sind, war mein Vater komisch. Aber wenn dieser Patient ihm dabei helfen konnte, mit Feuerbällen auf Trolle zu werfen, kann es dem doch gar nicht so schlecht gehen, oder?«

»Feuerbälle? Wer?«

»Na, dieser Patient! Ich hab's gesehen. Hatte ich das nicht erwähnt? Na ja, du sagst mir ja auch nicht alles … Oder hörst du mir nur nicht zu?«

Benu guckt zerknirscht. »Es tut mir leid, ehrlich.«

»Schwamm drüber, egal. Ich schätze, Dads Patient hat das Aprikosenbäumchen versengt – und die Trolle vertrieben.«

Gedankenverloren kaue ich auf meiner Unterlippe herum.

»Lass uns das rausfinden. Ich will die Wahrheit wissen. Ich muss! Und ich glaube, Silva kann uns helfen. Außerdem sieht es meinem Vater überhaupt nicht ähnlich, dass er jetzt nicht bei mir ist. Dafür muss es einen sehr triftigen Grund geben.«

»Tja, also …« Benu druckst herum und sieht Hilfe suchend zu Penelope. Die kleine Wechselkröte bemüht sich, farblich mit der Bettdecke zu verschmelzen.

»Glaub ja nicht, dass du dich einfach verdünnisieren kannst«, zischt er ihr zu.

»Na?«, drängle ich ein ganz klein wenig.

Benu diskutiert noch. »Du hängst da genauso mit drin! Ringel hat uns beiden eingeschärft, dass wir uns raushalten und die Klappe halten sollen.«

Penelope schweigt.

»Ich kann so was nicht.«

»Was hat Ringel gesagt? Worüber sollt ihr die Klappe halten?«, gehe ich dazwischen.

»Diesen triftigen Grund, den gibt es vielleicht tatsächlich«, bricht es aus Benu heraus.

»Aha?« Das aufgeregte Flattern in meinem Magen wird zu einem nervösen Blubbern.

Hilfe suchend sieht er wieder zu Penelope.

»Jetzt spuck's schon aus, Benu. Du machst mich nervös.«

Er holt tief Luft. »Es geht um deinen Dad. Also … weil … er ist nämlich … äh … verschwunden.«

Kapitel 3

»Langstielige Ahornholzkeule! Er ist WAS? Seit wann?«

»Verschwunden«, wiederholt Benu kleinlaut und setzt sich behutsam neben Penelope ans Fußende meines Bettes. »Keine Ahnung. Deswegen hat Ringel gesagt, ich soll dich nicht beunruhigen. Ich habe ihn seit dem Angriff gestern nicht mehr gesehen. Niemand hat das, aber das muss natürlich nichts heißen.«

»Nein, muss es nicht«, murmle ich abwesend. Tut es aber doch!

»Ganz genau. Du sollst unbedingt hierbleiben, hat Ringel gesagt. Genau deswegen sollten wir die Klappe halten!«

»Hmm.«

Irgendetwas stimmt hier nicht. Irgendetwas wird mir hier immer noch verheimlicht. Ich denke an das ausweichende Zitterlächeln und komische Verhalten von Tara Claybottom. Von wegen,

Dad sei hier gewesen, während ich geschlafen habe. Das glaube ich nicht. Dann hätte er mir eine Nachricht dagelassen, einen kurzen Gruß, ein Geschenk, irgendwas. Dass er nicht in dem Sessel am Fenster gesessen und gelesen hat, als ich krank war und wach wurde, ist exakt ein Mal in meinem Leben vorgekommen. Damals war ich sieben Jahre alt und lag mit einer Blinddarmentzündung im Krankenhaus. Selbst damals hat er mir von den Schwestern etwas ausrichten lassen. – Dad würde nicht einfach verschwinden. Nein, es muss etwas anderes dahinterstecken.

Durchatmen, Lenya! Ich bemühe mich, ruhig zu bleiben. Aber es nützt nichts. »Ich muss ihn suchen gehen. Sofort!«

Penelope widmet Benu einen besserwisserischen War-ja-klar-Blick.

»Warte. Da ist noch etwas, das ich dir sagen wollte«, druckst er herum. »Ist vielleicht wichtig.«

»Okay? Was denn?«

Er geht zum Fenster und knetet seine Ellbogen.

Da fällt mir etwas anderes ein – Grünbuckliger Risspilz! Mrs Claybottom wollte Ringel und Fleur Verboom Bescheid sagen, dass ich wach bin. Ich drehe mich zu Benu, um ihn zu warnen. »Darfst du überhaupt hier sein?«, flüstere ich.

Leider zu spät. Es klopft an der Tür.

Benu bleibt mir eine Antwort schuldig, und was er mir davor sagen wollte, erfahre ich auch nicht. Denn da steht Fleur Verboom bereits im Zimmer und eine Krankenschwester hat sie auch mitgebracht.

»Da ist unsere Heldin ja wieder.«

Ich erwidere säuerlich ihr Lächeln. »Ich war gar nicht weg.«

»Und Scherzen klappt auch schon. Sehr gut! Sonst alles in

Ordnung?« Ihre Augen schweifen neugierig durch den Raum. »Benu, Penelope«, begrüßt sie die beiden mit einem Kopfnicken und durchquert den Raum, um nach draußen zu sehen. »Was macht ihr denn hier?«

»Ich habe Lenya den Stundenplan gebracht«, erklärt er wahrheitsgemäß.

Fleur Verboom schließt abrupt das Fenster und dreht sich entschuldigend zu mir um. »Nur wegen der Mücken«, behauptet sie lächelnd und wendet sich an Benu. »Ist das nicht ein bisschen früh?«

Die Pflegerin legt mir die Manschette eines Blutdruckmessgeräts um und zückt ein Stethoskop. Ich habe keine Ahnung, was sie sagt. Für mich klingt es nach Mäusepiepsen. Ich schneide eine Grimasse und lächle lieb.

»Sie hat viel aufzuholen«, sagt Benu total cool. »Und ihr wird schnell langweilig.«

»Ich habe davon gehört«, antwortet Fleur Verboom und mustert mich. Ihre Mundwinkel zucken kurz.

»Sonst habt ihr über nichts geredet?«

Benu wird rot. »Äh. Nur über Aprikosenbäume … und so was.«

»Aha«, sagt sie und mustert abwechselnd ihn und mich. »Na gut.«

»Au«, sage ich, um auch irgendwas beizutragen.

Die Krankenschwester fiept entrüstet. Sie fiept tatsächlich! Ich verstehe kein Wort, aber Fleur Verboom nickt wissend. Sie befühlt meinen Nacken, leuchtet mir mit einer kleinen Stabtaschenlampe in die Augen, klopft auf meiner Stirn herum und befühlt meinen Knöchel. »Sieht schon viel besser aus. Tut das noch weh?«

»Ja!«, schimpfe ich.

Die Lehrerin lächelt. »Alles bestens. Das kriegen wir wieder hin. Schon dich noch ein wenig und schlaf dich aus.« Dann hält sie mir ein Becherchen lila Sirup vor die Nase.

O nein, den werde ich nicht trinken. Einmal reicht! Davon schlafe ich nur wieder stundenlang! Ich weiß, was hier läuft.

Ich presse die Lippen zusammen. Fleur Verboom sieht zur Schwester. Die beginnt nun, energisch an meinem Kissen herumzuzupfen, um es aufzuschütteln.

»Ist nicht nötgrmmmgnngpf«, will ich protestieren – und zack, habe ich die Medizin im Mund.

Zufrieden stellt Fleur Verboom den leeren Becher ab. »Bleib nicht mehr so lange, Benu. Unsere Feuerwächterin braucht dringend noch ein wenig Schlaf.«

»Brauche ifff nifff!«, widerspreche ich mit vollem Mund.

Die Krankenschwester zieht die Vorhänge zu. Fleur Verboom ist durch Penelope abgelenkt. Ich nutze die Gelegenheit, spucke den Saft heimlich zurück in den Becher und knülle ein Papiertaschentuch hinein, damit es nicht so auffällt.

»Wo ist Dad? Wie geht es Silva?«

Die Lehrerin löst ihren Blick von der Kröte und dreht sich zu mir. »Ich darf dir eigentlich nichts darüber verraten, denn du sollst dich erst mal erholen. Das hat Corb uns allen eingeschärft, aber ich weiß ja, wie der Flurfunk hier funktioniert.« Sie sieht Benu mit hochgezogener Augenbraue an. Dann wendet sie sich an mich. »Es ist alles in bester Ordnung. Er ist bei seiner Patientin. Und die Waldnymphe braucht vor allem Ruhe. Genau wie du. Wir haben das im Griff, mach dir keine Sorgen. Alle sind in erhöhter Alarmbereitschaft, unsere Sicherheitsvorkehrungen sind die besten. Wir machen den Job schon ein bisschen länger.«

»Patientin?«, frage ich. »Also ist er gar nicht verschwunden? Er ist bei Silva?«

Die Krankenschwester gibt ein ersticktes Quietschen von sich, schlägt sich die kleine Hand vor den Mund und huscht nach draußen. Fleur Verboom sieht ihr überrascht nach, genau wie ich.

Ha! Ich habe mich nicht getäuscht! Unter ihrem Kittel wippt tatsächlich ein dünnes Schwänzchen mit einer pinseligen Quaste silbriger Haare hervor.

Mein Kopf fährt schon wieder Karussell. Erschöpft lasse ich mich in die Kissen sinken.

»Wir wissen, dass du viele Fragen hast. Peggy Ringwald wird dir alles erklären. Aber jetzt ist kein guter Zeitpunkt. Schlaf!« Sie zwinkert mir zu. »Hab Vertrauen.«

Ich will protestieren und reiße den Mund auf, aber heraus kommt nur ein herzhaftes Gähnen. Außerdem quakt Penelope dazwischen.

»Was hat sie gesagt?«, erkundigt sich Fleur Verboom bei Benu.

»Irgendwas mit langweilig und schaukeln«, behauptet er und ich hoffe, dass nur mir auffällt, dass seine Ohrläppchen rot anlaufen.

Die Lehrerin seufzt. »Gibt Schlimmeres, glaubt mir.«

»Verschaukeln kann sie sich alleine«, kichere ich, sobald die Tür hinter Fleur Verboom ins Schloss gefallen ist. Wie gut, dass Fleur Verboom den Spruch der vorlauten Kröte nicht verstanden hat.

»Das hast du mitbekommen?«, staunt Benu.

Ich nicke stolz. »Also, wie sieht es aus? Hilfst du mir jetzt? Das war doch definitiv ein weiterer Versuch, mich auszubremsen«, sprudle ich los. »Wenn Dad verschwunden ist, hat sie eben glatt gelogen. Ich muss herausfinden, was die uns verheimlichen und was da los ist. Wir müssen zu Silva, wir sind da an was Großem dran!« Ich reibe mir über die Augen, weil ich plötzlich lila Schlieren sehe.

»Was wolltest du mir eigentlich vorhin so Dringendes sagen?«

»Ach, das ist 'ne lange Geschichte. Nicht so wichtig«, weicht er aus.

Penelope knarzt ungehalten.

»Ist ja gut.« Benu atmet tief durch. »Also, du erinnerst dich doch, wie ich dich über die unterirdischen Gänge bei den Baumläufern eingeschmuggelt habe. Vermutlich hast du dich eh schon längst gefragt, wieso ich …« Unsicher sieht er von der Kröte zu mir.

Ich unterdrücke ein weiteres Gähnen und nicke. »Natürlich. Entschuldige.«

»Nein, schon gut. Das dauert jetzt zu lang …« Er wuschelt sich nervös durch die schwarzen Haare. »Es ist kompliziert. Ich erkläre dir alles später, versprochen. Aber grade, wo alle in Alarmbereitschaft sind … Es wäre jedenfalls sehr lieb, wenn du niemandem verraten würdest, wie wir das gemacht haben … Du bist die Einzige, die davon weiß, dass ich … Aber du hast dir das inzwischen vermutlich eh bereits zusammengereimt, oder? Es ist nur wegen dieser dämlichen Prüfungsangst. Sonst hätte ich das nie getan. Schlimm?«

Ich habe keine Ahnung, wovon er spricht. Er scheint darauf zu warten, dass ich dieses Was-auch-immer verneine. Also tue ich das. Er wirkt erleichtert.

»Deine Geheimnissse sssind alle bei mir sssicher«, setze ich großzügig noch einen drauf. Dann lenkt mich meine Aussprache ab. »Ohhhh. Graufilziger Muschelinggg, lalllle ich etwa?«

Unsicher befühle ich meine Zunge.

Benu schüttelt grinsend den Kopf. »Nicht schlimm jedenfalls.«

»In jedem Falllll kommen wir der Lösung des Rätsels mit Silvas Hilfe ein Riesenstückkkk näher. Und vielleicht auch dem von Dads zweitem Patienten. Finden wir's heraus oder muss ich alleine loooss?«

»Hat eine Spinne acht Beine? Na sicher komme ich mit.«

Ich erwidere Benus Lächeln und in meinem Magen zerplatzen jede Menge kribbelnde Blubberblasen. »Fantastisch. Das habe ich, ehrlich gesagt, gehofffft. Die Frage war darum vor allem an Penelope gerichtetttt.«

Die kleine Wechselkröte knarzt vielsagend und hebt trillernd zu einem Vortrag über Kräfte und Nachdenken und »in der Ruhe liegt die Kraft« an. Ich könnte schwören, dass sie kurz die Augen verdreht.

Selber pff, denke ich und strecke ihr hinter Benus Rücken die Zunge heraus. Ich weiß wohl, was ich tue und mir zutrauen kann!

Leider ist mein Blutdruck anderer Meinung. Noch bevor meine Geleebeine ganz den Boden berühren, wird mir schwindelig. Ich kann mich gerade noch wieder hinsetzen.

»Wie viel von dem lila Sirup hast du eben abgekriegt?«, fragt Benu. Seine Stimme klingt seltsam leiernd und er bewegt sich auch so komisch.

»Höchstenssss einen Schluck. Maximal zwei. Gib mir nur fünffff Minuten«, bitte ich mit geschlossenen Augen und lege mich ganz langsam hin, damit ich nicht aus dem Bett kippe, so schnell wie alles um mich herumkreiselt. »Dann bin ich fit und wachhhh und … okay? Vielleicht würde es helfen, wenn du das Fenster wieder öffnesssst. Frische Luft hilftttt immer.« Ich gähne noch einmal herzhaft – und weg bin ich.

Kapitel 4

Es ist ein ziemlich komisches Gefühl, wenn man von einem klebrig nassen Zungenschnalzer gegen sein linkes Nasenloch aufwacht. Aber es funktioniert. Das muss ich Penelope lassen.

Zufrieden glupscht sie mich aus zitronengelben Augen von meinem Kopfkissen aus an und rülpst.

»Als ob! Da saß keine Fliege, das hätte ich gemerkt«, grummle ich, rapple mich auf die Ellbogen und verschaffe mir einen Überblick.

Die schlechte Nachricht ist, dass es zwei Stunden gedauert hat, bis sie mich wach bekommen hat.

Die gute Nachricht ist, dass das Geleegefühl in meinen Beinen einem leichten Ameisenkribbeln gewichen ist. Wenn ich mich zu schnell bewege, habe ich zwar immer noch das Gefühl, in einer Achterbahn voller Zerrspiegel zu sitzen, aber Benu ist bei mir und wir kommen voran. Nur eben langsam. Was soll's, auf zu Silva! Und Dad! Und seiner Feuer spuckenden Aprikosenbaumkoklerin!

Trotz Benus Hilfe fühle ich mich ein bisschen wackelig, als wir das Krankenzimmer verlassen. Aber ich glaube, das liegt vor allem daran, dass seine blauschwarzen Haare so gut riechen. Nach Moos und harzigem Rauch. Möglichst unauffällig schnuppere ich, aber er merkt es trotzdem.

»Wir hatten heute Nachmittag als Letztes Räucherkunde«, entschuldigt er sich leise, während wir über den Flur humpeln. »Ich bin noch nicht zum Duschen gekommen, tut mir leid.«

»Macht gar nichts. Dafür bin ich immer noch im Nachthemd«, krächze ich heiser und konzentriere mich schleunigst wieder auf meine nackten Füße und den Weg. Er hat einen Arm um meine Taille gelegt und stützt mich. Und Penelope kriecht extra langsam vorweg – auch wenn sie die ganze Zeit besserwisserisch vor sich hin unkt. Auf meine Freunde ist Verlass. Ziemlich jedenfalls.

Der gewölbeartige Gang ist wie ausgestorben. Das Licht der indirekten Wandbeleuchtung flackert etwas. Aber als Benu sanft auf den Lehmputz klopft, gehen tausend weitere winzig kleine Lämpchen an und surren über die Decke des Flurs – Glühwürmchen. Es sieht wunderschön aus und ich lege fasziniert den Kopf in den Nacken. An diesen lebendigen Zauber will ich mich gar nicht gewöhnen. Ich wünschte, die Käfer würden auch für mich so wunderschön leuchten. Nachtauge müsste man sein. Benu zieht mich sanft weiter.

Aus dem Ambulanzzimmer am unteren Ende dringen leise Stimmen. Ich glaube, die von Peggy Ringwald und Fleur Verboom zu erkennen, aber wir sind zu weit weg, um den Inhalt ihres Gesprächs zu verstehen. Der Weg ist leicht abschüssig und scheint zunehmend unter die Erde zu führen. Wieder einmal bin ich erstaunt, wie groß das alles ist, was von außen so unscheinbar und überschaubar wirkt.

Die Leuchtkäfer begleiten uns entlang zahlreicher fein verästelter Baumwurzeln, ganz ähnlich wie ich es aus den unterirdischen Verbindungswegen zwischen den Türmen kenne – nur dass die Wurzeln hier nicht von der Decke herunterwachsen, sondern sich auf den Fußboden und das untere Viertel der Wände beschränken. Für einen Anbau des gelben Turms kommt mir das nicht weiter ungewöhnlich vor. Ich weiß, dass die Hügelformer in kleinen Hobbithöhlen leben, wenn auch nicht komplett unterirdisch wie die Schattenhüter. Wie langweilig und gewöhnlich waren doch die ganz normalen Halogenlampen in der Grand Street.

Links und rechts kommen wir an Krankenzimmern vorbei, die leer scheinen. Alles ruhig dort drin, die Türen stehen halb offen. Unter der nächsten, die verschlossen ist, scheint Licht heraus. Erwartungsvoll halte ich inne. Dann höre ich von drinnen Musik und das Gekicher von zwei Mädchen. Keine klingt wie Silva.

Penelope marschiert zielstrebig weiter. Mein Fuß sticht, obwohl ich ihn so wenig wie möglich belaste, und mir ist schwummeriger als am Anfang unserer bisher geschätzt fünfzehn Meter weiten Reise. Ich überlege gerade, wie ich Benu um eine Pause bitten kann, ohne dass er denkt, ich wäre zu schwach. Da bleibt die Wechselkröte stehen und knarrt selbstgefällig.

»Was heißt, wir sind da?«, wispere ich und sehe mich um. »Wo soll denn hier ein Krankenzimmer sein? Wir wollten zu Silva! Nicht zum Bettenlager!« Vorwurfsvoll zeige ich auf das kleine

Schild neben der Tür eines Vorratsraums für Bettwäsche, Laken und Handtücher.

Penelope bläht ihren Kehlsack auf, aber bevor sie mir antworten kann, unterbricht Benu uns und macht eine halbe Drehung nach links. »Nein, diese Seite. Sieh doch nur!«

Ich klappe den Kiefer auf und entschuldige mich im Geiste bei der kleinen Kröte.

Hinter einem schimmernden Vorhang aus rankenden, grüngelben Zimmerpflanzen versteckt sich ein schmaler, unbeleuchteter Durchlass. Den hätte ich glatt übersehen.

»Hier rein?«, frage ich und mache den Hals lang. Ein paar gewundene Treppenstufen führen hinter dem Vorhang nach oben.

Penelope schnarrt ungehalten. Benu bückt sich, um sie aufzuheben, und sieht mich fragend an.

Mein Mund ist trocken, aber ich nicke und mache vorsichtig den ersten Schritt ins Dunkel. Benu folgt mir. Die Wände fühlen sich rau und holzig unter meinen Händen an, ganz anders als die Lehmwände des gelben Turms. Nur noch wenige Glühwürmchen umschwirren uns. Sie fliegen vor mir her, weiter nach oben. Neue Lichter beginnen, um uns herum sanft zu pulsieren. Es sind die Blätter der Ranken, die den Zugang von außen versteckt haben. Sie winden sich an den Wänden des eigenartigen Treppenhauses entlang nach oben und leuchten von innen, ein ruhiges, silbriges Glimmen, das einem sanften Rhythmus folgt, fast wie ein Herzschlag. Wie mein Herzschlag …

»Es ist ein Baum!«, flüstere ich. »Benu, wir sind in einem hohlen Baum! Ich glaube, er lebt – ich fühle seinen Puls! Wie abgefahren ist das denn! Ich kann sogar spüren, wie er atmet. Und seine Blätter wachsen ins Innere. Die leuchten. Viersporiger Nitrathelmling, wenn du sehen könntest, was ich sehe! Ich nehme alles zurück, dieser Sirup ist der Hammer! Der wirkt immer noch!«

Ich drehe mich zu ihm um. Benu hat den Kopf in den Nacken gelegt und starrt mit offenem Mund nach oben.

»Hast du so was Schönes schon mal gesehen?«, fragt er ergriffen zurück und berührt ganz sacht einen Zweig mit diesen langsam pulsierenden, gelbgrünen Blättern, die alles in dieses seltsame Licht tauchen. Penelope sitzt auf seiner Schulter und guckt genervt, weil es nicht weitergeht.

Ich runzle die Stirn und bin beinahe ein wenig enttäuscht. »Das ist echt? Du siehst das auch?«

Die Kröte knarzt ungeduldig.

»Wir gehen ja schon weiter«, murmelt Benu abwesend.

Stufe um Stufe steigen wir staunend im Bauch des Baumes hinauf. Der Stamm wird weiter statt schmaler und wir können wieder nebeneinander gehen. Wir ducken uns unter Ästen und Zweigen hindurch, und je höher wir kommen, desto heller wird es um uns herum.

Plötzlich hat es Penelope satt. Benu kann gerade noch verhindern, dass sie sich von seiner Schulter einfach fallen lässt, und setzt das zappelnde Tierchen auf den Boden – ein Gewirr von Ästen und Zweigen, ausgepolstert mit Moosen und Flechten, wie ein gigantischer, weicher Teppich, eine riesige Neststruktur, in der die Kröte beinahe versinkt. »Ich glaube, wir sind in der Baumkrone«, wispert Benu neben mir.

»Aber wieso sehen wir dann nichts von Ashwood?«, wundere ich mich. »Kein Himmel, keine Türme? Ist es schon so dunkel? Und dazu dieser ebene Boden. Wieso …?«

»Weil wir immer noch drin sind.« Er greift an meinem Kopf

vorbei und hält ein paar Zweige beiseite, damit ich nicht daran hängen bleibe.

Irgendwo vor uns stößt Penelope jetzt ein äußerst ungehaltenes Knarren aus.

»Wir kommen ja schon!«, rufe ich. Das ist einfach zu absurd. »Wenn es nicht der lila Sirup ist und ihr das auch seht, vielleicht sind dann Pilzsporen in der Luft und wir atmen alle die ganze Zeit was ein?«, überlege ich laut, während ich durch einen Vorhang aus lebendigem, pulsierendem Grün tauche.

Dann muss ich kurz die Augen schließen. Das Licht in diesem kleinen Raum ist überirdisch schön, hellgrünes Funkeln und Flirren. Um uns herum webt sich ein Klangteppich aus Vogelgezwitscher, Blätterrascheln und sanftem Rauschen.

Sonnenstrahlen wärmen meine Haut, aber sie blenden mich nicht, sondern werden von dem dichten Blätterdach sanft gebrochen. Wie ein Frühlingsmorgen im Wald. Aber es war doch eben noch Abend?

Irgendwo im Hinterstübchen meines Verstandes ploppen immer neue Fragen auf. Dem Rest von mir ist völlig egal geworden, wie logisch das ist und wie es sein kann, dass ich mich gleichzeitig im Inneren eines gedrungenen, in die Hügel gebauten Gebäudes und weit oben in den Baumwipfeln befinde.

»Ich komme mir vor wie Alice im Wunderland, die auf Vogelkindgröße geschrumpft ist«, flüstere ich. »Faszinierend.«

»Alice wer?«, fragt Benu.

Kapitel 5

»Lenya?«, unterbricht uns ein zartes Stimmchen, gefolgt von einem vertrauten, wenn auch viel schwächeren leisen Klimpern. »Sind sie noch da? Sag ihnen, sie sollen weggehen. Ich bin so müde. Das geht so nicht, wieso kapieren sie es nicht?«

»Silva!« Ich bleibe Benu seine Antwort schuldig und ziehe ihn mit mir auf das gut getarnte Krankenbett der kleinen Waldnymphe zu.

Sie liegt hinter einem Blättervorhang in einem weich gepolsterten Nest aus Moos und Farn. Der Rest hat leider nichts Märchenhaftes: Zum einen hat man sie in das gleiche langweilige Nachthemd gesteckt wie mich. Aber viel trauriger ist, dass ihr Arm bis zur Schulter bandagiert ist. Auf ihrer blassen Stirn stehen Schweißtröpfchen. Trotzdem zieht sie sich die gesteppte Bettdecke bis zum Hals hinauf.

»Ich habe keine Lust mehr.« Ihr Kinn zittert. »Können wir jetzt was anderes spielen? Sie sind so laut in meinem Kopf. Sie sollen still sein!« Eine schimmernde Träne rinnt über ihre Wange.

»Was immer du möchtest, kleine Freundin«, sage ich und humple ganz dicht zu ihrem Bett. Die gesamte Astgabel schaukelt sanft, als ich mich auf den Rand setze und ihre kleine Hand greife. Kühl und kraftlos liegt sie in meinen Fingern.

Penelope stemmt sich auf ihre kurzen Hinterbeinchen und fordert mit einem grummeligen Schnarren, hochgehoben zu werden. Behutsam hebe ich sie auf Silvas Bettdecke.

»Penelope«, haucht Silva matt. Die Kröte trillert leise. »Ja, sing mir ein Schlaflied, das wäre schön.«

Benu schneidet eine verstohlene Grimasse, als Penelope sich durch die wirr abstehenden blaugrünen Haare bis zu Silvas Ohrmuschel kämpft und inbrünstig hineinzirpt. Ich muss an meinen Nasenschnalzer denken. Aber Silva scheint es zu gefallen und bei ihr benutzt Penelope ihre lange, klebrige Zunge nicht.

»Kann ich auch etwas für dich tun? Brauchst du irgendwas?«

»Jaaa, das ist lieb, aber es ist nicht ganz ungefährlich. Willst du sie mir suchen gehen?« Silva sieht mich schläfrig an. »Trollbären«, murmelt sie. »Bärenklau. Nicht alle weißen Klauen, sonst sind sie wieder wütend ... So schrecklich laut! Hast du die Töne schon geübt? Du musst sie lernen, bevor du gehst. Benu kann es schon ... Ein Chor hat viele Stimmen. Und der Vogel braucht sein Nest aus genau richtigen Zweigen. Du wirst dich kümmern, sag das Corbinian, ja? Der Zyklus neigt sich dem Ende, es eilt. Dass du es bist, das muss er wissen. Wir werden schwächer ... Du bringst sie uns doch rechtzeitig, oder? Schwarze und weiße und bunt gemischt und nicht ganz so viele ... Bärenklau.«

Verwirrt starre ich sie an. »Ich verstehe dich nicht, Silva. Was meinst du denn? Die Trolle hatten graue Klauen. Gibt es auch schwarze? Oder meinst du richtige Bären? Schwarzbären? Eisbären? Braunbären? Grizzlys sind grau. Aber die gibt es hier nicht, oder? Ich habe keine Ahnung, wovon du sprichst, welche Töne soll ich üben? Was für ein Zyklus?«

»Du bist einzigartig, Helena Hayward. Du bist die Erste seit fast fünfhundert Jahren. Der Vogel weiß das. Der Turm weiß das. Dein Turm hat ein Geschenk für dich, wenn du so weit bist. Du führst die Elemente zusammen. Bedank dich in den Ranken. Nicht draußen und nicht drin, ergibt später alles Sinn. Die Trollbären auch.« Sie kichert. »Trollbären, das ist gut. Bärenklau. Trollbären klauen, was für ein Quatsch. Weiß im Schwarz, Schwarz im Weiß. Alles ist lila. Mach dir alle Elemente zum Freund, damit du sie halten kannst.«

Hilfe suchend sehe ich zu Benu. Der hebt die Schultern bis zu den Ohren und es erleichtert mich ziemlich, dass er offenbar genauso auf dem Schlauch steht wie ich.

»Hör bitte auf mit dem Rätselspiel. Ausnahmsweise. Ich sag Dad Bescheid, er wird sich darum kümmern. Wo ist er überhaupt? Ich dachte, er wäre hier bei dir. Bist du nicht auch seine Patientin?«

»Ach, Corbinian.« Sie lächelt schläfrig. »Er hat auch schon mit mir Fragen gespielt. Aber er versteht mich nicht. Du musst es ihm sagen. Hilf dem Vogel. Aber passt auf, Bärenklau brennt. Hast du dein Element gefunden, Lichtwandlerin? Du brauchst nur genau hinzuhören und hinzusehen. Hinfühlen allein reicht nicht, aber es hilft ungemein. Benu weiß das.«

Erstaunt sehe ich ihn an. Er wird rot und Silva kichert. Aber ihr sonst so perlendes Lachen klingt jetzt heiser und geht in einen Hustenanfall über. Danach keucht sie beängstigend.

Benu hält ihr einen wie Perlmutt schimmernden Blütenkelch mit Wasser hin. Sie nimmt einen kleinen Schluck und lässt sich dann matt zurück in die hellgrünen Kissen fallen. Wir tauschen einen besorgten Blick.

»Ich sag meinem Dad alles. Versprochen. Hast du eine Ahnung, wo er jetzt stecken könnte? Und was wollten die Trolle hier?«

»Das sind langweilige Fragen. Zu dir natürlich. Du sollst doch offen sein für alle Elemente und all ihre Wesen. Das habe ich dir schon mal gesagt.« Sie seufzt erschöpft. »Da warst du noch nicht so weit. Aber jetzt rinnt die Zeit. Tick, tack. Unendlich viele Möglichkeiten, wenn du sie nur für machbar hältst. Der Wald teilt all seine Schätze mit dir – sing es ihr vor, Penelope.« Sie hustet und ihr Stimmchen wird noch schwächer. »Dein Potenzial, nutze es! Der Vogel … Corbinian.«

»Was für ein Vogel denn? … Silva? Mein Dad ist verschwunden. Kannst du mir sagen, wo er ist? Du willst doch immer, dass ich dir Fragen stelle! Bitte antworte mir so, dass ich dich verstehe. Einfach kurz und knapp, ja?«

Silva gähnt, ihre Augenlider flackern. »Holz verbrennt im Feuer. Feuer, Feuerwächterin … Feuerturm ... Kuschelig warm. Hoch oben im Turm das Nest, der Vogel mit den Funken stiebenden Schwingen ... So schön rot. Wir vermissen das Leuchten. Sag es Corbinian. Saure Bären, Bärenklau … klingeling. Du bist nicht allein. Benu … nicht den ganzen Bären…klau.«

Die Baumnymphe zieht lächelnd ihre Hand aus meiner, rollt sich um Penelope zusammen – und döst weg.

»Was ist mit Benu? Was willst du uns damit sagen?«, versuche ich es noch einmal gegen den Lärm von Penelopes ungebrochen unmelodischem Geknarre. »Weißt du, was sie meinte?«, wende ich mich an Benu.

Der schüttelt beinahe panisch den Kopf und rollt mit den Augen.

»Ja, finde ich auch.« Vorwurfsvoll starre ich die Kröte an. Schön für Silva, dass sie dabei so selig einschlummern kann, aber mich macht der kratzige Krötengesang gerade wirklich wuschig.

»Kannst du es nicht noch mal mit deiner Zunge versuchen statt mit diesem Geknarze?«, schlage ich vor.

Penelope knarrt unbeirrt weiter.

»Feuerroter Wurzelschnitzling!«, rutscht mir heraus. So ein stures Ding!

Prompt bricht die Wechselkröte ab, widmet mir einen Blick aus ihren zitronengelben Augen und schnalzt in meine Richtung. Dann sieht sie demonstrativ an mir vorbei, blinzelt träge und schnalzt noch einmal sehr nachdrücklich. Jetzt zupft mich auch Benu mit einem erschreckten Blick am Ärmel und schneidet Grimassen. Ich habe wohl übertrieben. Er hat vollkommen recht.

»Ich grobscholliger Riesenschirmling – so war das nicht gemeint«, entschuldige ich mich sofort. Ich darf es nicht an meiner Freundin auslassen, dass mir der Kopf brummt. »Du kannst nichts dafür. Deine Stimme ist wunderschön. Einzigartig, wirklich. Tut mir leid.«

Ich reibe über meine pochenden Schläfen. In den letzten paar Tagen ist mein komplettes Verständnis von Wirklichkeit durcheinandergeraten. Türme, die sich ihre Schüler und Schülerinnen aussuchen, sprechende Kröten und Gleithörnchen, Leuchtkäfer statt Glühlampen, mystische Patientinnen und dann auch noch ein Angriff von haarigen Riesentrollen.

»Mir platzt der Schädel. Das hat nichts mit dir zu tun. Es liegt bestimmt an diesem verflixten lilafarbenen Sirup. Also ... das meiste jedenfalls.«

Hinter mir räuspert sich jemand. Da kapiere ich endlich, dass wir nicht länger allein sind und Benus Zupfen, Penelopes Blick und ihr Schnalzen mir in Wirklichkeit ganz etwas anderes sagen wollten. Es ging gar nicht um mich. Ups.

In Zeitlupe schiele ich über meine Schulter.

Fleur Verboom stellt bedächtig ein Tablett mit Tee, Medizin und Kräutersuppe auf ein rundes Holztischchen, von dem ich schwören könnte, dass es gerade eben noch nicht da war. Überhaupt hat sich der ganze Raum verändert. Licht und Luft sind anders, die Waldgeräusche sind verschwunden, an freundlichen, cremegelben Wänden hängen Bilder von einer sonnigen Waldlichtung und einer Quelle im Morgentau. Sie werden umrahmt von ein paar Efeutrieben, die sich durch den Lehmputz gearbeitet haben, und einer Topfpflanze mit langen Ranken voller gelbgrüner, herzförmiger Blätter. Die kommen mir allerdings kränklich und gelb vor, keine Spur mehr von dem geheimnisvollen, inneren Leuchten. Und in der Sekunde, als ich das denke, löst sich ein Blatt, segelt zu Boden und bleibt im Lichtkegel des Oberlichts liegen, durch das die Nachmittagssonne zu uns herunterscheint. Alles in allem sieht dieses Zimmer meinem eigenen auf der Krankenstation sehr viel ähnlicher als Alices geheimnisvoller Dschungelraum.

Ich verstehe nicht die Bohne – Bahnhof, Bahnhof, Bahnhof! Hört das denn nie auf?

»Was ist hier los?«, platze ich heraus.

»Genau das wollte ich euch auch grade fragen«, sagt die Leiterin des grünen Turms und sieht mit gerunzelter Stirn von mir zu

Benu. »Hatten wir nicht eine Vereinbarung? Es ist schön, dass ihr beiden –« Sie bricht ab und widmet Penelope einen kurzen Blick. »Pardon – dass ihr drei euch um Silva sorgt, aber erstens braucht sie unbedingt Ruhe. Zweitens gehörst du selbst immer noch ins Bett, Lenya! Und drittens gehörst du schon gar nicht hierher, Benu. Wessen Idee war das und wie habt ihr es überhaupt bis hier geschafft? Der Sirup müsste noch mindestens sechs Stunden …«

»Penelope hat …«

»Es war meine Schuld …«

»Nein, ich habe …«

»Benu ist mein Freund.«

»Bin ich?«

Benu und ich sehen uns an.

Fleur Verboom seufzt. »Ich will das alles gar nicht wissen. Los, ihr beiden, verschwindet, bevor Mrs Ringwald …«

Ein Schatten fällt in den Raum.

»Oh, zu spät. Hallo, Peggy!«

Kapitel 6

Peggy Ringwald bleibt mit verschränkten Armen im Türrahmen stehen und seufzt. »Ich hätte es mir denken können. Der Zapfen fällt nicht weit von der Fichte. Schläft sie?«

Alle außer Penelope nicken.

»Sehr gut. Dann alle raus. So leise und so schnell wie möglich. Nein, du darfst natürlich bleiben, Penelope, das wird ihr guttun ... Ja, das sehe ich genauso ... M-hm. Ja, auch gut. Ach, hat sie das? Und er kann auch ...? Soso. Hmm.« Erstaunt zieht sie die Augenbrauen hoch und mustert erst mich, dann Benu. Penelope trillert jetzt wieder weiter, als ginge sie das alles nichts an.

»Helena, ich muss mit dir reden.«

Ich ziehe den Kopf ein.

Filziger Gelbfuß, denke ich laut in Penelopes Richtung und diesmal meine ich es so. Aber Penelope ignoriert mich.

Peggy Ringwald wendet sich an Benu. »Und mit dir auch. Es hat draußen bereits zum Essen geläutet. Ab mit dir. Jetzt! Danach kommst du bitte umgehend in mein Büro – und dich treffe ich in zwanzig Minuten in deinem Zimmer. Sei besser rechtzeitig dort! Und bis dahin kein Wort zu irgendjemandem über das, was ihr hier gesehen habt oder was immer ihr euch über die Ereignisse der letzten achtundvierzig Stunden zusammenreimt, verstanden?«

Benu nickt. Fleur Verboom mustert ihn und er wirkt auf einmal ziemlich nervös unter ihrem Adlerblick.

»Wo ist mein Dad?«, ziehe ich die Aufmerksamkeit beider Lehrerinnen auf mich.

»Bei der Arbeit. Wie wir alle.«

»Und das soll ich glauben?«

»Dann wirst du dich wohl selbst überzeugen müssen.« Ringel sieht mich scharf an. »Es darf NICHTS nach außen dringen. Das Fortbestehen der Academy hängt davon ab – und vielleicht noch Größeres.«

Ringel nickt der Leiterin des grünen Turms zu. Die legt stumm ihre Arme um uns beide und schiebt uns an der Rektorin vorbei durch die Tür.

Als ich mich noch einmal umsehe, ist die Rektorin damit beschäftigt, eine zartlila leuchtende Infusion in eine Astgabel über Silvas Nest zu hängen. Hat der Inhalt nicht dieselbe Farbe wie mein Sirup?

»Aber …?!« Ich breche ab.

Die Art, wie Fleur noch einmal ihre Augenbrauen in die Höhe zieht, als ich kurz haltmache, sagt mir, dass ich für später aufheben sollte, egal was ich eben noch fragen oder sagen wollte.

Sei besser rechtzeitig dort – wie ist das denn gemeint? So langsam bin ich ja nun auch wieder nicht.

Urplötzlich stehen wir wieder im Gang der Krankenstation – als wären wir durch ein Wurmloch gesaugt worden.

Okay, ich kenne mich mit Astrophysik nicht aus, aber Benu guckt ähnlich verdutzt, also brauche ich ihn gar nicht erst zu fragen, wie wir so schnell hier gelandet sind. Unter den Argusaugen von Fleur Verboom humple ich an seiner Seite brav in Richtung meines Zimmers. Aber natürlich drehe ich mich zwischendurch um. Aus dem Augenwinkel nehme ich wahr, dass jetzt auch Peggy Ringwald mit Fleur vor dem hohlen Baumstamm angehalten hat, durch den wir vorhin nach oben gestiegen sind.

Fleur Verboom zieht einen großen Schlüssel aus ihrer Hosentasche und macht eine scheuchende Handbewegung, als sie bemerkt, dass ich schon wieder stehen geblieben bin.

»Los, komm.« Benu hängt mir seinen Hoodie um und zieht mich weiter, und als ich mich das nächste Mal umdrehe, ist der Baum verschwunden. Ich schwöre, ich habe nur ein Mal geblinzelt. Wieder so ein Ich-verstehe-nur-Bahnhof-Moment!

Leise miteinander murmelnd schließen beide Lehrerinnen eine ganz gewöhnliche Tür ab.

»Stachelsporiger Schildborstling! Das geht doch nicht mit rechten Dingen zu!«

»Schhh«, macht Benu.

Ich sehe ihn unauffällig von der Seite an. Irgendwie ist er anders als sonst, in sich gekehrt und nervös.

Oh, Dad. Wo steckst du bloß? Ich brauche Antworten!

Benu verabschiedet sich kleinlaut an meiner Zimmertür. Keine

Chance, noch mal zu reden, Fleur Verboom beobachtet uns und Peggy Ringwald steht jetzt direkt neben ihr.

Nachdenklich sehe ich Benu hinterher, als er am oberen Flurende die Treppe ins unterirdische Gangsystem nimmt und davonhuscht. Wieso geht er denn nicht direkt durch die Verbindungstür in den gelben Turm? Ist doch viel kürzer?

In der nächsten Sekunde schiebt die Krankenschwester einen Wagen mit Geschirr vor die Tür und verwickelt die Lehrerinnen in ein Gespräch. Die drei verschwinden im Schwesternzimmer. Da habe ich einen Geistesblitz. Dann wirst du dich wohl selbst überzeugen müssen – zwanzig Minuten! Die Gänge! Meine Beine kribbeln kaum noch und den verletzten Fuß kann ich auch schon einigermaßen belasten – das schaffe ich! Wenn mein Vater sich um einen Spezialpatienten kümmert und es sich dabei nicht um Silva handelt, dann ergibt es doch am meisten Sinn, wenn ich mit der Suche dort beginne, wo ich ihn zuletzt gesehen habe: in der Hausmeisterwohnung im Anbau des roten Turms. Und selbst wenn er nicht dort sein sollte, finde ich da ganz sicher einen Hinweis. Spuren. Ich muss mich nur beeilen.

Ganz kurz sehe ich an mir herunter. Zum Glück hat mir Benu seinen Hoodie überlassen, aber ich bin immer noch barfuß und im Krankenhausnachthemd. Egal, das muss genügen.

Entschlossen stülpe ich mir die Kapuze über und stapfe los. Nach allem, was hier gerade los ist, ist es vielleicht ganz schlau, wenn mich da unten niemand sofort erkennt. Ephne ist zwar kein Nachtauge – und sie würde vermutlich eher sterben, als freiwillig einen unterirdischen Gang zu betreten –, aber ich wäre ziemlich naiv, wenn ich glauben würde, dass ich plötzlich nur noch Freunde an der Ashwood Academy habe. Und wenn hier angeblich die

Wände Ohren haben, müssen vielleicht selbst die nicht alles wissen. Zumindest nicht vor mir.

Das sternförmig angelegte unterirdische Verbindungssystem zwischen den Türmen ist menschenleer. Essenszeit eben. Ich schnuppere sehnsüchtig, als ich an der Kreuzung vorbeikomme, wo es zum blauen und silbernen Turm abgeht. Ich finde weder das Wasserelement noch Metall besonders anziehend, aber die duftende Schwade nach Kartoffeln und Möhren, die aus dem Gewölbe dringt, erinnert mich nachdrücklich an die Bedürfnisse meines Magens. Doch die Zeit rennt und Dad hat auch eine Küche und einen Kühlschrank. So schnell es mein Knöchel zulässt, husche ich weiter.

Ich folge dem Weg tiefer hinein ins Dunkel und kuschle mich in Benus verräucherten Hoodie. Noch etwas ist heute anders. Diesmal scheinen die Leuchtkäfer auch für mich da zu sein. Ich brauche nur ganz dezent auf die lehmigen Wände zu klopfen, schon wird es abschnittsweise vor mir heller, und wenn ich zurückblicke, versinkt der Gang wieder in schlafendem Dunkel. Vor lauter dankbarem Staunen verpasse ich beinahe meine Abzweigung.

Der Hauch von Glut und Asche, der mir den Weg zur Brandruine des roten Turms weist, riecht nicht so lecker. Kein Wunder, der Weg ähnelt von hier mehr einem verfallenen Grubenstollen. Wenn ich nicht wüsste, dass es dahinter nach Hause geht – also in die Hausmeisterwohnung meines Dads im Anbau des Turms … Ich schlucke trocken und tauche unter einer dicken, sich sanft im Luftzug wiegenden Spinnwebe hindurch.

Und doch stellt es sich sofort wieder ein, dieses Gefühl von Anziehung und Sog: von nach Hause kommen. Ich kann den

Turm beinahe atmen hören. Ich spüre ein sanftes Pulsieren, das mich einlädt und sich mit meinem eigenen Atemrhythmus, mit meinem Herzschlag synchronisiert. Wir schwingen im selben Takt. Wir haben eine Verbindung, dieses alte Gemäuer und ich. Ob es Benu ähnlich geht? Er hat mich immerhin an seinen Lieblingsplatz mitgenommen, hoch oben auf dem Mauervorsprung unterm Dach der Ruine.

Ich fröstele kurz und ein paar Schritte weiter wird mir so warm, dass ich zu schwitzen beginne. Was ist denn jetzt los? Ob das weitere Nebenwirkungen des Medizinsaftes sind?

Vor meinen Augen beginnt der unterirdische Gang, leicht zu flirren. Ich taste mich die letzten Meter an der Wand entlang, bis ich die Nische mit der versperrten Panzertür erreiche. Hinter ihr verbirgt sich der Kellerraum von Dads Wohnung. In dieses halb unterirdische Kabuff wollte ich vor lauter Verzweiflung am ersten Tag einziehen – wie naiv ich da war. Ich muss an Benu denken, wie er sich hinterm Vorhang vor Zoe versteckt hat und … Moment mal.

Verdutzt starre ich die Nische an. Irgendwas stimmt da nicht. Die dunkle Tür tanzt vor meinen Augen. Schweiß bricht mir aus allen Poren. Vielleicht brauche ich doch eine kurze Pause? Erleichtert, dass ich es bis hierher geschafft habe, lasse ich mich auf die alten Stufen gleiten – und springe gleich wieder auf.

»Viersporiger Nitrathelmling! Aua, heiß!«, keuche ich entsetzt und reibe mir über den verbrannten Po.

Irgendwo fiept ein empörtes Nagetier. Erschrocken sehe ich mich um.

»Nichts passiert«, rufe ich leise ins Zwielicht des Gangs.

Keine Reaktion. Ich bin nach wie vor das einzige menschliche Wesen hier unten.

Neugierig starre ich die Vertiefung an. Dann habe ich mir also nicht eingebildet, dass das Gewölbe und der gestampfte Erdboden immer wärmer wurden. Das Flirren und die Schweißausbrüche haben nichts mit meinem lilafarbenen Sirup zu tun, sondern mit echter Hitze! Gewarnt tippe ich mit den Fingerspitzen auf die Lehmwand vor mir. Auch heiß. Und immer heißer, je näher ich mit meiner Hand der Panzertür komme. Die fasse ich lieber nicht an, ich spüre schon auf eine Armlänge Abstand, dass ich mich daran verbrennen würde. Schuppenstieliger Hexenröhrling!

Deshalb halten hier auch die Insekten gebührenden Abstand! Auf der rechten Seite tummeln sich viel mehr von ihnen. Dort drüben ist es immerhin ein bisschen heller.

»Faszinierend«, murmle ich. Erst Feuersalven, dann ein kochend heißer, unterirdischer Raum … was kommt wohl als Nächstes? Zu dumm, dass Benu nicht hier ist. Oder Penelope. Die kluge Kröte wüsste garantiert, was das alles zu bedeuten hat. Und mit den beiden würde ich mich hier unten auch viel weniger allein fühlen.

Da kommt mir noch etwas anderes in den Sinn: Wenn es in diesem geheimen Zimmer so heiß ist, dass man es sogar von außen spürt – und wenn schon so lange niemand mehr Dad gesehen hat – vielleicht ist ihm etwas passiert? Wieso habe ich daran nicht schon viel früher gedacht? Ich muss mich beeilen!

Mit jedem Schritt, den ich mich von der Nische entferne, wird es kühler. Ein letztes Mal blicke ich dorthin zurück. Tatsache. Erneut nehme ich ein Hitzeflirren wahr. Die Einbuchtung bildet den heißesten Punkt im Gewölbe. Und ich werde herausfinden, wieso.

Mit klopfendem Herzen eile ich weiter und ignoriere das zu Boden gerissene Flatterband genauso wie das Schild, das vor der angeblichen Einsturzgefahr des roten Turms warnt. Ich humple die Treppe hinauf und die Berührung der Wände aus gebranntem Ton spendet mir auf seltsame Art Trost. Unter meinen Füßen fühle ich dieselbe angenehme, raue Wärme. Zum ersten Mal fällt mir auf, dass die Struktur sich mit der Kellertreppe verändert, dort, wo das Reich des Feuerturms beginnt.

Als ich das halb verfallene Erdgeschoss betrete, halte ich kurz den Atem an. Die Bilder unserer Flucht vor den Trollen ziehen noch einmal an mir vorbei. Hier haben Zoe und ich Silva in Sicherheit gebracht. Hier auf dem Boden haben wir gelegen, keuchend, erschöpft und panisch abwartend, ob das alte Tor hält. Bis die anderen denselben Weg hereinkamen wie ich eben – ungläubig staunend, erleichtert, dass wir noch leben.

Feuerwächterin.

Es kommt mir so vor, als ob all das noch immer hier im Raum hängt. Die Anspannung, die Angst, die ungläubige Erstarrung. Es zieht mich weiter, ich will zu Dad.

Und doch kommt mir der Turm heute lebendiger vor und ich bleibe kurz stehen, um seine Energie auf mich wirken zu lassen.

Spontan folge ich meinem Gefühl und gebe dem Impuls nach, über die Außenwand zu streichen. Ein Zittern geht durch das alte Gemäuer. Diesmal zucke ich nicht weg. Ich kneife die Augen zusammen. Meine Knie wabbeln, aber ich halte es aus.

Und dann fühle ich es wieder. Das Pulsieren. Dieses Atmen und Dehnen hat bereits eingesetzt, als ich den roten Turm betreten habe. Nun ist es, als ob er noch tiefer atmen würde. Die Balken ächzen ein wenig, es ist Bewegung drin, wie jemand, der sich nach einem langen Schlaf streckt und reckt – wir atmen gemeinsam, und das beruhigt mich.

Es wird alles gut.

Ich weiß nicht, woher, ich weiß es einfach. Der Turm passt auch auf Dad auf. Meine Panik verfliegt.

»Danke«, sage ich leise.

Als ich die Augen öffne, ist direkt vor meiner Nase eine Rosenknospe aufgesprungen. Ich schwöre, die hat eben noch nicht geblüht.

Ein Lächeln breitet sich auf meinem Gesicht aus, mein Herz klopft schneller, aber nicht mehr aus Angst. Ich glaube, der Turm mag mich.

Total normal, ich kichere albern.

Bei den anderen Türmen habe ich das nie so wahrgenommen. Ich muss bei Gelegenheit dringend Hazel oder Zoe fragen, ob sie das im grünen Turm auch so empfinden. Oder Demi, die in den Hügeln des Erdturms lebt. Kelvin und Saliah frage ich lieber nicht – vielleicht bin ich auch einfach nur bescheuert, und besonders Saliah gegenüber wäre mir das extrem peinlich. Und Benu? Vor Benu ist mir nichts peinlich – und gleichzeitig alles. Ich runzle die Stirn. Komisch.

Ich schüttle den Kopf. Hier stehe ich und schnuppere an Rosenblüten und verplempere wertvolle Zeit.

»Entschuldige«, sage ich leise zum Mauerwerk und eile weiter, vorbei an der abgesperrten Treppe, die bis zum Dach des einsturzgefährdeten Turms führt, vorbei an Wänden voll mit wildem Wein, duftenden Rosen und Efeu, das sich durch Mauerrisse ins Innere gearbeitet hat. Auch hier hinten hat sich irgendwas verändert. Nicht nur dass die Rosen vorgestern noch keine Knospen hatten. Der Turm kommt mir komplett anders vor. Nicht nur lebendiger, auch wacher – heiler. Als ob er sich von innen heraus regenerieren würde.

Und das scheint mir völlig normal. Es wird alles gut, hat der Turm gesagt.

Ich schmunzle über mich selbst. Mal sehen, wie ich das empfinde, wenn der Wirkstoff des lila Sirups ganz aus meinem System verschwunden ist.

Lächelnd schlüpfe in die scheinbare Sackgasse. An ihrem Ende ist die Bretterwand, die zum Anbau führt. Unter dem losen Brett hindurch will ich in den Anbau tauchen. Den Weg hatte Penelope mir bei meinem ersten Besuch im Turm gezeigt.

Aber das, was ich sehe, als ich um die Ecke biege, kann ich nicht auf den halluzinogenen Sirup schieben.

Abrupt bremse ich ab: Die Bretterwand ist weg. Jetzt erkenne ich erst das riesige, verrußte Loch in der Mauer, wie eine schwärende Wunde. Aber das Verrückte ist, es sieht aus, als würden die fehlenden Steine nachwachsen. Seit wann können Steine wachsen? Noch dazu so, als würde eine Tür zum Anbau entstehen?

»Blutblättriger Hautkopf«, murmle ich.

Und gefegt hat auch jemand. Ich kann das Bodenmuster der Fliesen erkennen. Es ist nicht richtig sauber, aber ich kann es sehen – wie bei einem alten Gemälde, bei dem eine Restauratorin ganz behutsam mit Watte staubige Schichten von Patina und Gammel abgetragen hat.

»Cool«, raune ich und gehe langsam weiter. Bedächtig setze ich einen Fuß vor den anderen. »Ist hier jemand? … Dad?«

Nur ein leiser Luftzug streicht als Antwort über die Baustellenplane.

»Okay«, sage ich und schlucke. Noch ein Schritt. Dann greife ich zu und schlage mit Schwung die Plane vor dem Durchgang zurück.

Jetzt rieselt doch ein wenig Staub.

Aber ich bin immer noch allein.

Ich schreite hindurch und lasse mit angehaltenem Atem die Baustellenfolie hinter mir zurückgleiten. Kein Feuer, kein Rauch, keine verschmurgelten Trolle. Halbwegs beruhigt klopfe ich mir Dreck und Spinnweben vom Nachthemd und den Ärmeln meines Hoodies.

Hier wirkt alles wie immer. Der renovierte Flur des Anbaus ist ein bisschen feucht. Frisch gewischt, reime ich mir zusammen, und beim Putzen hat Dad immer Kopfhörer auf den Ohren. Das heißt also …

»Dad!«, rufe ich erleichtert, schon bevor ich hinkend ganz durch den Flur gelaufen bin, und schiebe mir dabei die Kapuze in den Nacken.

Die Wohnungstür steht halb offen. Typisch mein Vater, wenn er beide Hände voll hat.

»Du bist da!«, juchze ich. Die ganze Anspannung der letzten Stunden löst sich und eine Träne der Erleichterung rinnt mir über die Wange. »Dem Himmel sei Dank. Du kannst dir nicht vorstellen, was für wilde Gerüchte …«

Schniefend wische ich mir übers Gesicht – und pralle zurück. »Schuppenstieliger Hexenröhrling!«

Die Hausmeisterwohnung sieht aus, als ob jemand mit einem Flammenwerfer Zielen geübt hätte: In die Gardinen und den Teppich sind große Löcher gebrannt, eine rußgeschwärzte Fensterscheibe hat einen Sprung, der andere Fensterflügel hängt schief in den Angeln und das Glas sieht geschmolzen aus.

Der Esstisch, an dem wir vor wenigen Tagen noch zusammen gesessen haben, ist an einer Ecke angekokelt. Ein schwarzer Streifen zieht sich wie eine Schmauchspur einmal der Länge nach über die Tischplatte.

Die Couch schwimmt in Löschwasser und ABC-Schaum, ein paar Sofakissen sehen ebenfalls ziemlich verrußt aus. Der rote Feuerlöscher liegt mitten im Zimmer, aus der Düse sickern blubbernd Schaumreste und überall stinkt es nach verschmorter Elektrik und kaltem Kaminrauch. Immerhin – kalt!

Ein paar Schlappen von Dad stehen an der Garderobe. Besser als nichts. Ich schlüpfe hinein und gehe mit zitternden Knien ein paar Schritte weiter. Was, zum Feuerroten Wurzelschnitzling, ist denn hier passiert?

»Dad?«, flüstere ich heiser und halte mir die Nase zu. Dann rufe ich lauter. »Dad?! WO BIST DU?«

Kapitel 7

»Hier unten«, ertönt eine dumpfe Stimme aus dem Keller. »Lenya, bist du das? Schrei doch nicht so, Erdsternchen.«

Es ertönt ein metallisch klonkendes Geräusch, gefolgt von einem: »Au! Blutblättriger Hautkopf noch mal!«

»Dad!«

Erleichtert bahne ich mir einen Weg durch das Chaos, folge seiner Stimme und bemühe mich, nicht in Pfützen zu treten oder in Dads viel zu großen Schlappen über umgeworfene Möbel zu stolpern.

Hinter der halb verbrannten Tür zur Kellertreppe schlägt mir Hitze entgegen – angereichert mit schwülfeuchter Stickigkeit. Wie eine überhitzte Dampfsauna, in der jemand Gummireifen, ABC-Schaum und Möbel geröstet hat – und Bücher. Mein Blick streift die verkohlten Regale.

»Dad?« Zögernd setze ich meinen Fuß auf die Treppe. Die unteren Stufen dampfen.

»Bin gleich bei dir«, schallt seine Stimme aus den Tiefen des Raumes nach oben, gefolgt von einem Hustenanfall. »Komm nicht runter.«

Gehorsam bremse ich ab.

»Was ist denn hier passiert?«

»Alles unter Kontrolle.«

»Ach, ist das so? Büscheliger Risspilz!« Ich verschränke die Arme. »Niemand hat dich seit dem Trollangriff gesehen. Tara Claybottom druckst nur rum. Fleur Verboom wollte mir weismachen, du wärst bei deiner Patientin. Aber da warst du nicht.«

»Wieso? Ich bin doch hier!«

»Jeder behauptet was anderes und alle wollen verhindern, dass ich dich suche.« Ich lausche einen Moment. »Was? ... Wo steckst du?«

»Bleib, wo du bist ... Au, verbrannt.« Eine schwere Tür wird zugeschlagen. »Immer noch viel zu heiß!« Er hustet wieder.

Endlich taucht mein Vater in meinem Sichtfeld auf.

»Die haben mich mit lila Sirup ausgeknockt!«, beschwere ich mich.

»Ich weiß. Ich hatte Ringel drum gebeten«, keucht Dad mir entgegen.

Er sieht schrecklich aus. Seine Haare stehen in alle Richtungen ab, sein Kittel ist schmutzig und sein Kopf hochrot und rußverschmiert und er ist vollgepackt mit seiner Werkzeugkiste und einem überdimensionalen Gewirr aus dicker, breiter Litze.

»Du hast was? Aber wieso? Geht's dir gut? Und was ist mit deinem Patienten? Ist er auch da unten? Brauchst du Hilfe?«

Dad ist stehen geblieben, um zu verschnaufen.

»Sie. Alles unter Kontrolle. Reg dich nicht auf.« Er hat sichtlich Schwierigkeiten, nicht über die Kabellage und seine eigenen Füße zu stolpern, während er sich Stufe um Stufe weiter die Treppe heraufkämpft.

»Das war nur zu deinem eigenen Schutz … Weil ich wusste, dass du … Schwefelfüßiger Faserling, ist das schwer! … Himmel und Hölle in Bewegung setzen würdest … um mich zu finden und … hier war nur Chaos.«

»War?« Ich ziehe die Augenbrauen hoch. »Und ich kann sehr gut auf mich allein aufpassen.«

»Na, dann schau dich mal an.«

»Selber.«

Dad seufzt. »Egal. Du bist nun mal hier. Sie musste sich erst mal beruhigen. Ich habe leider keine Ahnung, weswegen sie so durchgedreht ist. Aber hier im Keller geht es. Halbwegs jedenfalls.«

Er parkt die Kiste auf dem Treppengeländer und fummelt mit einer Hand in seiner Kitteltasche, um sich dann mit einem schmutzigen Taschentuch Schweiß von Stirn und Nacken zu wischen.

»Ha, ich wusste es! Deswegen sollte ich so dringend woandershin … Da unten behandelst du dein angebliches Hauptaggregat, oder?! Warum ist das alles so geheim? Wieso kann dieser Patient nicht einfach wie alle anderen in die Krankenstation im gelben Turm?«

»Damit sie den auch noch abfackelt? Keine gute Idee.«

»Moment, sie?«, frage ich perplex.

Dad fummelt die Gummischlingen von seiner Schulter und holt Schwung, um sie mir entgegenzuwerfen.

»Ja, es ist ein Weibchen, sag ich doch die ganze Zeit. Immerhin das haben wir inzwischen herausgefunden. Kannst du mir das mal abnehmen? Was machst du überhaupt hier? Ich hatte Ringel doch eingeschärft … Solltest du nicht noch mindestens vier Stunden im Bett liegen und schlafen?«

»Und solltest du als fürsorglicher Vater nicht bei mir sein, wenn ich aufwache?«, gebe ich ächzend zurück, als ich das Kabeldurcheinander auffange und versuche, das Megaknäuel auf dem Weg zur Küche nicht fallen zu lassen. »Blasser Zonenmilchling, das Zeug wiegt ja mehr als ein Sack Zement. Was ist das?«

»Wollte ich ja … Feuerfestes Verbandsmaterial«, antwortet mein Vater abwesend, stellt krachend die Kiste auf den Tresen und zieht mit dem nächsten Atemzug sämtliche Küchenschubladen auf.

»Für die versengten Trolle? Sind die etwa noch irgendwo?« Erschrocken reiße ich die Augen auf.

Dad schüttelt den Kopf. »Inzwischen nicht mehr. Deswegen solltest du ja für ein paar Stunden vom roten Turm wegbleiben. Aber die Trolle kommen bestimmt zurück, sobald du …« Er schließt stöhnend die Augen. »Na, großartig. Dann muss ich wohl ein bisschen mehr Gas geben. Auf in die nächste Runde.«

»Sobald ich was? Nächste Runde wovon?«

»Sobald du wieder im roten Turm bist.«

»Was hat der Turm damit zu tun? Warum genau waren die Bergtrolle hier?«

»Steintrolle«, berichtigt mich mein Vater. »Hör mir doch zu!«

Ich verdrehe die Augen. »Von mir aus auch die. Aber wieso? Muss ich dir denn alles aus der Nase ziehen?«

»Sie spüren die veränderte Schwingung des Turms, wenn du

dich wieder darin aufhältst. Der Turm erwacht zum Leben, und das lockt sie an.«

»Hä? Willst du damit andeuten …?«

»Dass du nicht zum ersten Mal hier bist? Ja, sicher. Du bist hier geboren worden, Erdsternchen. Diese Wohnung war damals schon zu klein. Aber dann kam ja eh alles anders.« Er seufzt und starrt einen Moment lang blicklos auf die Wand mit den leeren Fotorahmen.

»Warte. Heißt das etwa, ich konnte damals schon die Tür zum roten Turm öffnen?«

»Na ja, nicht direkt. Dafür warst du noch zu klein. Aber als die Trolle kamen – das hat ganz schön gescheppert, das will ich dir sagen! Und wenn du deinen Willen nicht bekommen hast – na, du hast die alten Schäden ja gesehen.«

»Das war ich?« Ich kiekse hysterisch.

»Was? Nein, du bist doch kein Steintroll.« Dad kichert bei der Vorstellung. »Die Trolle waren das, und ein bisschen auch der Turm. Solidarität. Er macht deine Entwicklung mit. Irgend so etwas in der Art jedenfalls.«

Mein Kopf rattert und rattert. »Und deine geheime Patientin? Was meinst du mit auch noch abfackelt? Hat sie etwa das Feuer in der Mensa und im Schlafsaal ausgelöst? Das geht alles auf ihre Rechnung, ja?«

Dad klappt ächzend die Türen von einem Oberschrank nach dem anderen auf. »Bezahlen wird sie es kaum, aber: korrekt. Kluges Mädchen. Deswegen haben wir sie ja verlegt.«

»Ha! Ich wusste es. Deswegen wolltest du mich so dringend aus der Wohnung haben.« Meine Wangen glühen vor Eifer. Ich schiele Richtung Treppe. »Und darum hast du sie … hierhergebracht?

Kann sie da unten auch wirklich keinen Schaden anrichten? Ich meine, deine Feuer spuckende Patientin braucht ja eigentlich nur zum Fenster rauszuklettern. Oder hast du sie etwa festgebunden? Mit diesem Zeugs hier?« Ich halte demonstrativ ein paar Schlingen der verknoteten Kabel hoch.

»Was? Nein! Das sind doch keine … Blutblättriger Hautkopf! Kind, du hast wirklich eine blühende Fantasie.« Mein Vater bleibt kurz stehen und sieht mich verwirrt an. »Es war ein ziemliches Abenteuer, sie für den Transport ruhigzustellen. Das sind Verbände. Das winzige Kabuff ist nicht sicher genug, und da ist doch auch gar kein Platz für sie. Der Raum, den du kennst, das ist … äh … das war nur mein Labor. So was wie eine Schleuse.« Er schlägt die letzte Schranktür zu und kratzt sich am Kopf. »Hab ich eigentlich die …«

»Schleuse? Moooment! Ach, so ist das! Das Tageslicht! Die Panzertür! Na klar: Die Verbindungsgänge liegen ja auch wesentlich tiefer.« Ich pfeife durch die Zähne. »Dad, du alte Grubenlorchel! Es gibt noch einen Raum darunter – unter dem roten Turm!«

»Ja, das sag ich doch die ganze Zeit. Es ist der vermutlich sicherste Ort der Academy. Gut, dass wir jetzt Zugang dazu haben. Dank dir. Auch wenn ich immer noch der Ansicht bin, dass es zu früh für dich ist – ich muss Peggy darin recht geben, dass es auch Vorteile mit sich bringt, dass …«

»… sich der rote Turm für mich geöffnet hat«, beende ich seinen Satz. Das muss ich erst mal sacken lassen. Ich erinnere mich wieder an das Gefühl, wie die Ziegelwand unter meinen Händen pulsiert hat – wie Atem eben.

»Exakt. Aber du bist nicht vorbereitet. Solange du nicht weißt, wie du damit umgehen –«

»Was wollen die Trolle denn im roten Turm?«, unterbreche ich ungeduldig. »Oder von mir?«

»Wissen wir nicht. Aber wenn du dich von den Türmen ferngehalten hättest, wäre der Feuerturm nicht aktiviert worden. Dann wäre Naran ruhig geblieben, und dann hätten die Trolle nicht gemerkt, dass du …«

»Warte, warte, warte. Nicht so schnell, Dad. Willst du damit etwa andeuten, die Trolle seien meinetwegen hier gewesen?«

»Und sie werden wiederkommen.« Mein Vater sieht mich richtig belämmert an. Dann blickt er kurz auf seine Armbanduhr und wirbelt in einem Affenzahn weiter. Mehr oder weniger wahllos donnert er Sachen aus seiner Werkzeugkiste in offene Schubläden. Er rennt nach oben in sein Schlafzimmer, kommt mit frischer Wäsche und Socken zurück, die er ins untere Fach des Werkzeugkoffers wirft, und eilt ins Bad. »Sicherheitshalber«, nuschelt er.

»Wieso packst du denn so hektisch? Wo willst du hin? Müssen wir weg?« Ein Schrecken durchfährt mich und ich lasse die verknoteten Bänder sinken. »Wir bleiben doch hier, Dad, oder? In der Academy. So gefährlich war dieser Trollangriff nicht. Ich fange grade erst an, mich einzuleben, jetzt, wo ich endlich an den weiterführenden Kursen teilnehmen darf. Das ist viel Stoff, aber ich schaffe das. Ich will das wirklich. Ich meine, Lichtbringerin und so. Schon cool, oder?«

»Lichtwandlerin!«, korrigiert Dad im Vorübereilen. »Ja, natürlich bleiben wir hier. Ich muss nur kurz …«

»Du hast Wechselwäsche eingepackt. Von wegen kurz! Reden wir Klartext, du haust ab und lässt mich hier allein! Wieso?«

»Ich versuche zu retten, was zu retten ist. Und ja, du kannst nicht mit. Zu deiner eigenen Sicherheit. Dann wäre unser ganzer

Plan ja witzlos. Es ist zu riskant für dich da draußen. Noch! Glaub mir, ich freue mich darauf, mit dir gemeinsam …« Er sieht wieder auf die Uhr. »Aber genau wie du sagst: Zuerst musst du noch einiges lernen. Und jetzt, wo die Trolle mitbekommen haben …« Seufzend bricht er ab. »Hör mir zu, Erdstern. Ich brauche dich hier. Lies! Lerne! Pass auf unsere Patientinnen auf.«

Ich schlucke. Unsicher sehe ich zu der rußbedeckten Kellertür. »Ich soll …? Ich weiß doch gar nicht …«

»O doch. Du kannst das! Wir wachsen mit unseren Aufgaben. Du bist meine Tochter. Und du bist eine Feuerwächterin, wo sonst wäre dein Platz? Ich bin stolz auf dich, Erdstern. Aber was immer auch geschieht, halte dich unbedingt an den Plan. Erst die Theorie, dann die Praxis. Denn trotz allem, du weißt noch viel zu wenig über diese Dinge! Wir alle eigentlich ... Du bist die erste Feuerwächterin seit fünfhundert Jahren. Sei also vorsichtig.«

»Immer.« Ich grinse albern.

Trotzdem verstehe ich das nicht. Vielleicht halluziniere ich wieder. Das liegt bestimmt alles am Sirup. Mein Vater spricht genauso in Rätseln wie Silva. Ich versuche es anders.

»Die Trolle haben ganz schön was abgekriegt, oder? Fährst du los und behandelst sie? Weil du neutral bist und drüberstehst? Wie manche Länder in der Politik, oder? Deswegen außerhalb. Kann ich nicht doch mitkommen? Durchs Zuschauen lernt man am meisten. Du brauchst jemanden, der auf dich aufpasst und dir assistiert. Wir waren immer ein gutes Team.«

»Nein! Nein! Nein! Genau darum wollte ich zurück sein, bevor du herkommst. Trolle lassen sich nicht von mir behandeln … obwohl, versuchen könnte ich es ja …« Er stutzt kurz und sieht durch mich hindurch. Dann schüttelt er den Kopf. »Nein. Eher nicht.

Aber es kann trotzdem nicht schaden, wenn ich mehr von dem Zeug mitnehme. Als Verhandlungsmasse. Wo hab ich nur …?«

»Was suchst du denn noch?«, frage ich und bemühe mich wieder, den Bandsalat zu entwirren. Das Material fühlt sich an wie Gummi, nur saugfähig. Zum Glück lässt es sich relativ einfach aufwickeln. Trotzdem komme ich mir vor wie eine Gewichtheberin. Auf Drogen.

»Nur lose bitte«, mahnt mein Vater. »Sonst verklebt die Litze. Meine Brille suche ich natürlich.«

»Die hast du auf.«

»Oh, gut.« Er wühlt trotzdem weiter. »Und wo ist die Kühlsalbe? Ich hab vorhin nicht aufgepasst.«

Ich hebe die Schultern. »Keine Ahnung. Das letzte Mal habe ich sie in deine Werkzeugkiste gelegt. Da tue ich sie immer hin und du verlegst sie keine halbe Stunde später. Hast du schon im Kühlschrank nachgesehen?«

Erstaunt hebt er den Kopf, hält in der Bewegung inne und stürzt dorthin. »Tatsache«, frohlockt er, wuchtet einen ziemlich großen Tontopf voll schleimiger Pampe an den Henkeln auf den Boden und tupft sich ein paar Kleckse davon auf die Nase und den Ellbogen.

»Warte.« Ich lasse das Knäuel fallen, tunke meinen Finger in die Salbe und schmiere Dad etwas davon aufs Kinn. »Mach mal den Kopf runter und halt still. Auf der Stirn hast du auch eine Brandblase.«

»Danke, Erdsternchen.«

Ich wische mir den Glibberkram an der Hose ab und bücke mich nach den Bändern. Gehorsam wickle ich lockere Schlaufen, so wie man es auch mit Elektrokabeln macht.

In meinem Kopf dreht sich alles. »Wen willst du denn dann damit einschmieren und verpacken? Eine Elefantenherde?«

»Nein, das ist für Naran. Deswegen brandsicher. Ich lasse dir etwas davon hier.« Er packt mich bei den Schultern. »Hör mir zu, Lenya: Ihr Aufenthalt hier muss streng geheim bleiben. Außerdem behandle ich keine Elef- …« Erschrocken sieht er mich an. »Haben wir etwa auch noch ein verletztes Mammut reinbekommen?«

»Hä?«

Erst als ich den Kopf schüttle, atmet er aus und wuselt weiter. »Mit mittelgroßen Rüsseltieren kenne ich mich nämlich überhaupt nicht aus und ich hätte auch gar keine Zeit mehr gehabt, bevor … Himmel, wo sind denn nur …?«

»Wer oder was ist Naran? Oh, warte. Nicht sagen. Ist das der Name deiner streng geheimen Patientin?«

Dad nickt abwesend.

»Aber wenn sie die Feuerbälle geworfen hat …? Hat sie sich verbrannt bei der Flammenwerferaktion? Weil sie vorher schon krank und geschwächt war? Kann ich dir wirklich nicht helfen? Du kommst ohne mich nicht klar, das sieht man doch! Und was meinst du überhaupt mit mittelgroßen Rüsseltieren? Mammuts sind ausgestorben. Ich bin gut in Bio. Elefanten sind die größten Landtiere, die es gibt – und somit auch ganz sicher die größten Rüsseltiere.«

Mein Vater bleibt kurz stehen und sieht mich nachsichtig an. »Sind sie nicht. Beides falsch. Und bei meiner Patientin handelt es sich um ein Feuervogelweibchen. Peggy hat recht. Du wirst im Schnelldurchlauf einige Wissenslücken schließen müssen. Zumindest das ist ein Stück weit meine Schuld, aber es ging nun mal nicht anders. Umständehalber. Dann kannst du mir helfen. Nicht früher. Ich lass dich rufen, wenn ich dich brauche.«

»Versprochen?«

Dad nickt und hält mir seinen kleinen Finger für einen Pinky-Schwur hin. »Wir reden, wenn mehr Zeit ist, Erdsternchen. Nur so viel zum jetzigen Zeitpunkt: Das sind dumme, pseudowissenschaftliche Hypothesen, die ich ganz leicht widerlegen könnte. Tu ich aber nicht. Zumindest nicht da draußen. Aus Gründen.« Er seufzt. »Ich muss wirklich dringend an meiner Mysen-Enzyklopädie weiterarbeiten, aber ich komme ja zu nichts. Es gibt da eine sehr interessante Mischform zwischen Barytheria und Brachiosauren, oben in Schottland, und … Ich schweife ab. Gibst du mir mal die Taschenlampe? Fehlen nur noch die Schnüre.«

»Feuervogelweibchen? Was? Und was heißt Mysen?«, frage ich verwirrt. »Ich denke, du bist beratender Spezialtierarzt? Was soll das überhaupt sein?«

Aber er ist schon wieder in Gedanken. Suchend öffnet er den Brotkasten. »Bingo! Da sind sie ja.« Zufrieden beginnt mein Vater, den Deckel am Tontopf festzuzurren. Sein Blick fällt auf meinen bandagierten Fuß.

»Sind dir meine Hausschuhe nicht zu groß? Und ich bin kein Tierarzt! Ich bin Berater für Mysen-Krankheiten.«

Missmutig werfe ich die Lampe in den geöffneten Werkzeugkasten und klappe ihn scheppernd zu.

»Dad! Jetzt bleib doch mal stehen und rede mit mir. Keiner sagt mir was. Alle tun immer noch fürchterlich geheim.«

»Ach, das ist wegen Ephnes Vater. Er ist Anwalt und macht sich immer sehr wichtig. Jetzt sucht er nach einem Grund, gegen die Suspendierung seiner Tochter vorgehen zu können, und droht mal wieder damit, die Academy zu schließen. Er will Peggy die Missachtung irgendwelcher Sicherheitsvorschriften nachweisen.«

Bestimmt wegen Brandschutz, liegt mir auf der Zunge, aber ich schlucke die Bemerkung hinunter.

Kapitel 8

»Aber von der Bedrohung im Außen hast du mir schon vor der Sache mit Ephne und den Trollen erzählt. Hornstieliger Wurzelschnitzling! Vor ein paar Tagen hatte ich keine Ahnung, dass es solche Wesen überhaupt in Wirklichkeit gibt! Ich habe eine Waldnymphe gerettet, einen Faun gesehen und wer weiß, was noch, Dad. Und jetzt redest du von einem Feuervogelweibchen! Ich bin auf eine ganz normale Schule in der Grand Street gegangen: Rumgebrülle, vergessene Turnschuhe, Nasenbluten, Pausenhofrangeleien – damit kenne ich mich aus. Ich war Hausmeistertochter! Und jetzt hocke ich ohne Handyempfang mitten im Wald, spreche mit Kröten und Gleithörnchen, bin von Steintrollen angegriffen worden und –«

»Nein, sie haben dich nicht …«, unterbricht er mich schon wieder. Als er meinen Blick sieht, fährt er sich in einer Reißverschlussgeste mit dem Finger über den Mund und bleibt sogar kurz stehen. »Entschuldige, rede weiter.«

»… und mein Dad wird von allen als Meister aller Häuser gefeiert und ist ein superwichtiger medizinischer Mysen-Berater! Was soll das überhaupt sein – das ist doch sowas wie ein Tierarzt??«

»Noch mal: Ich. Bin. Kein. Tierarzt, Helena! Ich kümmere mich ausschließlich um Mysen.«

Ich schnaube.

»Wortklauberei! Was zum filzigen Gelbfuß sind denn nun diese Mysen?«

Dad seufzt. »Mythologische und vom Aussterben bedrohte Wald-, Feld-, Berg- und Schneewesen.«

Mir bleibt der Mund offen stehen. »Cool! Magische Tierwesen also?«

Er verdreht die Augen. »Bitte nicht diesen Hollywoodbegriff! Nicht alle Mysen haben Magie ... Du hast. Viel. Nachzuholen! Sehr viel!« Er braucht vier Anläufe, bis er den prallvollen Werkzeugkoffer schließen kann.

»Und wessen Schuld ist das? Vermutlich soll ich noch dankbar sein, dass du dich nicht als Entführer entpuppt hast«, schnaufe ich. »Du hast jahrelang ein Doppelleben geführt! Ich gehöre zu einer seltenen Spezies von Lichtwandlerinnen und sehe Dinge, die es nicht geben kann. Entschuldige, dass ich mich daran erst gewöhnen muss!«

»Oh, das wird nicht alles so bleiben. Teils liegt es auch am Sirup, der hat eine bewusstseinserweiternde Nebenwirkung.«

»Ha!«, mache ich. »Ich wusste es. Das ist alles nicht real.«

Dad sieht mich nachsichtig an. »Doch. Du siehst dadurch nur zusätzlich feinstoffliche Dimensionen, der Effekt verfliegt leider ziemlich schnell, deswegen setzen wir ihn nicht mehr in der Devakunde ein.« Jetzt reißt er alle Schränke auf und wühlt sie durch. »Zumindest nicht in der Unterstufe.«

Mir wird schon wieder schwindlig.

»Aber Benu hat den Wunderbaum auch gesehen!«, widerspreche ich.

»Ihr wart zusammen bei Silva oben? Hmm. Hat er? Das ist in der Tat seltsam.« Dad runzelt die Stirn. »Er ist ein Nachtauge, oder? Gehört er nicht zu den Hügelformern?«

»Ja, tut er«, sage ich entrüstet. Und zögere. Tut er doch, oder nicht? Benu wollte mir die ganze Zeit irgendetwas mitteilen. Diese Andeutungen, die er gemacht hat … Seine Sorgen. Woher wusste er eigentlich, wie er mich an der Zeremonie vorbei in den grünen Turm bekommt? Ich mustere meinen Vater, der weiter hektisch Sachen zusammensucht, um die Welt zu retten.

»Kannst du bitte damit aufhören, die ganze Zeit herumzulaufen? Das macht mich irre, Dad! Wieso geht es Silva so schlecht? Sie hat was von sauren Trollen gefaselt, wenn man klaut. Sie sagt Trollbären zu ihnen und dass ich nicht den ganzen Bären klauen soll oder so. Und Töne üben. Aber der Musikunterricht gehört zu den Grundkursen. Sie ist zuckersüß, aber wie soll uns das weiterhelfen?«

»Was hat sie noch gesagt?« Abrupt hält er inne.

»Keine Ahnung, wirres Zeug. Bekommt sie auch den lila Sirup? Das wäre eine Erklärung. Sie hat von weißen Klauen geredet, weiß und schwarz und bunt gemischt und dass ein Vogel sein Nest braucht und ich mich kümmern soll. Ach ja, das soll ich dir nämlich ausrichten. Dass ich es bin – was auch immer sie damit meinte.«

»Jaja, das weiß ich alles«, brabbelt Dad abwesend und kratzt sich hinterm Ohr. »Trollbären … Nein, sie meint bestimmt Trollbeeren. Sonst noch was?«

»Feuer, Vogel, kuschelig, warm«, pampe ich. »Beerendiebstahl – was weiß ich. Was bedeutet das bitte?«

Dad seufzt. »Erdsternchen. Ich habe dich sehr lieb und ich verstehe deine vielen Fragen. Ich habe es nur leider sehr eilig. Darum das Wichtigste im Schnelldurchlauf: Momentan kann ich nicht mehr für Silva und Naran tun, als sie einigermaßen stabil und unter Schmerzkontrolle zu halten. Wir haben kaum noch Sirupreserven und durch den Trollangriff sind die Gewächshäuser mit dem Arzneilavendel zerstört worden. Das ist der wichtigste Rohstoff darin. Außer Baumrinde und Pilzextrakt natürlich. Danke für den Tipp mit den sauren Trollbeeren.«

»Weiß und schwarz und bunt gemischt«, spule ich herunter.

Dad nickt. »Ja, das sagtest du bereits. Gut zu wissen. Ich muss sehen, wo ich welche auftreiben kann. Arzneilavendel und Trollbeeren und irgendwas war noch. Ah. Apropos. Nur für dich als Info: Naran frisst gern Äpfel. Golden Delicious ... Und Sulfur. Das findest du alles im Keller. Beides ist ein Kompromiss zu ihren sonstigen Ernährungsgewohnheiten, aber ihr Appetit wird immer schlechter. Sie hätten sich beide schon längst erholen müssen. Sehr ungewöhnlich.« Er strubbelt mir über den Kopf.

»Ich soll deine Patientin füttern?«

»Nein! Du sollst da überhaupt nicht reingehen, nur aufpassen, dass es auch niemand sonst versucht. Ich beeile mich, du brauchst nichts zu tun, das ist alles nur für den Notfall. Für heute und morgen ist der Feuervogel mit allem versorgt. Und sollte ich morgen Abend noch nicht zurück sein: Unten liegen Schutzausrüstung und ein Feuerlöscher, sicher ist sicher. Der Schlüssel für Narans Behandlungszimmer liegt im Tresor. Den Zahlencode ergebe unsere Geburtsdaten: dein Tag, mein Monat, Felicitys Geburtsjahr. Noch mal: Das ist alles nur für den absoluten Notfall.« Er atmet geräuschvoll aus. »Blutblättriger Hautkopf, ehrlich gesagt bin ich ein bisschen überfordert. Deine Mutter hätte das besser drauf.« Dad räuspert sich verlegen. »Wie dem auch sei. Also, mehr Antworten: Erstens: Ja. Naran hat mir geholfen, die Trolle auf Abstand zu bringen. Leider hat sie ihre Fähigkeiten im Moment nicht unter Kontrolle, das macht sie … äh … brandgefährlich sozusagen. Liegt vermutlich an ihrem derzeitigen Zustand. Zweitens: Meine offizielle Berufsbezeichnung ist: medizinischer Berater und Spezialist auf allen Gebieten der Erforschung von Hausmitteln und Heilkunde mythologischer und vom Aussterben bedrohter Wald-, Feld-, Berg- und Schneewesen – kurz Meister aller Häuser. Und drittens, das Allerallerwichtigste jetzt noch mal langsam: Niemand außerhalb der Academy darf von der Existenz dieser Wesen, dieser Schule oder von meinem Job wissen. Deswegen auch die verschlüsselte Abkürzung. Es ist unglaublich wichtig, dass ich innerhalb der nächsten …« Er sieht auf seine Armbanduhr. »… dreieinhalb Minuten mit diesen Dingen hier …« Er zeigt mit ausgestrecktem Arm auf die Werkzeugkiste, die Kabelrolle und die Jutetasche, in die er inzwischen den Tontopf gestellt hat. »… durch diese Tür hier …« Jetzt weist er zum Ausgang. »… verschwinde und meine Arbeit mache. Für uns alle!«

Er holt tief Luft und drückt mir einen Kuss auf die Stirn.

»Sonst haben wir ein Problem. Ein großes, Erdsternchen. Noch größer als das, weswegen wir damals in die Grand Street gezogen sind.«

»Hör bitte auf, mich zu erdsternisieren!«, schimpfe ich los.

»Entschuldige.«

Ich atme aus und bemühe mich, ruhig zu bleiben. »Von welcher Kategorie Problem reden wir? So eins wie damals, als ich nach der Mandeloperation im Krankenhaus lag und du tagelang wegen eines Wasserrohrbruchs verschwunden bist? Lass mich raten, in Wirklichkeit musstest du einen chinesischen Drachen zähmen? Einem portugiesischen Einhorn was vorsingen? Oder einfach nur mit Silva Karten spielen? Sie sagt, sie stand früher mal auf dich.«

»NEIN!« Empört sieht er mich an. »Sei doch nicht albern. Das war wegen eines Zyklopen. Der hätte beinahe ganz Kreta in Schutt und Asche gelegt, weil er solche Zahnschmerzen hatte.« Er schnauft. »Armer Kerl, alles vereitert. Nicht schön.« Dann tippt er demonstrativ auf das Zifferblatt seiner Uhr. Sein Gesichtsausdruck wechselt über erschöpft zurück ins Gestresste. »Zweieinhalb Minuten. Siehst du, genau deswegen habe ich Ringel von Anfang an gesagt, dass du nicht von jetzt auf gleich in die fortgeschrittenen Kurse gehen oder gar Turmschläferin werden sollst. Dann hätten wir mehr Zeit für alles gehabt. Und das macht die Dinge jetzt so kompliziert.«

»Zeit wofür, Dad?«

»Na, damit du alles lernst, was hierfür wichtig ist, natürlich! … Magische Tierwesen. Ts, ts, ts.« Er schüttelt den Kopf.

Ich ignoriere das. »Aber wofür denn genau? Und wieso reist du wegen eines Wirbelsturms nach Griechenland? Als medizinischer Mysendingens?« Ich beiße mir auf die Zunge und spreche es lieber nicht noch mal aus.

»Da, siehst du? Quod erat demonstrandum! Ein Wirbelsturm ist ein Zyklon. Ein Zyklop ist ein einäugiger Riese. Und Einhörner gibt es nur noch ganz wenige in der Bretagne und in Schottland. Grünbuckliger Risspilz. Jetzt haben wir den Salat. Ich hätte dich bei Tante Martha lassen sollen.«

»Bei unserer verschnarchten Nachbarin in der Grand Street? Flacher Lackporling! Und außerdem: Zu spät, Dad! Ich bin hier und habe tausend Fragen und Probleme und du rennst rum wie ein Verrückter. Ich mache überhaupt nichts kompliziert. Ich mache mir höchstens Sorgen um dich, während du nicht mal fragst, wie es mir geht! Ich hab meinen eigenen Countdown! Ich muss nämlich gleich zurück in meinem Zimmer sein. Sonst gibt's Alarm.«

»Gibt's sowieso.«

»Was?«

Er fährt sich mit beiden Händen durch die Haare und atmet tief durch. »Okay, vergiss, was ich eben gesagt habe. So viel Zeit muss immer sein, erst recht, wenn die Welt untergeht.«

Dad kommt mit drei großen Schritten auf mich zu und nimmt mich fest in den Arm. Er strömt einen intensiven Geruch nach Feuer und Rauch und etwas anderem aus, das ich nicht zuordnen kann. Exotisch irgendwie, süßlich-herb. »Wie geht's dir, Erdsternchen? Was macht dein Fuß?«

»Mein Kopf dröhnt, mein Knöchel tut auch weh, danke, dass du nachfragst. Aber was ist mit Silva los? Wieso geht es ihr so schlecht? Du kannst doch jetzt nicht einfach abhauen! Was kann denn grade wichtiger sein für einen Mysenretter als eine schwer verletzte Waldnymphe?«

»Das ist es ja: Nichts ist wichtiger als das, Helena.« Seine Stimme wird ernst und dann drückt er mich plötzlich noch einmal so fest an sich, dass mir die Luft wegbleibt.

Ich kann es nicht leiden, wenn Dad mich Helena nennt. Er tut das normalerweise nur, wenn er wegen irgendwas auf mich sauer ist. Aber wenn hier überhaupt jemand das Recht hat, auf jemand anderen sauer zu sein, dann ja wohl ich!

»Genau das ist unser Problem. Das Leben einer Waldnymphe ist mit dem Wald um sie herum verknüpft. Es hängt alles zusammen. Wenn Silva stirbt, stirbt die Academy und der Wald gleich mit. Deswegen kann ich nicht hier bei dir bleiben, so gern ich es möchte. Ich kann nur ahnen, was du durchgemacht hast. Ja, du weißt zu wenig, aber es ging nicht anders. Stell dir vor, du hättest mit sieben Jahren unserer Nachbarin etwas von Zyklopen erzählt! Oder das mit dem Bärenmenschen im Zoo. Nach der Sache mit dem Feuerturm und deiner Mutter stand zu viel auf dem Spiel, und das tut es noch.«

»Was hat denn Mum damit zu tun?«

»Nicht jetzt!« Er atmet tief durch. »Zu viele Informationen. Wir verzetteln uns, Erdsternchen. Helena. Lenya! Ich bin unendlich stolz auf dich. Wegen dem, was du für Silva getan hast, und wegen dem, was noch vor dir liegt.«

Ich schlucke trocken. »Dad, ich weiß doch gar nicht …«

Er tippt mir auf die Brust. »Doch. Du hast alles hier drin, Erdstern. Du kannst das. Über den Rest reden wir, wenn ich zurück bin.«

Wieder sieht er auf seine Uhr. Das macht mich ganz wuschig.

»Hast du alles verstanden?«

Ich nicke – aus reinem Reflex. Ich verstehe gar nichts!

»Gut, dann geh jetzt bitte zurück in die Krankenstation. Nimm den unterirdischen Gang, damit dich niemand sieht, und tu es jetzt. Nicht draußen lang, hörst du? Bloß nicht, Helena! Viel zu gefährlich! Du darfst hier nicht gesehen werden. Halte nicht an, bevor du dort bist, egal was passiert. Und ich komme so schnell zurück, wie ich kann.«

Er reißt mich noch mal an sich.

Ich strample mich frei. »Dann sag mir wenigstens, wo du hingehst. Ich bin nicht mehr sieben und wir sind nicht mehr in der Grand Street.«

»Ich kann nicht. Rede mit Silva und pass auf Naran auf, hörst du? Niemand, der es nicht unbedingt muss, darf von dem Feuervogel wissen. Niemand!« Dad klingt jetzt richtig drängend und er guckt auch so, als er mich nun loslässt und ein Stückchen wegschiebt, damit er gleich darauf wieder auf seine Uhr sehen kann.

»Fünfzehn Sekunden.«

Völlig verdattert starre ich meinen Vater an. So ernst und besorgt habe ich ihn noch nie erlebt.

»Du musst los, Lenya. Jetzt! Ich hab dich lieb! Und denk dran, kein Wort über Naran, erst recht nicht bei der Konferenz, hörst du? «

»Was denn für eine Konferenz?«

»Die Peggy einberufen wird. Grüß sie von mir, sag ihr, ich kümmere mich darum und versuche, euch den Rücken freizuhalten, bis du so weit bist. Du bist nicht schuld, du bist der Schlüssel. Keine Sorge. Ich bin bald wieder da. Du wirst gar nichts tun müssen. Das ist nur zur Sicherheit, falls es doch länger dauert, was es aber hoffentlich nicht tut. Sie ist wirklich relativ harmlos.«

»Relativ«, wiederhole ich stumpf.

»Im Kühlschrank ist noch mehr von der Salbe. Und von dem Verbandsmaterial lasse ich dir auch was da.« Er zeigt auf eine kleinere Rolle neben der Spüle.

»Hä?«, mache ich noch einmal, aber da hat er sich bereits die übrigen Schlaufen über die Schulter gehängt, Tüte und Koffer geschnappt und ist zur Tür hinausgefegt. »Nur falls was sein sollte. Hab dich lieb!«

Blasser Zonenmilchling. Ich verstehe immer noch nur Bahnhof. Geht das denn nun immer so weiter? Völlig perplex laufe ich ihm in den Flur nach.

»Ich dich auch«, rufe ich ihm hinterher.

Er ist schon zur Haustür hinaus und läuft über den kleinen Trampelpfad auf die Bäume zu.

»Judasohr«, grummele ich, pfeffere Dads Schlappen an die Wand und knalle die Wohnungstür zu.

Exakt fünf Sekunden später setzt der Alarm ein.

Kapitel 9

Einen Wimpernschlag nachdem ich auf dem Weg zurück unter der Baustellenplane durchgeschlüpft bin, fliegt mit enormem Getöse die schwere Eisentür des roten Turms zu und schreckt mich auf. Entlang der Fußleisten beginnen Flechten neongelb zu leuchten. Ein lang gezogener Hornklang ertönt. Nach zwei kurzen Intervallen setzt er neu ein und schwillt zu diesem gewaltigen tiefen Ton an, den ich bereits vom Trollangriff kenne.

Putz und ein paar vertrocknete Weinblätter rieseln auf den Boden und auf mich drauf. Gerade als ich mich in Richtung Treppe wende, schießt etwas laut kreischend und tschilpend durchs Fenster herein und landet auf meinem Kopf – um Haaresbreite, bevor auch hier die Läden wie durch einen verborgenen Mechanismus von ganz allein zuklappen.

»Wanda!«, rufe ich, nachdem ich mich von meinem Schreck

erholt habe, und klaube das zitternde Gleithörnchen vorsichtig aus meinen Haaren, in die es sich mit beiden Pfötchen krallt.

»Geht es dir gut? Wo kommst du denn her? Wieso bist du nicht bei Zoe oder Benu? ... Langsam, bei diesem Lärm versteh ich ja mein eigenes Wort nicht.«

Wanda keckert weiter und raspelt aufgeregt mit den Zähnen, bevor sie sich im Schutz der Hoodiekapuze an meinem Nacken versteckt.

»Sag mir, dass das nicht schon wieder Trollalarm ist«, krächze ich heiser. Vor meinem inneren Auge tauchen Bilder von panisch fliehenden Waldgeschöpfen auf, von in die Türme eilenden Turmlingen, zuschlagenden Portalen, von Ephne, die mir ins Gesicht schmettert: Du kommst hier nicht rein. Mein Vater ist außerdem Anwalt!

Ich runzle die Stirn.

»Woher wusste Dad überhaupt, dass es Alarm geben wird? Grünbuckliger Risspilz! Was, wenn er wegen mir zu spät dran war? Was, wenn die Trolle ihn entführen?«

Wanda keckert leise.

»Was heißt, ich soll mich nicht aufregen? ... Du hast nur *einen* Troll gesehen, und der war weit weg? Na toll! ... Kein Wunder, dass ich langsam durchdrehe. Das ist alles ganz schön viel auf einmal, Wanda! ... Ja, ich bin seine Tochter, und nein, das heißt nicht automatisch, dass ich auch eine besondere Begabung auf dem Gebiet der Mysen hätte. Ich kann sägen und bohren, Glühlampen wechseln und Kabel verlegen. Das kann ich.«

Wanda zetert und schimpft jetzt direkt neben meinem Ohr.

»Natürlich habe ich mir gemerkt, was er gesagt hat ... Woher weißt du eigentlich davon? ... Ach so ... Ja, zufällig habe ich mitbekommen, dass er der Meister aller Häuser ist, auch wenn ich immer noch nicht verstanden habe, … wusstest du, dass das eine Abkürzung ist? Bescheuert, oder? Ja, schon auch irgendwie genial ... Ich mache mir trotzdem Sorgen um ihn … Bist du dir sicher, dass es ihm gut geht?«

Das Gleithörnchen gurrt beruhigend und knetet mit seinen Vorderpfötchen auf meinem verspannten Nacken herum.

»Und ob ich weiß, dass ich erst seit Kurzem hier bin. Das müsst ihr mir nicht alle ständig unter die Nase reiben. Dauernd passiert hier was Neues, wie soll ich mich denn da an alles gewöhnen? Das geht nicht so schnell, und vor allem nicht, wenn mir immer noch so viel vorenthalten wird, sogar von Dad.«

Wanda hampelt jetzt absichtlich mit ihrem buschigen Schwanz unter meiner Nase entlang.

»Nein, das ist kein Selbstmitleid … Und ich bin auch nicht feige! Und weißt du was – ich beweise es dir. Es ist mir egal, ob wir es eilig haben und hier der Alarm heult.«

Ich bleibe stehen.

Wanda turnt über meinen Kopf und meine Schultern und raspelt aufgeregt mit den Zähnen.

»Nein«, widerspreche ich entschieden und kehre um. »Ist mir egal, dass du das anders gemeint hast. Jetzt gucke ich mir diesen brennenden Feuerwerfervogel an. Ich muss wissen, ob das echt ist oder ob ich spinne. Kommst du mit oder bleibst du hier? … Nein, ich scherze nicht! Natürlich meine ich das ernst, was glaubst du denn?!«

Wanda stößt sich von meiner Schulter ab und landet im Segelflug auf dem Fensterbrett eines der schmalen Turmfenster mit den in Stein gehauenen Schnörkelrahmen.

Mir fällt auf, dass die Steinrosetten in den spitz zulaufenden Bögen gar nicht mehr kaputt sind. Oder wirkt das nur so im Dämmerlicht diesen neongelben Leuchtflechten?

Das Gleithörnchen setzt sich auf die Hinterbeine und schimpft mich wütend tschilpend von dort oben aus.

»Ich nehme mir die Zeit aber. Ich soll immerhin dieses Wesen bewachen, also ist es sogar meine Pflicht, nach ihm zu sehen … Wohl ist das mindestens genauso wichtig wie deine Botschaft … Ich. Bin. Nicht. Bockig! … Auch gut, dann bleib eben hier. Wobei Dad gesagt hat, dass es besser wäre, wenn ich nicht allein … Nein, diese Diskussion ist es, die uns aufhält. Ich gehe jetzt. So.«

Mit jedem Schritt, den ich mich der Hausmeisterwohnung nähere, wird mir mulmiger, wenn ich ehrlich bin. Trotzdem: Umkehren kommt nicht infrage. Ich drehe mich noch mal nach Wanda um. Aber der Gang ist leer.

Dann nicht. Meine Neugier auf Naran ist stärker. Ein Feuervogelweibchen, das sich von Äpfeln und Sulfur ernährt. Wenn ich das schon weiß, kann ich sie auch füttern. Sulfur, ist das nicht so ein gelbes Schwefelzeugs?

Ich wünschte, Benu wäre hier. Oder Demi. Ich glaube, Hügelformer und Schattenhüter wissen alles, was mit der Erde und ihren Bodenschätzen zu tun hat.

Okay, ein bisschen trotzig bin ich schon. Aber was, wenn Dad aufgehalten wird und es nicht zurückschafft, bevor Naran Hunger bekommt? Und wenn sie keinen Appetit hat, wie er sagt, dann ist es doch noch wichtiger, dass ich versuche, sie ein wenig aufzupäppeln, und mir rechtzeitig einen Überblick verschaffe, oder?

Ich kann ganz gut mit Tieren umgehen. Einen Apfel und ein bisschen Schwefel in den Käfig werfen, das kann ja nicht so schwer sein.

»Sie wird doch in einem Käfig sein, oder? Ich hätte Dad noch viel mehr fragen sollen«, murmle ich vor mich hin und schlüpfe durch die Plane.

Hinter mir tschilpt es.

»Wanda!«, rufe ich freudig. »Wie lieb von dir … Ja, natürlich gehen wir nur ganz kurz rein … Und nein – du erbst ganz sicher nicht meine Nussvorräte … weil mich dieser Vogel nämlich nicht frittieren wird! … Und dich auch nicht.«

Dads demolierte Wohnung wirkt ohne ihn und mit dem Alarm im Hintergrund noch gespenstischer.

Wanda verkriecht sich unter meiner Kapuze. Ich tapse langsam zur Treppe hinüber und lausche dabei auf jedes Geräusch. Ein Rascheln im Gebälk, das Plitschen eines tropfenden Wasserhahns, das Knarzen meiner Schritte.

Wanda tschilpt unsicher neben meinem Ohr. Ich kann ihre Pfötchen in meinem Haar spüren. »Nein, wir brechen nicht ab, das ziehen wir durch«, wispere ich und greife nach der Klinke.

Sie ist warm. Als ich die Tür aufziehe, schlägt mir ein Schwall stickiger, nach Schwefel und verbranntem Gummi stinkender Hitze entgegen. Wanda fiept. »Da unten wird es noch heißer sein«, warne ich sie vor. »Schaffst du das? Du kannst auch hier oben auf mich warten.«

Das Gleithörnchen ringelt sich ängstlich um meinen Nacken.

»Natürlich passe ich auf«, verspreche ich.

Schritt für Schritt steige ich auf der Treppe nach unten.

Stufe für Stufe wird es stickiger.

Der kleine Kellerraum ist nicht wiederzuerkennen. Dad hat tatsächlich eine Art Minilabor eingerichtet. Unter meinen Füßen knirscht es und ich bin sehr froh, dass ich seine Hausschuhe wieder angezogen habe. Jetzt verstehe ich, wieso er Regale aus Stahl angebracht hat. Die sind hitzebeständiger als Holz – und sie haben in der kurzen Zeit bereits einiges mitgemacht, so wie es aussieht. Ich wedle mit der Hand den Rauch beiseite und schiebe die Scherben eines zerbrochenen Glaskolbens aus dem Weg. Hustend arbeite ich mich zum Fenster vor und reiße die Flügel auf. Alarm hin oder her, man bekommt ja kaum Luft hier unten. Dankbar atme ich die kühle Luft ein. Als die Schwaden sich verziehen, entdecke ich an der gegenüberliegenden Wand eine massive Eisentür. Daneben stehen ein kleiner Kühlschrank mit drei Feuerlöschern darauf und, etwa genauso groß, der Tresor, von dem Dad gesprochen hat. Ein Paar dicke Feuerwehrhandschuhe, Stiefel und eine Art feuerfester Mantel hängen an einem Haken.

»Also gut«, sage ich leise und ziehe mir die Ausrüstung über. »Bereit?«

Kapitel 10

Dicke Feuerwehrhandschuhe sind nicht besonders praktisch, wenn man eine Zahlenkombination in einen Safe tippen will. Aber mithilfe eines Glasstäbchens, das ich auf einem Regal finde, bekomme ich es hin. Mums Geburtsjahr, mein Geburtsmonat, Dads Geburtstag. Ich ruckele, ziehe, schiebe – nichts tut sich.

»Andersrum vielleicht? Dein Tag, mein Monat, Felicitys Geburtsjahr – so war's.« Gespannt halte ich die Luft an.

Tatsache, jetzt klickt es leise und die Tür springt ganz von allein auf. Wanda lugt neugierig unter der Kapuze hervor.

Zu meiner Enttäuschung ist der Tresor leer – abgesehen von dem Schlüssel. Wanda tschilpt.

»Keine Ahnung, was ich erwartet habe«, nuschle ich und mühe mich, den flachen Gegenstand mit den Handschuhen zu greifen.

»Und jetzt? Ein Krankenbesuch mit leeren Händen ist irgendwie unhöflich, oder?«

Mein Blick fällt auf den Kühlschrank. »Warte mal.«

Ich reiße die Tür auf und friere buchstäblich in der Bewegung ein. Zum einen ist der kühle Luftschwall, der uns beide trifft, gerade besser als Weihnachten und zum anderen …

»Sternschuppiger Riesenschirmling! Hast du so was Schönes schon mal gesehen?«

Ich klemme mir den klobigen Handschuh unter die Achselhöhle und greife ganz behutsam nach dem Kiel einer rotgolden schimmernden Feder, die einsam im Hauptfach des Kühlschranks liegt.

Staunend hebe ich sie heraus und drehe und wende sie.

»Nicht anfassen«, mahne ich das Gleithörnchen, das schnuppernd von meiner Schulter in Richtung Unterarm turnt. »Wir müssen ganz vorsichtig damit umgehen! Ich leg sie besser gleich wieder rein.«

Die Feder schillert und funkelt, als ob sie von innen heraus glüht – und gerade als ich mit der freien Hand nach der Kühlschranktür taste, flackert sie puffend auf, bildet eine gleißend helle Flamme – und zerfällt vor unseren Augen zu Asche.

»Grünbuckliger Risspilz«, stöhne ich. »Und jetzt? … Nein, das war die einzige! Doch … guck selbst.«

Wir stecken beide die Köpfe in den Kühlschrank. Alle anderen Regalböden sind mit goldgelben Äpfeln gefüllt. Das Gefrierfach ist randvoll mit Eiswürfeln und Kühlpacks und in den beiden Gemüseschubladen befindet sich ein pulvriges, gelbes Granulat. Es stinkt ordentlich nach faulen Eiern, als ich die Schubfächer aufziehe. Schwefel.

Wanda klettert niesend zurück unter meine Kapuze.

»Sag ich ja«, näsele ich, stecke zwei Äpfel in die Kängurutasche des Hoodies und lasse die Tür zufallen. »Vielleicht finden wir da drin ja Ersatz.« Ich zeige mit dem Schlüssel auf den stählernen Eingang zu Narans Behandlungszimmer. »Gehen wir's an?«

Es ist eine ziemliche Puzzelei, den Schlüssel mit den dicken Handschuhen in das Vorhängeschloss zu bekommen. Ich bewundere Feuerwehrmänner für ihr Geschick und ihre Kondition, in solchen Klamotten zu arbeiten. Ich vergehe schon jetzt vor Hitze unter dem viel zu großen Brandschutzkittel. Dabei habe ich nicht mal die Knöpfe geschlossen.

»Kennst du dieses Spiel, bei dem man sich an Geburtstagen winterlich warm einmummelt und dann mit Messer und Gabel versucht, eine Tafel Schokolade auszupacken, bevor der Nächste eine Sechs würfelt? So komme ich mir grade vor«, brummele ich und stochere weiter.

Wanda bleibt mir eine Antwort schuldig, denn in diesem Moment springt der Haken mit einem leisen Klicken auf.

Mit angehaltenem Atem zerre ich die schwere Tür auf. Dahinter ist eine weitere Treppe. Logisch. Wir müssen tiefer. Trotzdem starre ich mit gemischten Gefühlen in das gähnend schwarze Loch hinunter. Der Schein einer einzelnen Fackel, die nach drei Stufen an der Wand hängt, macht den Anblick nicht weniger gruselig.

»Was wollten wir noch mal da unten? … Ach ja.« Ein heißer Lufthauch weht mir entgegen und bringt die Fackel zum Flackern. Das lässt mich aus der Erstarrung erwachen. Zögernd setze ich meinen Fuß auf die erste Stufe, dann auf die zweite. Mit jedem Schritt werde ich zuversichtlicher.

»Ich bin die Feuerwächterin. Ist doch so, oder?« Meine Mundwinkel wollen das optimistische Lächeln noch nicht so richtig mitmachen. Und Wanda wirkt auch nicht überzeugt. »Du hast doch vorhin gesagt, ich kann das und soll mir mehr zutrauen«, zische ich ihr zu. »Was soll schon passieren? Dad hat gesagt …«

Die Treppe macht eine Linkskurve und gibt den Blick auf einen wohnzimmergroßen, fensterlosen Kellerraum frei. In der Mitte des Raums, in einem Kreis, der dick mit Sand eingestreut ist, steht ein Ständer mit einem Ast und einer großen Schale Wasser. Zwei schrumpelige Äpfel liegen unberührt daneben und verströmen ein leichtes Aroma nach Bratapfel.

Das hat vielleicht mit dem mannsgroßen, sehr schlanken Vogel zu tun, der daneben auf dem Boden hockt.

Nicht auf dem Ast.

Nicht in einem Käfig.

Nicht in einer Voliere.

Einfach auf dem Boden.

Er zieht mit einem sehr langen, spitzen Schnabel unablässig irgendwas aus seinem leuchtend goldrot glühenden Gefieder.

Ich erkenne das Material. Ganz langsam gehe ich einen Schritt näher. Das sind die feuerfesten Verbandslitzen, von denen Dad mir ein paar dagelassen hat. Oder vielmehr: Sie waren es. Naran zerpflückt und verstreut sie auf dem Boden. Immer schön abwechselnd mit Flaum und Federn. Sie wirkt nicht sonderlich zufrieden mit dem Ergebnis. Zwischendurch hält sie kurz inne, scharrt alles wieder auseinander, lässt sich schwankend ein paar Zentimeter weiter nieder und beginnt von vorn. Ihre Brust ist bereits ziemlich kahl und es riecht ein bisschen nach … Bratapfel und gegrilltem Hähnchen.

Sie hat mich noch nicht bemerkt.

»Hallo, Naran«, sage ich leise. Ich schlucke. »Sieh mal. Wir haben dir was mitgebracht.«

Die Feuervogeldame hält in der Bewegung inne, legt den Kopf schief und beäugt mich aus großen braunen Augen.

»Öhm. Mir ist da oben ein Missgeschick passiert. Hättest du zufällig eine Feder übrig oder brauchst du sie alle für das … was immer du da tust?«

Naran sperrt den Schnabel auf, breitet die Flügel aus und gibt ein kollerndes Geräusch von sich.

Die letzte Bandage fällt in den Sand, als sie mit den enormen Schwingen glutheiße Luft in unsere Richtung fächelt.

Wanda tschilpt ängstlich, streckt kurz den Kopf aus meiner Kapuze und verschwindet gleich wieder darin.

Naran macht ein klapperndes Geräusch mit dem Schnabel.

»Es ist alles in Ordnung«, sage ich beschwörend und taste mich einen halben Schritt zurück. »Wir haben dir was mitgebracht, siehst du?«

Ich fingere mit den Handschuhen nach den Äpfeln in der Hoodie-Beuteltasche, aber natürlich fallen sie mir herunter.

Der Feuervogel torkelt mit ausgebreiteten Flügeln kreischend und erstaunlich schnell auf uns zu.

Wanda kreischt ebenfalls. Und ich beschließe, nicht abzuwarten, ob Naran es auf die Äpfel oder auf gegrilltes Gleithörnchen abgesehen hat.

»War nur 'ne Frage. Nichts für ungut!«

Ich mache auf dem Absatz kehrt und renne, zwei Stufen auf einmal nehmend, die Treppe hinauf. Oben angekommen, knalle ich die Tür zu, pfeffere den Schlüssel in den Safe und werde nicht langsamer, bis ich auch die nächste Treppe hinter mir gelassen habe. Im Laufen ziehe ich die Handschuhe und den Mantel aus, werfe beides in Richtung des verkokelten Sofas und halte nicht mehr an, bis ich unter der Baustellenplane durch und zurück im roten Turm bin.

Keuchend lehne ich mich an die Wand und lausche, ob wir verfolgt werden.

Nichts zu hören außer meinem und Wandas heftig pochendem Herzschlag und meinem Schnaufen.

»Alles in Ordnung mit dir?«, frage ich japsend.

Wanda fängt an zu schimpfen.

»Okay, du hattest recht!«, bremse ich sie aus. »Vielleicht hätte ich warten sollen, bis ich ein bisschen mehr gelernt habe. Aber immerhin waren wir zu zweit!«

Miesepetrig raspelt Wanda mit den Zähnen und fängt in ihrer Aufregung wieder an, mit ihrem Schwanz herumzuzappeln.

»Es tut mir leid ... Du ahnst gar nicht, wie sehr ich mich auf die Nachmittagskurse freue! Normalerweise hat Schule nie was mit dem wahren Leben zu tun, zumindest in meiner alten Welt nicht – oder hast du schon mal gehört, dass einen Algorithmen angreifen oder französische Grammatik einem die Wohnung verwüstet? Siehst du? Ich nämlich auch nicht ... Ja, ich weiß, dass ein Feuervogel nicht mit Mathe vergleichbar ist. Schwefelfüßiger Faserling, ich war dabei! ... Und jetzt sitz bitte still, ich bring dich ja schon zu Ringel. Nein, ich habe das nicht vergessen. Aber das kitzelt mich am Hals.« Grummelnd gehe ich weiter.

»Trotzdem bin ich mir ziemlich sicher, dass ich im Unterricht nichts Sinnvolles über Feuervögel erfahren werde. Wenn sogar Dad sagt, dass er bei Naran an Grenzen stößt ... Ist ja schon gut.

Wir müssen Ringel aber nichts von der Feder sagen, oder? Reicht, wenn ich es Dad beichten muss, sobald er zurück ist. Am besten, wir sagen Ringel überhaupt nichts von unserem Besuch bei Naran.«

Wanda krabbelt hinten in meinen Pulli und guckt vorn am Ausschnitt wieder raus. Nicht wirklich besser, aber ich will mich nicht streiten. Mir ist ganz schön mulmig, wenn ich ehrlich bin.

Der tiefe runde Alarmton dröhnt ein drittes Mal durch den Wald und stellt mir die Härchen im Nacken und an den Unterarmen auf.

Wanda drängelt wieder.

»Tick, tack? Fängst du jetzt etwa auch damit an? … Ich mach ja schon, so schnell ich kann … Grünbuckliger Risspilz! Das Leben an einer Waldschule habe ich mir ehrlich ein bisschen gechillter vorgestellt!«

Kapitel 11

Völlig außer Atem erreiche ich die Krankenstation. Auf dem ganzen Weg sind wir niemandem begegnet.

Auf dem Flur ist es gespenstisch still. Als ich schon gar nicht mehr damit rechne, dass hier irgendjemand ist, öffnet sich eine der Türen einen Spaltbreit und Tara Claybottoms Stimme dringt aus dem Krankenzimmer.

»Alles in Ordnung, macht euch keine Sorgen. Das ist sicher nur eine Übung. Ich schaue mal, was da los ist, und auf dem Rückweg bringe ich euch auch gleich das Essen mit. Es gibt einen sommerlichen Kartoffeleintopf, frisches Ofenbaguette und dazu Rohkost mit Kräuterdip.«

Die Tür geht weiter auf, das schaukelnde Licht einer Laterne fällt heraus und ich höre sie leise schimpfen.

»Zumindest war das vorhin noch der Plan. Arme Kinder! Zwei

Alarme in zwei Tagen. Wann hätten wir denn so was schon mal gehabt? … Uh … wo kommt denn dieser Geruch her? Ist schon wieder die Toilette verstopft? Und wir können noch nicht mal lüften.«

So schnell ich mit meinen Geleebeinen kann, mogle ich mich vorbei und husche in mein Krankenzimmer.

Die Fensterläden sind zugeklappt. Aber auch hier taucht die gelbe Notbeleuchtung der Flechten alles in ein diffuses, angenehmes Licht. Ich bin zwölf Minuten zu spät, doch Ringel ist noch nicht da.

Ungewöhnlich. Hat das mit dem Alarm zu tun?

»Was will dieser Troll denn eigentlich? Müssten wir nicht irgendwem anders was davon sagen, wenn Ringel uns sitzen lässt?«

Wanda keckert aufgebracht.

»Schon gut, beruhige dich. War ja nur 'ne Idee. Ich wusste nicht, wie geheim diese Information ist. Hauptsache, du hältst auch die Klappe, falls dich jemand nach brennenden Kellervögeln und ihren Federn fragt.«

Ich denke an Dad, an seine gefährliche Vogelpatientin und an Silva und versuche, durch die geschlossenen Läden etwas von draußen zu erspähen. Aber ich erkenne rein gar nichts und hören kann ich auch nichts Ungewöhnliches – nur ganz normales Geschirrgeklapper aus dem Schwesternzimmer.

Wenn ich das mit dem gestrigen Chaos, dem Lärm der flüchtenden Waldwesen und dem Getrampel der Trolle vergleiche, das den ganzen Boden erschüttert hat – dann ist es jetzt geradezu verdächtig ruhig da draußen. Trolle machen Krach. Das habe ich inzwischen gelernt. Bei jeder Bewegung.

Ich werfe mich auf mein Bett und starre an die Wand. Und wenn es doch nur eine Übung ist? Ein komischer Zufall, der gar nichts mit Dads Countdown zu tun hat? Aber wieso war ihm dann so wichtig, dass ich niemandem von seinem Auftrag erzählen soll? Auf was für eine Konferenz von Ringel sollte ich warten? Hat dieser Troll etwas damit zu tun, von dem Wanda nur Ringel erzählen will? Und was mache ich jetzt wegen der Feder?

Ich stehe wieder auf und beginne, im Zimmer auf und ab zu gehen.

Wenn es an der Grand Street eine Feuerwehrübung gab, lief das fast genauso laut ab wie eine Trollattacke. Daher scheint mir Wandas Erklärung überzeugender.

»Ein einzelner Troll im Wald, ja?«

Wanda raspelt mit den Zähnen.

»Ich bin ja schon still ... Ich sag doch grade, dass ich dir glaube ... Ja, ganz leise ...« Artig senke ich meine Stimme. »Was meinst du mit *Der tut nix?* Oh – warte. Meinst du, Dad wollte sich vielleicht mit ihm treffen? Vielleicht brauchte er dafür die ganze Kühlsalbe und das Spezialverbandszeug? Vielleicht tauschen sie – Trollbeeren gegen Medizin?«

Können Gleithörnchen die Augen verdrehen? Auf jeden Fall breitet Wanda ihre Ärmchen aus, spannt die großen Hautfalten wie Segel auf und springt von meiner Schulter. Elegant gleitet sie auf mein Bett und kriecht unter die Decke. Das ist auch eine Antwort. Irgendwie.

Im nächsten Moment gehen im Flur wieder sämtliche Lichter an und auch die Fensterläden springen auf, genau wie offenbar die Verbindungstür zum gelben Turm. Stimmen und eilige Schritte werden aus der Richtung laut.

»Was ist denn los gewesen?«, erkundigt sich Mrs Claybottom.

»Falscher Alarm.«

»Hab ich's mir doch gedacht.«

Blassblättriger Lacktrichterling, das war Peggy Ringwalds Stimme. Ich ziehe die Schultern ein, Dads Hausschuhe aus und schlüpfe eilig zu Wanda, die das mit einem weiteren Zähneraspeln quittiert und beleidigt, dass sie teilen soll, ein Stück tiefer unters Kopfkissen krabbelt.

»Vermutlich war es keine gute Idee, den Eichelhähern so viele Erdnüsse zu geben«, spricht die Rektorin im Gang weiter. »Jetzt wollen sie jeden Tag so eine Belohnung. Gehst du bitte nachsehen, ob es unseren übrigen Patientinnen gut geht? Ich übernehme hier. Warte, ich nehm dir das ab.«

»Ist gut. Oh, und jemand müsste sich mal den Abfluss drüben bei den Mädchen ansehen. Ich glaube, da ist was verstopft.«

Schritte entfernen sich, Geschirr klappert. Andere Schritte kommen näher.

Eilig ziehe ich mir Benus Hoodie über den Kopf und werfe ihn hinter das Krankenbett. Schon stößt die Rektorin mit der Hüfte schwungvoll meine Tür auf und balanciert ein Tablett herein.

»So, und jetzt zu dir! Na? Alles erledigt? Du siehst ein bisschen abgehetzt aus.« Beiläufig schiebt sie Dads Hausschuhe beiseite.

Leugnen hat wohl keinen Sinn.

»Sie wussten, dass ich Dad suchen würde, oder?«

»Natürlich.« Belustigt sieht Peggy Ringwald mich an. »Das war doch der Sinn der Sache.«

»Wieso dann diese Geheimniskrämerei? Was ist da draußen los? Von wegen Fehlalarm! Wanda hat gesagt …«

»Ah, du hast uns gehört?« Sofort wird sie wieder ernst, legt einen Finger an ihre Lippen und schüttelt nachdrücklich den Kopf. Dabei zwinkert sie mir zu.

Hä?

Als hätte sie nur auf ihr Stichwort gewartet, strampelt sich nun Wanda laut tschilpend unter dem Kissen hervor und klettert wieselflink über den Arm auf die Schulter der Rektorin.

»Was machst du denn hier?«, wundert sich diese, während Wanda schon losschnattert.

»M-hmm … oh … m-hmm. Aha. Ja. Ist gut.« Ringel mustert mich kurz, bevor sie sich für einen Moment abwendet und das Tablett auf meinem Nachtschrank abstellt. Ich sehe, wie sie ihre Schultern strafft. »Hmm … Ja, danke … Nein, alles fein. Ich beachte das … Natürlich.«

Sie belohnt das Gleithörnchen mit einer Erdnuss.

Wanda turnt zu mir zurück, streicht mir naseweis mit ihrem buschigen Schwanz über den Hals und verschwindet wieder unter der Decke, wo sie lautstark ihre Beute knackt und zu knuspern beginnt.

»Was hat sie gesagt?«, frage ich argwöhnisch. Hoffentlich hat sie nicht gepetzt wegen unseres … Extraausflugs.

Peggy Ringwald lächelt. »Alles gut. Mach dir keine Sorgen. Ich vermute, dass die Nerven der Eichelhäher ein wenig blank lagen.«

»Eichelhäher?«, wiederhole ich verblüfft.

»Ja, was dachtest du denn, wer den Alarm gibt? Eine Maschine?«

»Nein, ich meinte Wandas Botschaft, wegen des Trolls.«

Die Rektorin verdreht die Augen und lächelt nachsichtig. »Ach, da hast du dich verhört. Liegt bestimmt am Sirup.«

»Nein, ich …«

Die Wände haben Ohren, höre ich plötzlich ihre Stimme in meinem Kopf. Ein wenig verzerrt und mit Hall – aber die Absenderin ist eindeutig Peggy Ringwald. *Nicht hier!*

»Blasser Zonenmilchling«, murmle ich und stecke mir probehalber einen Finger in die Ohren.

Ich erkläre dir später alles.

»Eichelhäher gehören zu den Rabenvögeln«, sagt sie fröhlich, als ob nichts gewesen wäre. »Sie sind sehr intelligent und fantastisch im Nachahmen von allen möglichen Geräuschen und Stimmen. Vor Jahren haben die ersten den Klang aufgeschnappt, als deine Mutter und ich einen verletzten Zentauren aus den bayrischen Bergen evakuierten … Ach, das führt jetzt zu weit. Sie lieben Alphörner und ihre Nachkommen haben das Talent geerbt – und ihre Vorsicht.«

»Ach so«, antworte ich. Etwas Klügeres fällt mir dazu gerade nicht ein. Zerknirscht sehe ich die Rektorin an. Ich bin aber auch ein flacher Lackporling! Dad hat mir doch ausdrücklich gesagt, dass ich die Klappe halten soll. Aber diese Geheimnistuerei macht mich wahnsinnig. Dann sickert der zweite Teil der Antwort durch.

»Äh, meine Mutter? Sie haben mit meiner Mutter zusammengearbeitet?«

Ringel nickt strahlend. »Ja sicher! Wir sind doch … Davon erzähl ich dir gern ein anderes Mal mehr. Aber jetzt fang um Himmels willen an zu essen. Sonst reißt mir Corbinian den Kopf ab.«

Kapitel 12

Mein Magen schreit knurrend nach Nahrung. Der Eintopf ist schön heiß und wirklich lecker. Ich fühle mich so ausgehungert, als hätte ich seit zwei Tagen nichts gegessen. Na ja, stimmt ja auch fast. Dann noch diese ganzen wilden Verfolgungsjagden …

»Schmeckt es dir?« Die Rektorin betrachtet kurz die Beule unter meiner Bettdecke, wo Wanda sich zum Schlafen zusammengerollt hat. Abwesend greift sie nach einem Gurkenstück von einem prallvollen Rohkostteller, tunkt es in ein gelb gestreiftes Schälchen mit Koriandersoße, beißt ab und schließt verzückt die Augen. »Göttlich, oder?«

Ich nicke, während ich weiter Kartoffeleintopf löffle.

»Aber ich will dir nichts wegfuttern. Entschuldige.«

»Nein, nein, schon okay«, behaupte ich mit vollem Mund und

breche mir ein Stück Baguette ab. »Ich schaff das bestimmt nicht alles. Das sind ja Berge.«

Belustigt sieht sie mich an. »Da wärst du die erste in deiner Familie, die etwas verkommen lässt.«

Ich habe immer noch nicht ganz verdaut, dass meine Eltern früher sogar zusammen magische Waldwesen in der Academy behandelt haben. Dad kann doch eigentlich gar kein Blut sehen – und nun erzählt Ringel so ganz nebenbei, dass sie offenbar zu Rettungsaktionen auf der ganzen Welt unterwegs waren. Ich wünschte, ich könnte mich an meine Mutter erinnern.

»Haben Sie meine Mum gut gekannt?«

Erstaunt sieht Peggy Ringwald mich an. »Hat dir dein Dad nie erzählt, dass wir …?« Gleich darauf nickt sie. »Nein, natürlich nicht, es war sicher besser so. Du darfst ihm das nicht vorwerfen, Liebes. Das konnte er nicht …«

Sie sieht seufzend zum Fenster hinaus und ich beschließe, mich nicht darüber zu wundern, wie gut sie offenbar über unser Leben Bescheid weiß.

»Felicity und ich, wir waren ziemlich gute … Freundinnen. Durch dick und dünn.« Sie zwinkert mir gut gelaunt zu.

Ich presse die Lippen zusammen und unterdrücke ein Rülpsen.

Ringel lehnt sich zurück und ihr Gesicht nimmt einen schwärmerischen Ausdruck an. »Wir haben so viele Abenteuer zusammen erlebt … du musst wahnsinnig stolz auf die beiden sein.«

»Grünbuckliger Risspilz! Auf was soll ich denn stolz sein? Ich weiß nichts von Dads Zeit in Ashwood«, bricht es aus mir heraus. Ich knalle den leer gegessenen Teller aufs Tablett. »Sogar die meisten Bilderrahmen an der Wand der Hausmeisterwohnung sind ohne Inhalt. Warum diese ganze Geheimniskrämerei?«

»Ach Lenya … Die Erinnerungen, weißt du … Es tut uns allen weh.« Sie seufzt und ihr mitleidiger Blick ist Öl in meinem Feuer. »Redet miteinander. Es war einfach gut gemeint. Corb wollte dich nicht belasten. Er hat triftige Argumente. Ich finde meine Argumente natürlich besser. Schwamm drüber! Jetzt bist du da und hast eine Menge aufzuholen. Es gibt so vieles, das für uns hier lebenswichtig ist. Allein wenn ich an gestern denke und daran, was noch alles hätte passieren können … Na, ist ja noch mal gut gegangen. Du bist eben eine echte Hayward. Immer für eine Überraschung gut.«

Sie sieht mich einen Moment lang nachdenklich an. Dann greift sie plötzlich nach meiner Bettdecke und zieht sie weg. »Jetzt stellen wir dich erst mal unter die Dusche. Danach reden wir weiter. Und dann kriegst du noch einen Nachschlag vom Eintopf. Sonst bekomme ich Ärger mit deinem Dad! Na los, komm mit. Ich helfe dir. Zoe und Hazel sollten dir ein paar deiner Anziehsachen vorbeibringen. Waren sie eigentlich schon hier?«

»Was? Ich … keine Ahnung.«

Völlig überrascht lasse ich mich von ihr durch den Raum schieben. Sie quetscht sich hinter mir in das kleine Duschbad, schließt die Tür und stellt das Wasser in der Dusche an. Dann hebt sie einen Finger, als ob sie eine Eingebung hätte, platziert mich auf einem Hocker und rennt noch mal raus. Zwei Sekunden später kommt sie mit dem Rohkostteller und einem Dipschälchen zurück und lässt sich breit lächelnd neben mir auf dem Klodeckel nieder.

»So. Besser. Entschuldige, wir müssen leise sein.«

»Okay. Aha … Moment mal. Kopfige Kernkeule! Haben Sie mir da draußen vorhin so was wie Ihre Gedanken übertragen?«

Sie nickt und tunkt ein Stückchen Paprika in den Dip. »Es gibt eine undichte Stelle irgendwo in der Academy. Jemand spioniert hier herum. Bislang sind nur ein paar unwichtige Kleinigkeiten aus dem Lehrkörper nach außen gedrungen. Aber es könnte sich zu einer Bedrohung für ganz Ashwood auswachsen Und jetzt noch Ephnes Vater – vielleicht steckt er aber auch von Anfang an dahinter. Er ist schon eine Weile auf meinen Posten scharf.« Krachend beißt sie ab und spricht mit vollem Mund weiter. »Hmm, wer weiß … Das wäre logisch, oder? Eine Feuerwächterin in der Academy zieht viel Aufmerksamkeit auf sich.«

»Ich dachte, niemand da draußen weiß von der Academy?«

»Ebendrum. Und das soll auch so bleiben. Unsere Schüler und Schülerinnen stammen alle aus Familien mit langen Traditionen. Die Talente für die verschiedenen Häuser vererben sich, aber manchmal dauert es ein paar Generationen, bis sie sich in ihrem vollen Ausmaß zeigen. So wie bei dir. Paprika?«

Ich lehne dankend ab. Mir schwirrt der Kopf. »Was für Talente habe ich denn?«

»Ach, das wird sich zeigen. Vermutlich vereinst du so was wie das Beste aller Häuser in dir.« Ringel sieht mich an. »Verzeih, wir haben grade ganz andere Sorgen als übereifrige Väter, nicht wahr? Jetzt sag mir erst mal, was Silva dir mitgeteilt hat. Mit mir spricht sie nicht.«

Verwundert ziehe ich die Augenbrauen hoch. »Aber sie hat doch … und ich habe grade erst Dad …?!«

»Waldnymphen sind sehr eigen darin, wer sie sehen und hören darf, wie viel sie von sich preisgeben und mit wem sie spielen. Auf diese Weise kommunizieren sie. Sie lieben Rätsel – aber das hast du vermutlich schon gemerkt. Ich habe sie mit einem kleinen

Fragespiel abgelenkt, als wir ihr den Zugang gelegt haben, und jetzt ist sie beleidigt und ignoriert mich.« Sie hebt die Schultern. »Das ist für mich in Ordnung, solange wir Silvas Leben dadurch retten können – und das von …« Sie legt den Kopf schief und zögert.

»Ich weiß Bescheid über das Hauptaggregat.« Grinsend male ich Gänsefüßchen in die Luft und werde sofort wieder ernst. »Aber steht es wirklich so schlimm um die beiden? Ich hatte gehofft, dass Dad übertreibt. Wieso werden sie nicht gesund?«

Sie seufzt schwer und rückt sich das Tablett auf ihrem Schoß zurecht. Dann langt sie nach einem Möhrenstück, tunkt es in das gelb gepunktete Tonschälchen mit Kräutersoße und beißt ab. »Und ich hatte gehofft, dass du mir beantworten kannst, was wir noch für sie tun können. Irgendwas machen wir bei Silva falsch oder ich stehe mächtig auf der Wurzel. Bitte gib mir alles weiter, was uns irgendwie helfen kann.«

»Ist Dad in Gefahr? Wo ist er hin? Zu den Trollen etwa?«

Kauend winkt sie ab. »Liebe Güte, nein. Er ist doch nicht lebensmüde.«

»Was für eine Botschaft hatte Wanda dann für Sie?«, bohre ich weiter.

»Es hat geklappt. Er ist gut durch die Reihen gekommen.«

»Was für Reihen?«, frage ich zunehmend beunruhigt.

»Die Trolle sind anscheinend noch in der Nähe. Mach dir keine Sorgen. Die hauen schon wieder ab. Geduld ist nicht ihre Stärke. Wir haben ausreichend Vorräte. Und die Lavendelfelder liegen in einer ganz anderen Richtung als …«

»Also doch nicht nur einer? Aber er wollte andere Medizin holen. Trollbeeren. Silva sagte, die würden als Einziges helfen.«

Peggy Ringwald hört auf zu kauen. Auf einmal sieht sie blass aus. Ihr Gesichtsausdruck versteinert.

»Weiße oder schwarze?«

»Beide. Bunt gemischt. Wieso?«

»Donner und Doria. Dann haben wir vielleicht doch ein Problem.«

Kapitel 13

»Die wachsen nur im Trollgebiet?« Ich schnappe nach Luft.

»Sonst hat sie nichts gesagt?« Peggy Ringwald tippt nervös mit den Fingerspitzen gegen das Tonschüsselchen mit dem Dip.

Ich schüttle den Kopf. »Sind Sie sich ganz sicher, dass diese schwarzen Trollbeeren nirgendwo anders wachsen?«

»Nur in den Bergen. Genau an der Grenze zwischen Bergtrollzone und Steintrollareal. Schwarzbären gibt's da oben allerdings auch.« Ringel tunkt ein Stück Kohlrabi in den Dip und kaut versonnen. »Trolle und Bären. Bären oder Beeren. Klauen und stehlen … Natürlich soll er nicht alle weißen mitnehmen. Wir ernten bei Wildpflanzen immer nur so viel, dass es nicht zu sehen ist, dann schadet es dem Ökosystem nicht. Das macht die Bären sauer – oder die Beeren. Vermutlich beides. Weiße, schwarze, bunt gemischt. Sie braucht Klaubeeren, ein Vogel braucht sein Nest und du sollst im Chor singen … Hab ich das wirklich alles richtig verstanden? Das Rauschen und so …«

Ich nicke nachdrücklich und unterdrücke ein Husten. »Ja, und das habe ich Dad auch schon alles gesagt. Das mit den Beeren und dem Klauen macht natürlich mehr Sinn. Aber was für Töne soll ich denn üben? Meinen Sie, die Trolle haben Dad gefangen?«

Das minikleine Bad meines Krankenzimmers ist inzwischen so neblig wie eine Dampfsauna und ich frage mich kurz, ob diese Wasserverschwendung nicht ganz schön blöd für die Umwelt ist.

»Nein, nein, darüber musst du dir keine Sorgen machen«, sagt Ringel gedankenverloren. »Das Wasser fließt direkt in unsere Aufbereitungsanlage und geht zurück in den Kreislauf. Wir sind komplett unabhängig, nicht nur was unsere Energieversorgung angeht.«

Ich starre die Rektorin an. Hat sie eben meine Gedanken gelesen?

»Entschuldige. Um auf deine Frage zurückzukommen: Ich glaube nicht, dass die Trolle Corb erwischt haben, denn dann wüssten wir das längst. Außerdem neigt Wanda zu Übertreibungen. Gesehen hat sie ja nur einen Troll.« Sie beißt ein Stück Sellerie ab und wedelt mit dem Rest vor meiner Nase herum. »Diese ganze Beeren- und Chorgeschichte passt einfach überhaupt nicht zusammen mit dem, was wir über Steintrolle und Baumnymphen wissen. Trolle hassen Geklimper.«

»Und Waldnymphen hassen Trollgebrüll.«

»Gut beobachtet.« Sie lächelt wehmütig.

»Wie funktioniert das mit der Gedankenübertragung?« Leider winkt die Rektorin sofort ab, als ich mich neugierig nach vorn lehne. »Wahnsinnig anstrengend, wenn man es drauf anlegt. Das lernst du noch. Jetzt nicht. Bitte versuche, dich ganz genau an Silvas Wortlaut zu erinnern. Vielleicht liegt es daran.«

»Es kommt nicht mehr, auch wenn ich es noch zehnmal wiederhole! Sie spricht immer in Rätseln, das wissen Sie doch selbst. Und der Sirup macht das noch schlimmer. Benu war auch dabei. Wieso fragen Sie nicht ihn?« Ich beiße mir auf die Zunge. Mein vorlautes Mundwerk wieder, Kopfige Kernkeule!

»Habe ich ja schon«, sagt Ringel leichthin. Sie scheint nichts gemerkt zu haben. »Er wusste noch weniger, aber er ist ein Nachtauge. Hügelformer haben andere Talente. Es ist sowieso sehr ungewöhnlich, dass er überhaupt …«

Oh, oh – doch dünnes Eis. Wir müssen reden, Benu! »Wann haben Sie denn mit ihm gesprochen?«, lenke ich ab. »Ich dachte, er sollte erst zum Essen in die Mensa?«

Zum Glück geht sie darauf ein. Sie lächelt sogar verschmitzt. »Das eine schließt ja das andere nicht aus. Dafür war der Alarm ganz praktisch, oder?« Dann seufzt sie. »Was soll's. Wolltest du nicht noch eine zweite Portion Eintopf haben? Ich glaube, wir sind hier durch. Du hast ja recht, es bringt uns nicht weiter.« Sie wedelt mit der Hand den Wasserdampf beiseite und will nach dem Duschhahn greifen.

»Moment noch«, bitte ich und fasse sie am Arm. »Was wissen Sie über Dads anderen Patienten? Den Vogel mit den Brandwunden? Woher stammen diese Verletzungen?«

»Du hast doch nicht vor, allein zu dem Feuervogel zu gehen, oder? Weißt du, wie gefährlich das ist?«

»Ja, Dad hat mir auch das nachdrücklich eingeschärft«, unterbreche ich sie seufzend und hole tief Luft. »Ich weiß, dass es einen Zusammenhang zum Brand in der Mensa und dem zerstörten Schlafsaal gibt. Sie können mir also ruhig alles sagen, was Sie wissen.«

Sie sieht mich verwundert an. »Ja, natürlich gibt es da eine Verbindung. Der Vogel ist ein lebendiger Flammenwerfer. Er hat von der ersten Minute an alles in Schutt und Asche gelegt. Zum Glück ist der Heizungskeller während der Sommerferien abgebrannt. Nicht auszudenken, wenn das während des Schuljahrs passiert wäre ...« Sie holt tief Luft. »So ein schwieriges Mysen hatten wir schon seit Ewigkeiten nicht mehr ... was meinst du, weswegen wir deinen Dad so dringend gerufen haben? Er war der Einzige, der sich getraut hat, das Biest anzufassen. Ich hoffe, er kann ihm helfen. Wunderschönes Wesen ...« Ihr Gesicht nimmt einen schwärmerischen Ausdruck an.

»Ihr helfen«, sage ich. »Es ist ein Weibchen. Aber Dad hat auch gesagt, dass sie sich eigentlich selbst heilen können müsste.«

Ringel nickt. »Ja, das tun sie angeblich. Es gibt leider viel zu wenig Literatur über diese Tiere. Ich habe noch nie zuvor eins gesehen. Wunderschön – und so tragisch zugleich.«

»Tragisch? Inwiefern?«

»Feuervögel galten als ausgestorben. Das allein ist ungewöhnlich genug. Aber irgendwas scheint da völlig aus dem Ruder zu laufen. Diese Wunden ...« Sie schaudert. »Es sieht aus, als ob sie sich selbst verbrennt, wenn sie mit den Flügeln schlägt. Sie scheint es nicht kontrollieren zu können.«

»Deswegen also die feuerfesten Bandagen«, murmle ich. »Damit sie sich nicht noch mehr verletzt und keinen Schaden in ihrer Umgebung anrichtet.«

»Ah, daran hat Corb gebastelt! Wunderbar. Funktioniert es?«

Anscheinend weiß ich ausnahmsweise mal mehr als die Rektorin. Ich und mein loses Mundwerk. Aber Ringel kann ich ja wohl vertrauen, Dad tut es auch! »Äh … halbwegs.«

Ich denke an die verwüstete Hausmeisterwohnung und habe gleich als Nächstes das Bild der feuerroten, kahlen Brust des armen Wesens vor Augen – und das des zerpflückten Verbandsmaterials. Als Polster im Sand wird es seinen Zweck nicht mehr erfüllen.

Ringel sieht mich traurig an. »Auf dem Schwarzmarkt würden Unsummen für eine einzige ihrer Federn bezahlt.«

»Wer braucht denn eine brennende Feder? Ziemlich unpraktisch als Streichholz, oder? Sind Feuerzeuge out?«

Ringel lacht bitter auf. »Ach, Lenya. Nein, das ist ein ganz trauriges Kapitel. Exotischen Tieren und ihren Körperteilen werden leider noch heute in vielen Teilen der Welt jede Menge völlig absurde Eigenschaften und Heilwirkungen nachgesagt. Das allermeiste davon ist völlig haltloser Quatsch und Aberglaube. So wie man im Mittelalter davon überzeugt war, dass Ingwer trottelig macht oder Krötenaugen als Halskette gut gegen Kurzsichtigkeit sind. Der Witz ist, dass die Federn eines Feuervogels wirklich Heilkräfte haben – können. Es gibt da wohl einige Dinge zu beachten.«

Sie sieht mich aufmerksam an. »Und wenn davon jemand erfährt … nun, es gibt leider sehr skrupellose Menschen auf der Welt, die für Geld alles tun würden, ohne Rücksicht und Moral. Deswegen ist es so wichtig, dass niemand von ihrer Anwesenheit hier Wind bekommt. Es würde ihre Sicherheit gefährden – und die von uns allen.«

»Über wie viel Geld reden wird denn?«

Ringel lacht bitter. »Sagen wir mal, dem Schah von Persien war eine einzige Schwungfeder sein Königreich wert. Das sind die seltensten von allen.«

Ich beiße mir auf die Zunge. Ich wusste ja, dass die Feder etwas Besonderes war, aber so wertvoll? Blassblättriger Lacktrichterling, da habe ich ja was angestellt. »Ich schätze, dann sollte man sehr gut darauf achten, dass sie nicht in Rauch aufgeht.«

Ringel lacht. »Nein, das ist unvorstellbar. So wie dein Dad mir das erklärt hat, ist es eine Art ewige Flamme, dagegen ist kein Kraut gewachsen.«

»Ich bin mir da nicht so sicher …«

»Glaub mir, dieses Feuer kann man mit nichts auf der Welt löschen.«

»Ja, aber was, wenn doch?«, frage ich kleinlaut.

Ihre Miene verdunkelt sich. »Das wäre in der Tat schlecht. In ihrem momentanen Gesundheitszustand würde es lange dauern, bis ihr neue Schwungfedern wachsen – wenn überhaupt. Wenn du wüsstest, was wir schon alles mit diesem Vogel versucht haben.«

Auf einmal sehe ich das Bild einer dampfenden Badewanne vor mir. Demir Farron kämpft mit einem um sich schlagenden Vogel und im Hintergrund hält Marian Lagunov einen Wasserschlauch. Entsetzt starre ich Ringel an.

»Ah, ich sehe, du beginnst, deine Talente zu entwickeln.« Sie lächelt traurig. »Wir waren sehr verzweifelt, bis dein Dad kam. Wir setzen all unsere Hoffnung auf ihn – und auf dich.«

Ich schlucke trocken.

»Aber wieso kuriert sie sich nicht selbst?«

»Eine sehr gute Frage. Ganz ehrlich? Wir haben nicht den leisesten Schimmer. Weder davon, wie ihre Kraft funktioniert, noch wissen wir, wieso dieses geplagte Tier die Gabe nicht für sich nutzt. Ich glaube, sie hat Schmerzen, als ob etwas sie von innen heraus auffrisst. So einen Fall hatten wir noch nie.«

In meinem Kopf rattert es. Ich muss da noch mal rein. Und ich brauche eine neue Feder, die es bis in den Kühlschrank schafft. Irgendwo wird sie doch noch eine haben, oder? Sonst – keine Ahnung, was sonst passiert – es darf einfach nicht sein! Ich muss das wiedergutmachen. Wenn ich nur wüsste, wie.

»Der rote Turm hat sich für dich geöffnet. Du bist die Feuerwächterin, schon vergessen?«, sagt Ringel leise.

»Haben Sie eben schon wieder meine Gedanken gelesen?«, frage ich alarmiert.

»Nein. Das geht nicht so einfach, wie gesagt. Außerdem ist es Lehrkräften untersagt. Gehört sich auch nicht.«

»M-hmm«, brumme ich. »Bei Dad ist jeder zweite Satz, dass ich noch ganz viel lernen muss. Sie haben das auch gesagt.«

»Und das wirst du. Du bist nicht allein.«

»Das stimmt.« Ich denke an Benu und an Wandas Mahnung: nicht auf eigene Faust. Ich nicke. »Hoffentlich hat Naran so lange Zeit!«

»Naran heißt sie? Na, das passt ja wie der Baum in den Wald.«

»Wieso?«

»Das ist Mongolisch für Brennendes Feuer.«

»Sie sprechen Mongolisch?«

Ringel winkt ab. »Nur ein paar Brocken.«

»Cool«, sage ich abwesend. Brennendes Feuer also. Im Geist sehe ich mich mit verkokelten Haaren, angesengten Klamotten und Brandblasen an den Fingern aus einem unterirdischen Kellerverlies vor Feuersalven flüchten. Da hatten wir ja noch mal richtig Glück. O nein! – Feuerroter Wurzelschnitzling! Habe ich eigentlich die Tür wieder verriegelt?

»Wenn dein Dad dir das zutraut, solltest du es auch tun, Lenya.« Sie sieht meinen Gesichtsausdruck, beugt sich vor und drückt meine Hand. »Das macht nur der Sirup, ganz ruhig.«

Ich muss irgendwo anders hinsehen. Panisch betrachte ich meinen bandagierten Fußknöchel. Atmen, Lenya. Natürlich habe ich die Tür verschlossen. Wenn es nicht so wäre, hätten wir schon längst den nächsten Alarm gehabt. Ob die Eichelhäher dann andere Laute nachahmen? Oder sind die für Feueralarm gar nicht zuständig? Filziger Gelbfuß, dieser Sirup macht mich irre. Ich kann mich gar nicht richtig auf eine Sache konzentrieren!

Was genau wollten die Trolle hier? Von der Turmruine … von mir? Heilkräftige Federn? Die wissen doch gar nicht, dass Naran hier ist, oder doch? Irgendwas übersehen wir bestimmt. Atmen und denken! Ein Problem nach dem anderen.

»Ha! Das ist es!«

»Was jetzt genau?« Ringel sieht verwirrt aus.

»Die Trolle, der Feuerturm, Silvas Gesundheitszustand – und Naran. Wäre es nicht möglich, dass das alles miteinander in Verbindung steht?«

»Wie kommst du darauf? Welcher Zusammenhang soll das sein?«

»Keine Ahnung … Dad hat da etwas erwähnt. Was, wenn das zum Beispiel gar kein Angriff war?«

»Na, ich weiß nicht.« Ringel zieht die Augenbrauen hoch. »Dafür war die Situation ganz schön bedrohlich, oder? Du hast Silva gesehen, du weißt, in welchem Zustand sie sich befindet.«

»Ja, aber das war ein Unfall. Wieso sollten die Trolle eine Waldnymphe verletzen wollen? Vielleicht steckt etwas ganz anderes hinter all diesen Ereignissen? Wir hätten schließlich gar nicht da draußen sein sollen.«

»Hmm.« Ringel zieht die Nase kraus. Sie sieht nicht überzeugt aus, aber ich finde meine Theorie immer besser.

»Was macht ein Troll überhaupt allein im Wald? Worauf wartet der?«

Aufgeregt springe ich auf. Keine gute Idee, findet mein Kreislauf – ich bekomme gerade noch das Waschbecken zu fassen – und die Schulleiterin lässt sich auch nicht von mir anstecken, sondern hebt nur die Schultern.

»Sag du's mir. Uns beobachten? Macht demonstrieren? Wache schieben?«

Ich plumpse zurück auf den Hocker. Mein Energieflash ist verpufft. »Nein, Sie haben recht. Das passt alles nicht. Ich habe …« Zu viel Sirup abbekommen, liegt mir auf der Zunge. »… zu viele Krimis gesehen.«

Ringel klopft sich auf die Oberschenkel. »Na, komm, gehen wir wieder rüber. Du brauchst mehr im Magen, dann lassen auch die Nebenwirkungen der Medizin wieder nach und du kannst besser denken. Die kommen leider in Wellen. Du glaubst, du bist durch, und dann geht's noch mal los. Ich finde in der Zwischenzeit heraus, was es tatsächlich mit diesem Troll auf sich hat, den Wanda gesehen hat. So, aber jetzt leise …«

Wanda schläft immer noch tief und fest, als ich zurück unter meine Decke krabble.

Ringel lächelt mich an und greift nach einem Radieschen, aber diesmal bin ich schneller. Knackend zerbeiße ich die rote Knolle.

Die Rektorin lacht. »Himmel, ich vermisse deine Mutter. Du bist ihr so ähnlich. Du hast ihre Augen geerbt. Das gleiche, strahlende Lichtblau. Und ihre feurige Energie. Die schnelle Auffassungsgabe und die Abenteuerlust hast du definitiv auch von Felicity. Du wirst sehen, du hast das alles im Nu drauf.«

Ich muss wieder an die Feder und die Kellertür denken. Wenn Ringel wüsste. Energisch schiebe ich meinen Teller beiseite. Dummerweise verschlucke ich mich dabei an dem Radieschen und bekomme einen Hustenanfall.

Die Rektorin klopft mir besorgt auf den Rücken. »Alles gut?«

Ich nicke. »War meine Mutter auch eine Feuerwächterin?«, japse ich, als ich wieder Luft bekomme.

»Deine Mutter ist …«

Es klopft an der Tür. Die mäusegesichtige Krankenschwester streckt ihren Kopf durch den Türspalt und piepst Ringel irgendwas zu.

Sie wirkt einen Moment lang abgelenkt. »Felicity war jemand ganz Besonderes«, erklärt sie im Aufstehen, schnappt sich augenzwinkernd das Ende des Baguettes und wischt damit durch die Schüssel mit dem Eintopf, bevor sie es sich in den Mund schiebt. »Muff looff. Wir redemm morgemm weipper. Schlaf guhp!«

Graufilziger Muscheling! Nein! Nicht schon wieder schlafen!

Kapitel 14

Mit verschränkten Armen lehne ich in den Kissen und betrachte die Ausbuchtung unter einer Ecke des Bezugs, die sich mit Wandas Atemrhythmus langsam hebt und senkt.

Schlafen. Auf keinen Fall. Ich habe keine Zeit dafür. Ich muss einen vernünftigen Plan schmieden.

Und schon klopft es an der Zimmertür!

»Herein?!«

Als Erste streckt Zoe den Kopf herein, dicht gefolgt von Hazel, die einen Jutebeutel und eine weitere Tasche schleppt.

»Hey, wie geht's dir denn? Du hast nicht zufällig mein Gleithörnchen gesehen? Benu sagt, er weiß auch nicht, wo sie sich grade rumtreibt. Seit diesem dämlichen Probealarm ist sie verschwunden. So was Albernes – den Ernstfall *nach* einem Trollangriff zu proben. Irgendwie drehen grade alle durch.« Schwungvoll pflanzt Zoe sich aufs Fußende meines Bettes und schlägt die Beine in ihren obligatorischen grünen Stiefeln übereinander. »Also. Hast du Wanda gesehen?«

»Ich? Äh …« Ich schiele in Richtung der kleinen Beule unter meinem Kissen – unauffällig natürlich. »Vielleicht hat sie sich wegen des Lärms versteckt …?« Heimlich verknote ich meine Finger unter der Decke, dann gilt es nicht als geschwindelt. »Und was macht ihr hier? Zusammen, meine ich?«

Neugierig sehe ich die beiden an. Bis zu dem Vorfall mit den Steintrollen waren die beiden sich spinnefeind – Zoe Grünstiefel als Vorsitzende einer hippen Clique, die ich insgeheim als Trashklub bezeichnet habe – und Hazel als die Hermine Granger unter den Baumläuferinnen.

»Ich weiß, was du denkst«, sagt Hazel prompt. Ihr zartes Gesicht ist vor Aufregung gerötet – oder weil die Taschen so schwer waren, die sie gerade ächzend neben sich abstellt. Energisch richtet sie sich auf und wirft ihre zwei hellbraunen Zöpfe hinter die Schultern. »Aber für ein höheres Ziel muss man seine Animositäten und Vorurteile zurückstellen. Baumläuferinnen halten zusammen, das hat Saliah bei ihrer Durchsage vorhin noch mal betont.«

»Saliah?«, frage ich verwundert. »Aber sie ist doch gar keine … Was für eine Durchsage denn?«

»Die werden nicht in die Krankenzimmer übertragen«, erklärt Zoe. »Ohne Nachrichtenbeschallung wird man schneller gesund, behauptet Ringel. Du hast nicht viel verpasst, salbungsvolle Worte der Turmsprecherin halt. Genau genommen hat sie gesagt: Wir sollten nicht in Kategorien wie Baumläufer, Nebelstimmen, Hügelformer oder Schattenhüter denken.«

»Wir sind nicht nur Taglauscher oder Nachtaugen …«, übernimmt Hazel.

»… wir sind alle Turmlinge einer Academy«, ergänzt Zoe gelangweilt und hält Hazel eine Hand zum Einschlagen hin. »Ich denke, es ist ausreichend, wenn wir innerhalb eines Turms damit anfangen. Und Herausforderung genug.«

Hazel überhört die Spitze. »Im Kleinen beginnen, genau!« Sie klatscht sich strahlend mit Zoe ab. Ich habe die beiden noch nie so – relativ – einträchtig und fröhlich gesehen. »Saliah ist so eine fantastische Rednerin und sie hat so recht. Als Ethnobotanikern möchte ich später auch gern so mitreißende Vorträge halten können wie sie und …« Zack – ist der harmonische Moment ebenso schnell vorbei, wie er kam.

»Hazel, jetzt schweifst du wieder ab«, unterbricht Zoe, während sie mit dem Fuß wippt und demonstrativ ihre lackierten Fingernägel betrachtet. »Um zehn sollen wir bis auf weiteres alle zurück in unseren Schlafkugeln sein.«

»Oh. Stimmt.« Hazel zuckt kaum merklich zusammen. »Entschuldige. Also. Wir dachten, bis zur Zimmerruhe könnten wir den Abend gemeinsam effektiv nutzen und …«

»Das dachtest du«, korrigiert Zoe.

Hazels große Knopfaugen werden dunkel. Sie streckt den Rücken durch und öffnet den Mund.

»O ja, super Idee!«, platze ich dazwischen, bevor die beiden sich wieder streiten. Begeistert setze ich mich auf. »Wir müssen so viele Sachen rausfinden!«

»Öhm … du weißt schon, dass Hazel vom Lernen spricht, oder?« Zoe grinst.

»Natürlich weiß sie das«, antwortet Hazel ungewohnt schnippisch und packt schwungvoll einen Stapel Bücher auf mein Bett. »Devakunde und Elixiere. Das schien mir für den Anfang das Wichtigste zu sein.«

»Was ist mit Telepathie?«, frage ich.

»Können wir erst mal vernachlässigen«, meint Hazel. »Du brauchst Grundlagen.«

»Grundlagen«, seufze ich geplättet. Das wollte ich ja. Irgendwie.

»Ja, sicher. Wie willst du eine gute Feuerwächterin werden, wenn du nicht mal weißt, welche Art von Nymphe Silva überhaupt ist? Erst die Theorie, dann die Praxis!« Vertraulich beugt sie sich vor. »Du kannst sie tatsächlich sehen und dich mit ihr unterhalten? So richtig? Ganz ohne …«

»Hazel!«, unterbricht Zoe. »Nerv sie nicht.«

Hazel atmet tief durch und widmet Zoe einen unleidlichen Blick, bevor sie sich wieder mir zuwendet. »Du scheinst auf jeden Fall erheblich talentierter darin zu sein als manche anderen Leute …«

»Pff. – Sagt mal …« Zoe hebt schnuppernd die Nase. »Riecht ihr das eigentlich auch?«

»Nein, was denn?«, fragt Hazel. »Ich rieche nur dein Parfüm.«

»Nein, es riecht irgendwie … verbrannt und nach faulen Eiern.«

»Könnte an der Dusche liegen«, behaupte ich und merke, wie mir die Röte ins Gesicht schießt. »Tara Claybottom sagte, dass irgendwas mit den Abflüssen ist.«

»Kommt vor«, sagt Hazel leichthin und verdreht die Augen zur Decke. »Sachen zum Anziehen und deine Waschsachen habe ich dir auch mitgebracht.«

»Danke. Das ist total lieb von dir … von euch beiden.« Ich zwinkere ihr zu.

»Das hab ich gesehen«, behauptet Zoe, ohne hochzublicken, und seufzt. »Na los, bringen wir's hinter uns. Eine halbe Stunde Devakunde und Pflanzenmagie. Das muss reichen, Hazel, fass dich kurz. Sie ist noch krank. Im Anschluss bringe ich dir dann die wichtigsten Grundsätze zur Herstellung von Elixieren bei – ebenfalls im Schnelldurchlauf. Das ist nämlich nichts für unser Mäuschen, sie verzieht sich immer ganz nach hinten, wenn es in Pflanzenmagie stinkt und raucht. Egal. Und wenn dir dann richtig der Schädel qualmt und du bis dahin gut aufgepasst hast …« Sie macht eine wichtige Pause und lässt ihre Augen blitzen.

»… dann erzählen wir dir den neuesten Klatsch und Tratsch aus den Taglauschertürmen.«

»Und was ist mit den Nachtaugen?«

Sie zuckt mit den Achseln. »Was soll bei denen schon los sein? Der einzige interessante Typ bei den Kellerasseln ist Benu. Aber das weißt du eh am besten.«

»Ich meinte auch eher die Fächer, so was wie Tierwesen und …« Niemand hört mir zu.

»Zoe!«, schimpft Hazel. »Saliah und Demi sind auch sehr in Ordnung. Du bist so voller Vorurteile.«

»Sind die doch auch. Taglauscher halten zusammen, das hast DU vor nicht einmal fünf Minuten zitiert.«

»Ja, aber in ganz anderem Zusammenhang.«

»Ach komm, ein bisschen Spaß muss erlaubt sein, oder?«

»Halloooo?!« Hazel legt den Kopf schief und nickt damit in meine Richtung. »Und was, wenn …?«

»Wenn was?«, pampt Zoe.

»Nichts«, sagt Hazel diplomatisch. »Weißt du denn schon, in welchen Turm du ziehen wirst? Ich meine, bei uns wirst du ja auf Dauer nicht bleiben können – und das finde ich sehr schade! Aber streng genommen …« Sie runzelt die Stirn.

»Ja, stimmt. In welchen Turm gehörst du jetzt eigentlich?« Zoe legt den Kopf schief. »Ich hatte also doch recht. Du bist keine Baumläuferin.«

»Nicht mehr«, sagt Hazel schnell und lächelt lieb. »Oder?«

»Nicht dass es eine Rolle spielen würde«, ergänzt Zoe nachdenklich. »Aber … Sind Lichtwandler eigentlich mehr Taglauscher oder mehr Nachtaugen, Hazel? Also … so tendenziell … nur zur Info.« Sie kratzt mit einem Fingernagel über einen nicht vorhandenen Fleck auf ihrer Bluse.

»Lenya ist eine Feuerwächterin, du Nelke! Lichtwandler vereinen beide Talente in sich – ausgewogen! Ich dachte, das wüsstest du.«

»Na, sie kann ja wohl schlecht in dieser hässlichen, roten Ruine wohnen, Spitzmaus! Und wenn das Ding sie tausendmal gewählt hat.«

»Sie kann auch von Turm zu Turm ziehen und alle Qualitäten in Ruhe studieren, bevor sie …«

»Ich mag den roten Turm.«

Beide Köpfe fliegen zu mir herum.

»Tust du?«

»Aber …?«

»Du kannst auf alle Fälle gern bei mir wohnen bleiben, solange du magst. In meinem Schlafnest ist genug Platz.«

»In meinem auch.«

Ich wechsle schnell das Thema.

»Was gibt's Neues von Ephne?«

»Die redet nicht mehr mit mir«, sagt Zoe knapp.

»Sie ist vom Unterricht suspendiert worden und hat Turmarrest, bis ihr Dad sie abholt«, ergänzt Hazel. Ihre Augen glitzern zufrieden.

»Heißt das, sie fliegt von der Schule?«

»Steht noch nicht fest.«

»Darüber muss die Konferenz entscheiden«, erklärt Hazel wieder. »Aber jetzt lasst uns anfangen. Du brauchst ein bisschen theoretischen Unterbau. Was weißt du über die Symbioseproblematik von Waldnymphen und worin besteht der Unterschied zu Vertreterinnen der gewöhnlichen Baumnymphen oder Dryaden?«

Kapitel 15

Knapp anderthalb Stunden später sind wir wieder allein. Als hätte sie nur darauf gewartet, kämpft sich Wanda raschelnd unter dem Kissenbezug hervor, gähnt und streckt sich. Ich sehe ihr dabei zu, wie sie sich ausgiebig den Bauch und die Flanken kratzt und danach den Schwanz mit ihren bekrallten Fingern durchkämmt. Zu guter Letzt schnappt sie sich einen dünnen Zweig aus meiner Blumenvase, zieht ihn sich der Länge nach wie Zahnseide durch die Zähne und guckt mich anschließend verschlafen aus kleinen, glasigen Äuglein an.

Das zum Thema nachtaktiv.

»Na, fertig mit der Abendroutine? Frühstück gefällig? Ich könnte auch ein bisschen Nervennahrung gebrauchen«, sage ich grinsend und lege meine Notizen beiseite. Mir qualmt ziemlich der Schädel vor lauter kompliziert klingenden Fachbegriffen, Charaktereigenschaften von Waldwesen und Rezepten für Kräutertränke.

Ich ziehe das Schubfach auf. Dort liegt die Schokoladentafel, die ich geschenkt bekommen habe. Ich breche ein Stückchen ab und pule zwei Nüsse für Wanda heraus. Beglückt nimmt das Hörnchen die Leckerei mit beiden Pfötchen entgegen und schiebt sie sich in die Backen.

»Legst du dir Vorräte an für schlechte Zeiten oder tust du das nur, damit du mir immer noch nicht zu verraten brauchst, was du wirklich mit Ringel getuschelt hast?«, frage ich und ernte ein beleidigtes Schnattern. »Ach, hör mir auf mit *alles zu seiner Zeit,* bla, bla. Wer gibt dir denn hier die Nüsse, hmm? Außerdem habe ich dir vorhin mal wieder den Rücken freigehalten. Dein Frauchen sucht dich nämlich.«

Wanda verschränkt unglücklich tschilpend die Pfötchen vor ihrem hellen Bauch und sieht mich mit großen Augen an.

»Tut mir leid, ich wollte dich nicht in Verlegenheit bringen. Du musst gar nichts ausplaudern, wenn du nicht darfst. Bei dir sind Geheimnisse offensichtlich besser aufgehoben als bei mir, und das ist absolut in Ordnung«, beeile ich mich zu sagen.

Ich brösele eine dritte Nuss für Wanda heraus und stecke mir das dazugehörige Schokoladenstückchen in den Mund. Nachdenklich betrachte ich den Rest der Tafel und lege sie zurück. »Genug genascht – und du hast übrigens nur teilweise recht. Gemeinsam ist super, aber manchen Dingen muss man selbst auf den Grund gehen. Vor allem denen, die man selber verbockt hat.«

Probehalber wackle ich mit den Zehen.

»Geht schon viel besser«, stelle ich fest. »Also? Was zuerst, jetzt, wo wir beide wach und unter uns sind? … Was ich angestellt habe, während du schliefst? Gar nichts! Wie kommst du darauf?« Ich tue beleidigt. »Ich bin mir nur nicht sicher, ob ich …« Dann fasse ich mir ein Herz. »Sag mal, haben wir die Tür richtig zugemacht in – Du-weißt-schon-wo? Sonst sollten wir wahrscheinlich …«

Wanda zetert schon wieder los.

»Ist ja gut … Es war nur eine Frage … Nein, ich bin mir klar darüber, dass du deine Augen nicht überall haben kannst. Ich glaube ja auch ziemlich sicher, dass ich … es war nur eine Frage, Wanda! … Nuss?«

Besänftigt krabbelt das Hörnchen auf meine Hand und lässt sich auf den Nachttisch setzen.

Seufzend pule ich die Schokolade noch mal heraus und beuge mich ganz dicht zu ihr hinunter. »Vielleicht schleiche ich aber doch noch mal zurück in Dads Wohnung. Nur zur Sicherheit, um zu sehen, ob wirklich alles in Ordnung ist … Nein du brauchst nicht mitzukommen. … Oder wollen wir vorher noch mal nach Silva sehen und horchen, ob sie Penelope noch etwas preisgegeben hat? Vielleicht sagt sie dir ja mehr als uns? … Ja, natürlich Silva. Ich weiß, dass du nicht mit Penelope sprichst.« Ich verdrehe die Augen. »Man kann sich auch anstellen … Also teilen wir uns auf? … Außerdem brauche ich unbedingt mehr Informationen über nicht feuerfeste Du-weißt-schon-was. Die Taglauscher brauche ich gar nicht danach zu fragen … Ja, so schlau bin ich inzwischen auch.«

Mein Blick fällt auf den Bücherstapel, den Hazel und Zoe mir dagelassen haben. Die meisten Buchrücken tragen einen Aufkleber der Bibliothek.

»Ja, natürlich! Das ist es! Da ich offiziell keine Kursbeschränkungen mehr habe, darf ich ab sofort auch die komplette Bücherei benutzen! Das ist sogar der beste Anfang von allen! Wenn ich dort nichts über diese Du-weißt-schon-was finde, dann weiß ich auch nicht … Nein, ich will nicht bis morgen damit warten … Doch, ich habe durchaus mitbekommen, dass wir eine nächtliche Ausgangssperre bekommen. Aber ich weiß auch, dass die Türme nie abgeschlossen sind. Ich kenne Schleichwege, weißt du?«

Tatendurstig schlage ich meine Bettdecke zurück und stehe auf. Ganz vorsichtig natürlich – aber das Geleegefühl in meinen Beinen ist tatsächlich weg. Komplett! Hoffentlich bleibt das so. Ich bin begeistert, zumindest kurzfristig, und bücke mich, um Benus Hoodie hinterm Bett aufzuheben.

»Grünbuckliger Risspilz«, murmle ich. »Der stinkt wirklich ganz schön nach diesen Schwefeläpfeln.«

Ich lasse den Bettpfosten los und hänge ihn zum Lüften über einen der geöffneten Fensterflügel. »Weißt du, wo Hazel vorhin die Tasche mit meinen Klamotten hingestellt hat? Ich will auf keinen Fall schon wieder im Nachthemd los und Hazel sagte doch … Kopfige Kernkeule – war ich so abgelenkt durch Zoes Schwefelpunschrezept? Das war wenigstens eine halbwegs verwertbare Info für unsere Zwecke, aber das soll jetzt nicht undankbar klingen. Nicht dass du mich gleich wieder ausschimpfst.«

Ich drehe mich suchend nach dem Gleithörnchen um. »Hallo? Wanda?«

Ich sehe gerade noch, wie ihre Schwanzspitze in der Dunkelheit hinter einem Baumstamm verschwindet. Ich nehme an, sie findet die Idee mit dem Aufteilen gut.

»Hey! Du hast vergessen, mir zu sagen, welchen Part du übernimmst«, rufe ich ihr nach, aber ich bekomme keine Antwort.

Könnte natürlich auch sein, dass ich sie zu sehr bedrängt habe und sie nicht anders aus der Nummer rausgekommen ist. Manchmal bin ich ein bisschen undiplomatisch, oder wie Dad sagen würde: ein Igel in einem Wald von zum Platzen gefüllten Staubbovisten. Ich muss schon bei der Vorstellung an so eine Pilzbombe voller Sporen husten. Aber das könnte auch an Benus Hoodie liegen.

Einen Moment lang bleibe ich am offenen Fenster stehen. Draußen zirpen die Grillen. Es ist ein richtig schöner, lauer Spätsommerabend. Wenn ich mich recke, kann ich mit viel Einbildung durch die Büsche und Bäume etwas von der Silhouette des Feuerturms erahnen. Er liegt im Dunkeln. Da ist niemand – also, abgesehen von diesem Vogel, der hoffentlich brav in seinem Verbandsnest im Keller hocken bleibt, bis Dad zurück ist. Ich will gar nicht daran denken, was alles passieren könnte, wenn er das nicht tut. Und doch kann ich das in diesem Augenblick verdrängen – mir wird warm ums Herz, weil ich weiß, dass der Turm selbst da drüben ist und auf mich wartet.

Ich stütze mich aufs Fensterbrett und atme tief die Waldluft ein. Da auch der Anbau des gelben Turms in die Hügel gebaut ist, liegt dieses Fenster direkt auf der Höhe des moosigen Bodens. Ich bin versucht, einfach rauszuklettern und im Mondlicht rüberzulaufen. Alles wirkt so friedlich. Nur in weiter Ferne höre ich ein leises Grollen. Ist da ein Gewitter im Anmarsch – oder war das ein Troll? Ich muss an meinen Dad denken und daran, dass Ringel sagte, wir würden belagert, und streife mir einen Anflug von Gänsehaut von den Armen. Sogar die Grillen scheinen einen Moment lang die Luft anzuhalten, bevor sie weiter musizieren.

»Pass auf dich auf und komm heil wieder«, murmle ich und ziehe die Fensterläden zu, damit die Mücken draußen bleiben.

Die Kommunikation mit Insekten fanden die beiden Baumläuferinnen unter ihrer Würde. Das muss mir morgen Benu beibringen. Ich seufze.

Suchend tapse ich durch den Raum. Ich bin Hazel wirklich dankbar, dass sie sich die Mühe gemacht hat, mir eine Tasche zusammenzustellen. Meine Sachen werden ziemlich verstreut gewesen sein. Die Nacht vor dem Trollangriff habe ich in Hazels Schlafkugel hoch oben im Blätterdach des grünen Turms verbracht. Meine eigene Schlafkugel – also die, in die ich mich mit Benus Hilfe eingeschmuggelt hatte – war ja von Ephne verwüstet worden.

Ob da inzwischen jemand aufgeräumt hat? Das kaputte Fenster hatte ich eigentlich selbst reparieren wollen. Ich vermisse meine Hängematte und muss an die Diskussion zwischen Hazel und Zoe denken. Im grünen Turm habe ich mich zu Hause gefühlt, aber eine Baumläuferin war ich nie. Das stimmt.

»Ich bin eine Feuerwächterin«, sage ich probehalber laut. »Ich zähle zu den Lichtwandlern.« Und da ich offenbar die einzige bin, macht es mich schon wieder zu einer Außenseiterin. Wie ich es auch drehe und wende, ich gehöre nirgends richtig dazu – oder gleichzeitig überall hin?

Der Gedanke gefällt mir. Und dass ich einen eigenen Turm ganz für mich allein habe, auch. Mit einem ziemlich schrägen Vogel im Keller.

Kichernd öffne ich die nächste Möbeltür.

In dem schmalen Schrank, der in eine Nische der Lehmwand gebaut ist, finde ich meinen Kulturbeutel, zwei Handtücher, frische Unterwäsche, eine Jeans und ein paar meiner Lieblingsshirts. Das oberste zeigt einen Buckelwal. Dad hat es mir von einem Kurztrip nach Island mitgebracht. Ich runzle die Stirn. Wie lange ist das her, zwei oder drei Jahre? Angeblich war er übers Wochenende zu einer Fortbildung. Natürlich gab es genau an diesem Wochenende einen Wasserrohrbruch bei den Mädchentoiletten. Ich habe Dad nicht erreicht und es allein hinbekommen, den Hauptwasserhahn zu finden und zuzudrehen. Bis die jemanden von der Stadt geschickt hatten, war alles so weit unter Kontrolle. Nur das knöcheltief stehende Wasser abzupumpen, das habe ich mich nicht getraut. Wasser ist nicht mein Element, da geht es mir wie Benu. Und schon gar nicht in Verbindung mit elektrischem Strom.

Dad war megastolz auf mich. »Man wächst mit seinen Aufgaben«, sagte er. »Wale können auch nicht unter Wasser atmen. Aber sie lieben das Meer. Also haben sie gelernt, ziemlich lange die Luft anzuhalten.«

Das Wal-Shirt also.

Ich lade mir alles, was ich brauche, auf die Arme und trage es hinüber zu dem kleinen Badezimmer. Blind taste ich nach der Klinke und ziehe die schmale Nebentür auf. Hoffentlich hat sich der dichte Wasserdampf inzwischen verzogen.

Empörtes, schrilles Kreischen schlägt mir aus der Duschkabine entgegen. Erschrocken lasse ich alles fallen und kreische mit.

Zwei braune Augen unter einer schwarzen Maske starren mich aus einem weißen Fellgesicht an. Das Tier steht auf den Hinterbeinen in der Duschwanne, sein Schwanz ist grau-schwarz geringelt und klatschnass, weil das Wasser läuft. Es hat eine spitze Schnauze mit noch spitzeren Zähnen und allem Anschein nach glaubt es, das sei seine Dusche.

Plötzlich ist Benu da, quetscht sich an mir vorbei und stellt den Wasserhahn aus. »Keine Zeit für solche Mätzchen.«

Der Waschbär klappt das Mäulchen zu und die niedlichen runden Ohren ein, turnt geschickt an der Duscharmatur empor und verschwindet mit einem Satz im Lüftungsschacht unter der Badezimmerdecke.

»Da war ein Waschbär in meiner Dusche«, japse ich.

»Der ist harmlos. Er treibt sich hier öfter rum. Niemand traut sich zuzugeben, wer ihn ursprünglich angefüttert hat. Hügelformer halt, müssen alles versorgen.« Benu hilft mir, die Kleidungsstücke aufzuheben, und drückt sie mir lächelnd in die Hand. Dann schnappt er sich seinen Hoodie vom Fensterrahmen und zieht ihn über.

»Beeil dich. Du wirst an der kleinen Lichtung am See gebraucht. Da steht ein Troll, und der sagt, er will mit dir reden.«

Kapitel 16

»Der Troll ist noch da? Reden? Wieso denn mit mir? Noch dazu mitten in der Nacht? Ich wollte eigentlich …«

Ich starre auf Benus Rücken. Er legt ein ganz schönes Tempo vor, dafür dass wir im Dunkeln querwaldein gehen. Er hört mir gar nicht richtig zu, sondern schnuppert an seinem Hoodie. »Riecht nach Schwefel, oder? Und ich dachte, Wanda würde mich ver… Entschuldige, was wolltest du eigentlich?«

»Kann warten. Was hast du so spät am Wasserturm gemacht?«

»Erzähl ich dir später. Du wirst staunen!«

»Das tu ich jetzt schon. Der Troll will mit mir sprechen? Filziger Gelbfuß!«

Benu geht direkt vor mir und hält mir grinsend einen besonders tief hängenden Zweig aus dem Weg. »Er hat Helena gesagt. Ich bin ganz dicht bei dir, wenn du mich brauchst«, wispert er.

»Helena?«, frage ich irritiert.

Und dann sind wir da.

Der Mond steht inzwischen hoch am Himmel und taucht die Lichtung zwischen dem silbernen und dem blauen Turm in fahles Licht. Irgendwo ruft ein Käuzchen, Wind raschelt in den Zweigen. Die Luft ist kühl, wie immer hier unten am See. Und ich weiß nicht, wovor ich mich mehr grusele: vor dem steingrauen, baumgroßen Plüschberg, der die Schultern hängen lässt und bei jedem Atemzug so klingt, als ob in seinem Inneren eine Kaffeemaschine ohne Überdruckventil heiß läuft? Oder vor dem braun gebrannten Muskelberg von Lehrer, der trotz der hocherhobenen Arme dagegen wie ein Hänfling aussieht und dessen stechender Blick mich vom ersten Tag an verfolgt.

»Da ist Farron«, wispere ich in Benus Richtung. »Was macht der denn hier?«

»Ich bin ihm in die Arme gelaufen, als ich aus der Bibliothek kam. Erzähle ich dir später. Leise jetzt!«

Die zwei Riesen stehen sich mit gehörigem Abstand gegenüber, wie zwei schwergewichtige Boxer, die in ihren Ecken auf das Startsignal zur nächsten Runde warten.

Alle beide mustern mich aus tief liegenden Augen, die im Fackellicht auch noch unheimlich glänzen, und bemühen sich gleichzeitig, auch einander nicht aus den Augen zu lassen. Beide haben dabei einen ähnlich undurchdringlichen Gesichtsausdruck, aus dem ich absolut nichts lesen kann.

Und was soll ich jetzt tun? Die Ringrichterin spielen und die Glocke läuten?

Zögernd trete ich auf die Lichtung und bleibe in gebührendem Abstand zu den zweien im hohen Gras stehen. Ich studiere den

Steintroll, Farron kenne ich ja schon. Das Zotteltier hat riesige, plumpe Füße, einen Stiernacken, dazu einen langen Schwanz mit einer Quaste dran und Arme wie ein Gorilla. Ich glaube, es ist derselbe, der mich schon während des Angriffs so komisch angesehen hat.

Anscheinend ist er zufrieden, dass ich da bin. Zumindest interpretiere ich sein kurzes Grunzen so.

Was er wohl von mir will? Warum jetzt? Wieso an diesem Ort? Blasser Zonenmilchling!

Niemand sagt ein Wort.

Bis zu uns herauf höre ich die Wellen des Sees sanft ans Ufer gluckern.

»Benu?«, wispere ich durch halb geschlossene Lippen ins Dunkel und drehe unauffällig den Kopf zur Seite. Benu ist dicht hinter mir. Er hat es zumindest versprochen. »Was erwarten die jetzt von mir?«

»Keine Ahnung, du bist die Feuerwächterin. Farron hat nur gesagt, ich soll dich und Ringel ganz dringend holen. Unterwegs hat Wanda mich abgefangen und mir erzählt, dass du irgendeinen Quatsch machen willst. Also bin ich zuerst zu dir gerannt und …«

Irgendeinen Quatsch machen? Na warte, Wanda!

Ein Zweig knackt.

»Moment mal. Heißt das, Ringel weiß noch gar nichts von unserem Treffen hier?«

»Doch, Lagunov holt sie grade.«

»Hä? Wieso denn Lagunov?«

»Nicht jetzt! Geh einfach ganz langsam weiter, schön vorsichtig. Keine schnellen Bewegungen. Das mögen Trolle nicht.«

Ich spüre eine Hand im Rücken, die mich sanft vorwärtsschiebt. »Rede mit ihm.«

»Ha, ha.« Millimeterweise arbeite ich mich etwas dichter an die beiden heran, mittig, damit ich niemandem näher komme als nötig. Immer hübsch neutral bleiben.

Keiner der beiden reagiert – wenn man von dem trägen Lidschlag des Trolls absieht. Demir Farron blinzelt überhaupt nicht. Ich weiß nicht, ob der Mann das jemals tut.

Im Schatten der Bäume nehme ich schemenhaft zwei oder drei kleinere Gestalten wahr. Ich meine, Demi zu erkennen – und Kelvin.

Der schüchterne Junge winkt mir mit großen Augen und dem Handgelenk auf Höhe der Hüfte zu. Überrascht erwidere ich den Gruß.

»Was machen die denn hier?«, flüstere ich an Benu gewandt. »Hast du nicht gesagt, dieses Treffen hier ist streng geheim? Wo bleibt Ringel bloß?«

»Sie muss jede Minute hier sein. Kelvin hat den Troll von seiner Schlafkugel aus entdeckt und Lagunov geweckt. Der hat Farron aus dem Bett geholt und Demi ist mit ihm gekommen. Er ist ihr Taufpate.«

»Ach was!«, rutscht es mir laut heraus und ich sehe über die Schulter zu Benu.

Er grinst breit. »Hat mir ihre Ratte erzählt.«

Im nächsten Moment brüllt der Steintroll so laut, dass ich meine, mir fliegen die Ohren weg. Meine Hände schnellen hoch und ich presse sie gegen meine Ohren, so fest ich kann. Viersporiger Nitrathelmling! Jetzt hat er meine volle Aufmerksamkeit.

Es *ist* derselbe Troll, der mir schon am Tag des Angriffs aufgefallen ist. Seine Fellfarbe ist steingrau und er hat einen kleinen weißen Fleck auf der Schulter. »Keine hastigen Bewegungen!«, ruft Farron und breitet beschwichtigend die Arme ein Stück weiter aus.

»Angeber. Der Troll hat nur gesagt, er freut sich, dich zu sehen«, flüstert Benu hinter mir.

»Moment mal!« Ich reiße die Augen auf und fahre herum, was den zotteligen Koloss unmittelbar zu einer neuen Brüllattacke hinreißt.

»Du kannst ihn verstehen? Warum sagst du denn dann nichts?«

Benu verschränkt nervös die Finger vor dem Bauch und guckt in diesem Moment genauso bedröppelt wie vorhin das Gleithörnchen.

»Der Wahlkurs in Trollkunde im letzten Quartal ist nicht zustande gekommen«, flüstert er mit einem unsicheren Seitenblick auf Farron und den Troll.

Letzterer pult sich gerade gemütlich mit den Klauen irgendwas Faseriges zwischen den Zähnen heraus. Farron steht immer noch breitbeinig da wie eine Marvel-Figur, wenn außerirdische Flugsaurier angreifen.

»Die Lehrerin war nur ganz kurz an der Academy. Sie ist in Mutterschutz gegangen und ich war ohnehin der einzige Interessent. Da habe ich mir in der Bücherei ein paar Sachen angelesen. Ich gehe am liebsten nachts hin, da habe ich meine Ruhe.«

»Wow!«, raune ich beeindruckt.

Sofort fängt der Troll wieder an zu brüllen.

»Und was hat er jetzt gesagt?«

»Äh, gar nichts. Das war jetzt schon mehr so ein … Hörst du echt den Unterschied nicht? Das war doch mindestens zwei Halbtöne höher.«

Ich schüttle fasziniert den Kopf.

»Trolle mögen keine Hunde. Dein Wow klang für ihn wie Bellen.«

»Oh«, mache ich beeindruckt und bemühe mich, den Troll nicht weiter anzustarren.

»Nicht weggucken«, mahnt Benu sofort. »Das empfinden Steintrolle als extrem unhöflich.«

»Wenn man nicht glotzt?«, frage ich zur Sicherheit nach und schiele nur aus dem Augenwinkel nach Benu.

Er nickt.

Der Troll brüllt wieder.

»Was habe ich denn jetzt falsch gemacht?« Allmählich bricht mir der Schweiß aus.

»Nein, du nicht, das war jetzt Farron«, erklärt Benu im Flüsterton. »Er hat sich an der Nase gekratzt. Das ist 'ne ziemliche Beleidigung.«

»Oh«, sage ich schon wieder. Vorsichtig gehe ich einen Schritt auf den Troll zu und taste dabei nach Benus Hand. Er soll bloß mitkommen. »Vielleicht solltest du besser den Job hier übernehmen? Worin auch immer der besteht …«

»Nee, nee«, macht Benu eilig. »Vergiss es, die Feuerwächterin bist du!«

»Du erwähntest das bereits.«

Der Steintroll verfolgt aus tief liegenden Augen aufmerksam jede unserer Bewegungen. Beruhigend drückt Benu meine Finger.

Ich bemühe mich, tief in den Bauch zu atmen. Das hat Dad mir beigebracht. Es ist gut gegen Angst.

Mit Todesverachtung glotze ich dem Troll ins Gesicht und trete einen Schritt auf ihn zu. Benu bleibt dicht hinter mir.

»Was hast du vor, Helena?«, fragt jetzt Farron, löst seinen Blick von dem Steintroll und streckt einen Finger aus, um sich noch mal an der Nase zu kratzen. Ich glaube, er schwitzt ziemlich.

»Nicht weggucken!« »Nicht kratzen!«, rufen Benu und ich gleichzeitig.

»Und ich heiße Lenya!«

Kapitel 17

Der Troll röhrt erst den Lehrer und dann uns an.

Blassblättriger Lacktrichterling. Jetzt fällt mir ein, an wen mich dieses Urviech erinnert: an Chewbacca, den Wookiee aus Star Wars! Den verstand auch kaum einer und er war eigentlich ziemlich nett.

Als der Wookiee-Troll mit der Brüllerei fertig ist und sonst nichts passiert, versuche ich es wieder mit atmen. Klappt schon viel besser.

»Hallo«, sage ich schließlich, quetsche ein hoffentlich freundlich und optimistisch wirkendes Lächeln aus meinem Gesicht und räuspere mich, weil meine Stimme belegt klingt. »Da bin ich also. Und jetzt? Was soll ich tun?«

»Keine Ahnung, Kelvin und Marian sagten, der Steintroll hätte ausdrücklich nach dir verlangt!«, erklärt Demir Farron. Seitwärts wie eine Krabbe kommt er zu Benu und mir herüber und stellt sich mit bedächtigen Schritten an unsere Seite. Dabei lässt er den Troll jetzt nicht aus den Augen. »Sei vorsichtig! Diesen Biestern ist nicht zu trauen!«

»Kelvin? Wie das denn?«, frage ich erstaunt. »Versteht Kelvin ihn auch? Ein Taglauscher, der ...?« Ich sehe zu den beiden hinüber.

Kelvin winkt mit einem weißen Zettel. Was soll das jetzt bedeuten?

»Nein, aber er ist ziemlich gut in Zeichensprache«, flüstert Benu.

Der Troll brüllt ungehalten. Schnell nehme ich wieder ihn ins Visier.

»Wir müssen das ganz ruhig angehen lassen«, sagt der Leiter des Metallturms, seinen Blick beschwörend auf den Troll geheftet, und lässt in Zeitlupe die Arme sinken. »Wir haben keine Waffen, niemand schießt. Alle bleiben ruhig. Du tust uns nichts, wir tun dir nichts. Was wollt ihr von uns?«

Der Troll grunzt und pustet sich eine Fellsträhne aus dem Gesicht. Ich könnte schwören, dass er dabei die Augen verdreht. Dann macht er schnaubend einen Schritt auf mich zu. Vor Angst kann ich mich nicht bewegen. Festgewachsen wie ein Blasser Zonenmilchling.

Sofort stellt Farron sich ihm in den Weg. »Langsam, Freund.«

Das ist ja nun wieder ziemlich ritterlich.

Der Troll brummt mit geöffnetem Fang und bohrt sich in der Nase.

Unter den Bäumen höre ich Demi erstickt quietschen. Es könnte aber auch Kelvin gewesen sein, das kann ich nicht zuordnen, ich muss ja weiter den Augenkontakt mit dem Chewbacca-Zottel halten.

Der zupft sich jetzt einmal oberhalb seines Ohrs das Fell, als ob er sich ein Büschel ausreißen würde, klopft sich dann mit einer Pranke gegen die Brust, zeigt auf mich und danach in der gegenüberliegenden Richtung auf den Wald.

»Was will er?«, frage ich Benu leise. Wenn nur meine Knie nicht so zittern würden. Diese Tatzen sind riesig! Und ich habe gesehen, was so ein Troll damit anstellen kann.

»Er sagt, er wartet da oben, bis wir uns besprochen haben.«

»Auf was wartet er denn, auf mich etwa?« Ich schlucke. »Soll ich ihm die Haare schneiden?«

Benu sieht mich komisch an.

»Ich geh doch nicht mit so einem …«

»Du verstehst ihn?«, fragt Farron erstaunt.

Der Troll gibt wieder so ein Jaulbrummen von sich.

»Graufilziger Muscheling«, raune ich. Diese Eckzähne sind messerscharf und länger als mein Unterarm!

»Schhht«, macht Benu. »Unterbrecht ihn doch nicht ständig.«

Der Troll heult auf, als ob er ihm recht geben will. Dabei zupft er weiter an seinem Brustfell herum.

»Oh, er sagt, er hat seinen Zettel verloren.«

»Seinen Zettel?« Farron macht ein ungläubiges Geräusch und zieht die Augenbrauen hoch. Der Troll tut es ihm nach und knurrt fragend.

»Bist du sicher?«, flüstere ich. »Nicht Strick oder Augenbinde oder …«

»Ich bin mir ganz sicher. Er hat Notizzettel gesagt. Beschriebenes Papier.« Benu klingt ein bisschen beleidigt. »Er kommt in friedlicher Absicht. Und das andere wollt ihr nicht wissen.«

Farron räuspert sich. »Benu, ich glaube nicht, dass du …«

Da schallt plötzlich Kelvins dünnes Stimmchen zu uns herüber. »Doch! Das kann absolut sein. Er hat vorhin das hier verloren. Da ist ein B-Bild von Lenya drauf, und da dachte ich … war das f-falsch?«

Wir alle gucken verwundert zu Kelvin, der wieder dieses Papierstück hochhält. Soweit ich das erkennen kann, zeigt das zerknitterte Bild ein Strichmännchen und irgendwelche Tiere. Darunter stehen vier Zeilen Text. Ich kann die Schrift nicht lesen, dafür bin ich zu weit weg. Neugierig recke ich mich und verliere fast das Gleichgewicht.

Der Troll grunzt und streckt den Arm nach mir aus. Ich halte wieder die Luft an.

»Nein, alles richtig gemacht!«, sagt Benu und lächelt Kelvin beruhigend zu. »Danke!«

Guckt denn hier keiner nach mir?

Kelvin nickt glücklich. »Dann k-kann ich jetzt gehen, oder?«

Der Troll röhrt wieder in voller Lautstärke und ganz tief aus der Kehle. Meine Hände fliegen an meine Ohren. Ich kann nichts dagegen tun.

Kelvin friert in der Bewegung ein und lässt vor Schreck das zerknitterte Blatt fallen. Benu läuft zu ihm, um es aufzuheben.

»Hast du das gesucht?«, fragt er das Riesenvieh ganz cool.

Ich atme vorsichtig weiter. Harmlos, er ist bestimmt ganz harmlos, genau wie Chewbacca.

Der Troll nimmt den Kopf in den Nacken und brummschnaubjault.

»Ich glaube, das klang ganz zufrieden, oder?«

»Ja«, bestätigt Benu knapp, als er zu uns zurückkehrt. »Er fragte, wie lange du fürs Packen brauchst – und wer Chewbacca ist?«

»Nicht wichtig.« »Packen?«, erwidern Farron und ich wie aus einem Mund.

Benu zieht den Kopf ein. »Er sagt, das stehe alles auf dem Zettel hier. Und dass du dich beeilen sollst.«

»Wieso, was steht da drauf?« Ich will danach greifen, noch bevor Benu den Wisch auseinandergefaltet hat, aber Farron ist schneller.

»Hmm … M-hmm?«, macht er, hält das Papier mal dichter, mal weiter weg ins Mondlicht und atmet geräuschvoll aus. Dann faltet er den Zettel wieder zusammen, sieht den Troll an und macht ein Stoppzeichen mit den Händen. Dabei malt er mit den Fingern wilde Kreise in die Luft. Er zeigt auf uns und die Türme, lässt schließlich schnaufend die Schultern fallen und wendet sich erschöpft an Benu. »Ich bin ein wenig eingerostet. Kannst du das bitte übersetzen?«

»Was jetzt genau?«

»Ich hab das auch nicht verstanden«, kommentiere ich, aber niemand antwortet mir.

Glaube ich jedenfalls. Der Troll legt nämlich den Kopf schief und runzelt die buschigen Augenbrauen. Dann schüttelt er seine Zotteln, stößt ein lang gezogenes Jaulen aus – und trollt sich. Bei jedem seiner Schritte schwingt der Waldboden so stark, dass die Bäume vibrieren. Sicherheitshalber halte ich mich ein wenig an Benu fest.

Mein Magen flattert, als er mich aus seinen dunkelbraunen Augen mit den goldgrünen Sprenkeln ansieht und meine Hand drückt. Am See quaken Frösche und auch die Grillen zirpen wieder. Mir war gar nicht aufgefallen, wie still es um uns herum geworden war. Jetzt fangen in den Büschen hinter Benu auch noch die Glühwürmchen an zu leuchten. Als hätten sie alle nur auf den Abgang des Riesen gewartet.

Ich seufze. Die Gefahr ist vorbei. Der Troll war einfach nur ein Bote.

Sobald der Riese ganz außer Sicht ist, laufen Demi und Kelvin zu uns.

Von der anderen Seite kommt Ringel angerannt, gefolgt von Lagunov. »Was war los? Ich bin gekommen, so schnell ich konnte. Silva hat …«

Wortlos hält Farron ihr den zerknitterten Wisch hin. Sie überfliegt ihn und bricht ab.

»Und jetzt?«

Ich räuspere mich und versuche noch mal, einen Blick zu erhaschen, aber sie faltet das Blatt bereits zusammen.

»Hallo? Kann ich das bitte auch mal sehen?«, frage ich. »Dad hat gesagt, ich soll …«

Die Rektorin wechselt einen Blick mit dem Lehrer.

»Konferenz«, antwortet sie und legt mir abwesend eine Hand auf die Schulter. »Sofort. Es geht los.«

»Jetzt liegt es an dir«, flüstert sie mir ins Ohr.

Und steckt mir dabei unauffällig den Zettel zu.

Kapitel 18

Eine halbe Stunde später sitzen Benu und ich in einem zweireihigen Kreis auf dem Boden des Turn- und Musiksaals im gelben Turm.

Nachdenklich betrachte ich das zerknitterte Blatt Papier in meinen Händen. Ein zweifarbiges Bild ist darauf gekritzelt. Es zeigt ein Strichmännchen mit feuerroten Haaren, in denen eine große rote Feder steckt, dazu eine Kröte und einen roten Vogel. Auf den Vogel zeigt ein dicker roter Pfeil mit – Krickelkrackel. Ich habe keine Ahnung, was das darstellen soll, es ist einfach nur ein Durcheinander aus durchkreuzten Linien. Darunter stehen vier Zeilen Text.

Zeit zu fliegen, Erdstern.
Verlier nicht die Bodenhaftung

und behalte einen gekühlten Kopf,
Trudenbeutel und Hexenbutter!

Es ist eindeutig Dads Handschrift, aber diese Zeichnung sieht aus, als hätte ein vierjähriges Kind sie gemalt. Ich vermute, dass das Bild Penelope, Naran und mich darstellt.

Jetzt liegt es an mir, hat Ringel gesagt. Und ich habe keinen Schimmer, was das alles bedeuten soll.

»Alles okay?«, fragt Benu.

»Klar.« Ich stecke den Zettel weg und zwinge mich zu einem Lächeln.

»Später«, flüstere ich und nicke unauffällig in Richtung von Demir Farron. Der Mann starrt die ganze Zeit zu mir herüber.

Die Sitzordnung ist gewöhnungsbedürftig. In der vorderen Reihe haben die Erwachsenen auf Bodenkissen in den Turmfarben Blattgrün, Cremegelb, Dunkelblau und Silbergrau Platz genommen. Sie tragen das Schullogo, das ich bereits von der großen Einführungszeremonie kenne – ein Stern in einem Kreis aus Blättern mit einem kleinen, Feuer speienden Drachen in der Mitte. Die Turmlinge sitzen so versetzt dahinter, dass sie sich den Lehrkräften ihres eigenen Turms gegenüber befinden und genau sehen können, was geschieht.

Jeder Turm hat einen Vertreter und eine Vertreterin aus dem Bett geholt – die vorsitzende Lehrkraft und jemanden aus der Schülerschaft. Lustigerweise sitzen die entsprechenden Schüler den Lehrkräften ihres Turms gegenüber – vielleicht damit sie besser beobachten können, was passiert. Aus der Gesichts- und Körpersprache liest man ja so einiges.

Weil er mit mir hier ist und ich noch immer nicht so richtig weiß, wo ich hingehöre, haben Benu und ich uns in der hinteren Reihe in die Lücke zwischen Hazel und Demi gequetscht. Bis auf uns halten Taglauscher und Nachtaugen auch jetzt im Kreis Abstand zueinander und sitzen voneinander getrennt. Das fällt mir immer wieder auf.

Für die Nachtaugen sind Demi und Saliah mit Farron und Tara Claybottom gekommen. Die sind alle hellwach – Nachtaugen eben.

Hazel begleitet Fleur Verboom und Kelvin sitzt ziemlich eingeschüchtert gegenüber von Marian Lagunov. Den müden Augen nach haben bis auf Kelvin alle schon geschlafen, die meisten Taglauscher sind Frühaufsteher.

Dann stehen und sitzen noch ein paar bunte Gestalten dazwischen, die ich noch nie gesehen habe.

»Wieso sind eigentlich lauter Erstsemester zum Turmsprecher oder zur Turmsprecherin gewählt worden?«

»Das ist immer so«, behauptet Benu. »Wir wachsen mit unseren Aufgaben, das ist Ringels Philosophie – für alle Turmlinge.« Er grinst verlegen und ich bin einfach nur froh, dass ich nicht allein hier sitzen muss. Gedankenverloren streiche ich über mein Buckelwalshirt und lasse meinen Blick durch den Raum schweifen. »Das sagt mein Vater auch immer.«

Tara Claybottom verwickelt den Leiter des Metallturms in ein Gespräch. Dadurch guckt er endlich woanders hin und ich kann Benu die Zeichnung zeigen.

»Kannst du damit was anfangen?«

Er runzelt die Stirn. »Hmm. Trudenbeutel ist ein altes Wort für Kartoffelbovist und Hexenbutter nennt man den Warzigen Drüsling. Das sind beides Pilze. Das muss ich dir nicht erklären. Aber wie kann man gleichzeitig fliegen und auf dem Boden bleiben? Und wieso sollst du den Kopf in den Kühlschrank stecken?«

»Nein, einen kühlen Kopf behalten, das ist eine Redewendung.«

»Ja, mir ist das klar. Vielleicht weiß es der Schreiber nicht? Da steht: gekühlt.«

»Tatsache, das ist mir gar nicht aufgefallen.«

»Und wo ist überhaupt Wanda?«

»Was?«

»Na, auf dem Bild. Stattdessen hast du eine Feder im Haar. Wieso denn eine Feder? Oder soll das ein Gleithörnchen sein? Zeig noch mal.«

Ich fange einen Blick von Farron auf, stecke schnell den Zettel weg und räuspere mich. »Nein, lass. Schon gut.«

Zeit zu fliegen, ohne abzuheben … seit wann drückt mein Vater sich so rätselhaft aus wie Silva? Stöhnend befühle ich noch einmal die Notiz in meiner Hosentasche. Auf einmal macht es klick. Der Pinky-Schwur! Dad hat gesagt, er holt mich, wenn er mich braucht. Mein Herz klopft wie verrückt.

»Du bist ein Genie, Benu!«

»Wenn du das sagst?«

Ich nicke strahlend. Und dann wird mir das nächste Problem klar und das Lächeln rutscht mir aus dem Gesicht. Die Feuervogelfeder. Wer außer mir und Dad hat Kenntnis von der Feder im Kühlschrank? Ringel? Zumindest weiß sie, dass Naran dieses heilkräftige Gold in den Flügeln hat … Theoretisch jedenfalls. Federn, die sich in Rauch auflösen, nutzen niemandem.

Schuldbewusst verziehe ich das Gesicht. Wie kann ich meinem

Vater etwas bringen, das nicht mehr da ist? Ich hatte doch keine Ahnung, dass man das Ding gekühlt halten muss! Mühsam würge ich den dicken Panikkloß herunter, der sich in meiner Kehle breitmachen will. Das ist Wandas und mein Geheimnis, bis ich es Dad beichten oder die Sache reparieren kann. Blasser Zonenmilchling! Sie hat Ringel doch nichts davon erzählt, oder? Nervös kaue ich auf meiner Unterlippe herum. Gekühlter Kopf. Wieder spüre ich Farrons Blick auf mir. Mir ist schlecht.

Alle, die vorhin nicht auf der Lichtung dabei waren, rätseln leise murmelnd über den Grund der plötzlichen Dringlichkeitssitzung.

Peggy Ringwald tritt in die Mitte des Raums und hebt einen bemalten Stein aus der mit Blumen, Moos, einem Wurzelstück und einer Schwimmkerze gestalteten Schale in der Raummitte.

»Das ist der Sprechstein«, flüstert Benu mir ins Ohr. »Wer ihn hält, hat das Wort.«

Die Rektorin räuspert sich und das Gemurmel ebbt ab.

»Danke, dass ihr alle mitten in der Nacht …«

Auf einmal fliegt die Tür auf und ein dicker Mann in Anzug und Krawatte platzt herein. »Das ist ja wieder typisch, dass die Elternschaft nicht informiert wurde«, poltert er gleich los und steigt umständlich über die Sitzenden, um nach vorn zu gelangen. »Lassen Sie mich durch. Platz da gefälligst. Bitte.«

Verwundert stelle ich fest, dass mit einem Fingerschnippen mindestens ein Drittel der Anwesenden verschwunden sind – wie aus dem Bild gelöscht, wenn es denn eins wäre.

»Wo sind die alle?«, frage ich leise und recke den Hals.

»Schhhh!«, mahnt Benu und zieht mich wieder runter. »Nicht jetzt.«

Gallertiger Zitterzahn! Das höre ich in letzter Zeit ständig!

»Barnardo Dlabchick, das ist definitiv weder der richtige Augenblick noch Ihr Platz«, antwortet Ringel ruhig.

»Das liegt ja wohl nicht in Ihrem Ermessen, Peggy! Als Vater der betroffenen Schülerin …« Schnaufend stellt er seine Aktentasche ab und quetscht sich auf den frei gewordenen Platz zwischen Fleur Verboom und Tara Claybottom. Kelvin verschwindet hinter seinem massigen Oberkörper aus unserer Sicht. »Die Art und Weise, wie Sie diese Schule führen, ist mir schon lange ein Dorn im Auge.«

Als der Fremde sich im Schneidersitz zurechtruckelt, sehe ich, dass er Sockenhalter unter der grauen Anzughose trägt. Blasser Zonenmilchling! Ich habe noch nie jemanden mit Sockenhaltern gesehen!

Die Leiterin des gelben Turms zupft mit verkniffenem Gesicht den Stoff ihres mit Quadraten und Rechtecken gemusterten Rockes unter seinem Hintern hervor und rückt demonstrativ ein Stück zur Seite. Gut für Kelvin, der jetzt wieder durch die Lücke spähen kann.

»Wer ist der Typ?«, frage ich leise und beiße mir auf die Unterlippe, damit ich nicht lospruste. »Wer hat den reingelassen? Und wieso darf der einfach dazwischenquatschen?«

Hazel beugt sich zu uns herüber und antwortet an Benus Stelle. »Das ist Ephnes Vater.«

Ah. Der Anwalt. »Wer sonst«, wispere ich zurück.

»Er ist einer der Hauptsponsoren der Schule«, ergänzt Benu hinter vorgehaltener Hand.

»Und Vorsitzender der Alumni«, flüstert Demi von der anderen Seite. »Das ist so was wie ein Förderverein aus Ehemaligen.«

»Ephnes Dad war immer schon auf Ringels Posten scharf«, erklärt Benu.

»Ist das nicht ein Interessenkonflikt, jetzt, wo Ephne …?«

Saliah räuspert sich von gegenüber und zeigt mit einer fast unmerklichen Augenbewegung auf den Sprechstein in Ringels Hand. Sofort sind wir still.

»Nach den Akademiestatuten Paragraf dreizehn, Absatz B haben Sie hier ohne Einladung nichts zu suchen …«, schaltet sich vor uns gerade Farron ein. Beinahe bedaure ich es, dass ich nur seinen Rücken sehen kann.

»Es geht immerhin um meine Tochter!«, bellt Barnardo. »Und nach Paragraf siebenunddreißig im Anhang der Schulordnung aus dem Jahr 1523 für Notfälle …«

»So lange gibt es die Academy bereits?«, wispere ich staunend und sehe verstohlen zu Benu.

»Noch viel länger«, flüstert er zurück. »Aber im Jahr davor hat es gebrannt und fast alle Schriften sind in den Flammen zerstört worden.«

»Das sind ja fast fünfhundert Jahre«, wispere ich staunend und runzle die Stirn. Irgendwas in mir klingelt bei dieser Zahl. Aber ich kann nicht vernünftig denken. In meinem Hirn ist alles voller herumwirbelnder Federn, die zu Staub und Asche zerfallen.

Kapitel 19

»Wir sind nicht wegen Ephne hier zusammengekommen«, stellt unterdessen Demir Farron mit dröhnender Stimme klar.

»Nicht?«

»Woher wissen Sie überhaupt von dieser außerordentlichen Konferenz?«, erkundigt sich Fleur Verboom.

Ephnes Vater läuft knallrot an. »Als Vorsitzender des Fördervereins und Hauptsponsor habe ich das Recht …«

»Nein«, sagt Saliah. »Haben Sie nicht. Diese Zusammenkunft findet unter Ausschluss der Öffentlichkeit statt. Die gesetzliche Grundlage dafür findet sich in den Geheimhaltungsstatuten der Präambel. Darin heißt es ausdrücklich, dass die innere und äußere Sicherheit Vorrang hat vor …«

Wieder einmal bin ich beeindruckt von ihrer Klarheit und davon, dass sie keine Angst vor irgendjemandem zu haben scheint.

Ich dagegen verstehe bei all diesen Fremdwörtern mal wieder hauptsächlich Bahnhof.

»Hä?«, mache ich aus Versehen ein bisschen zu laut und ernte einen bösen Blick von Ephnes Vater.

Benu hält mich am Ärmel zurück. »Sei leise.«

»Aber der Typ nervt! Wir haben doch ganz andere Sachen zu besprechen.« Ich klopfe nachdrücklich gegen meine Hosentasche. »Lebenswichtige Dinge!«

»Pssst!«, kommt es gleich von mehreren Seiten. Gekränkt verschränke ich die Arme.

»Sie geben also zu, dass es sich bei dem Vorfall von vor drei Tagen um eine Gefährdung der ...«

Ringel stöhnt. Ich rücke ein Stück zur Seite, damit ich besser sehen kann.

»Nein«, sagt Saliah total cool.

»Dann müssen wir ... wie bitte?« Jetzt ist er sichtlich aus dem Konzept gebracht.

»Wir müssen gar nichts«, unterbricht Farron und nickt Saliah anerkennend zu. Ganz kurz glänzen ihre Augen und ein stolzes Lächeln huscht über ihr Gesicht. Dann wird ihre Miene wieder ernst und konzentriert.

»Die Sicherheit der Academy war zu keiner Zeit bedroht«, übernimmt Farron weiter. »Einzig durch das Fehlverhalten Ihrer Tochter kam es zu einer ebenso mutwilligen wie unentschuldbaren Gefährdung einer Schülerin und eines ... und unseres Ökosystems. Über diesen Fall wird, wie besprochen, morgen früh gesondert getagt. Dies ist der einzige Grund, weswegen Sie überhaupt eine Sondergenehmigung und außerordentlichen Zutritt zum Schulgelände erhalten haben. Ihr Antrag, eine Elternvertreterschaft zu gründen, wurde im Übrigen einstimmig abgelehnt. Aber wir werden uns gern anhören, was Sie als Fürsprecher Ihrer Tochter zu sagen haben. Morgen.«

»Dagegen lege ich Widerspruch ein«, tobt der Anwalt und wühlt in seiner Aktentasche.

Ich muss kichern. Das könnte man auch genau andersherum verstehen, als er es gemeint hat. Prompt kassiere ich den nächsten bitterbösen Blick von Ephnes Vater.

»Ich habe eine Unterschriftensammlung vorbereitet und beantrage die sofortige Absetzung von …«

»Heute Abend gibt es andere Prioritäten, Barnardo. Wenn Sie jetzt bitte den Raum und das Gebäude verlassen und sich in Ihr Quartier zurückziehen.«

»Die Einteilung der freiwilligen Helfer für die Aufräumarbeiten wird Sie sicher weniger interessieren«, meldet sich Tara Claybottom zu Wort und lächelt ihn milde an.

»Geldspenden vom Förderverein nehmen wir dankbar entgegen. Wir können sie aber leider nicht mit der durch Sie persönlich zu erbringenden anteiligen Kompensation für die Renovierung verrechnen«, ergänzt Fleur Verboom.

»Ich verstehe immer noch nicht, was meine Tochter mit diesen …«

Marian Lagunov ergreift das Wort. »Bezüglich der Summe kommen wir noch gesondert auf Sie zu.«

»Aber …« Barnardo Dlabchick tupft sich die Stirn. »Ich …«

Tara Claybottom beugt sich zu ihm hinüber und tätschelt ihm fürsorglich den Arm. »Sie sind doch bestimmt gut versichert, oder?«

Zwei ziemlich kräftige Fackelträger treten an Saliah vorbei

aus dem Schatten und machen einen Schritt in den Raum hinein.

An den Schläfen von Ephnes Vater treten die Adern hervor. »Wenn Sie es wagen, mich hinauszuwerfen …«, fängt er an und fuchtelt mit seinem Zeigefinger vor den Schülern der Abschlussklasse herum. Das sieht ziemlich lustig aus, weil er ja immer noch im Schneidersitz dahockt und offensichtlich Mühe hat aufzustehen.

»Lasst ihn hierbleiben«, seufzt Ringel müde. »Wer ist dafür?«

Das meint sie nicht ernst, oder?

Sie legt den Sprechstein zurück, setzt sich und hebt ihre Hand zur Abstimmung. Aber da ist sie die Einzige, alle anderen Hände bleiben unten. Ein paar Leute verschränken sogar grimmig die Arme.

Barnardo Dlabchick sieht sich triumphierend im Kreis um. Als sein Blick über Kelvin gleitet, zuckt der ganz eingeschüchtert mit der Hand, so als ob er sie heben will, aber ein Räuspern Lagunovs genügt und Kelvin lässt beinahe erleichtert die Schultern fallen.

Ephnes Vater hat nichts davon mitbekommen. Immer noch euphorisch sieht er Ringel an. »Tja, meine Liebe, Ihr Rückhalt an der Spitze dieser Akademie …« Da erst kapiert er, dass es nicht zu seinen Gunsten ist, dass niemand der Aufforderung der Rektorin gefolgt ist, und bricht ab. »Wir sprechen uns noch. Ihre Tage sind gezählt!«

»Die Tage von uns allen sind gezählt, schon immer«, erwidert Ringel achselzuckend. »Das ist der Lauf der Natur. Haben Sie denn gar nichts mitgenommen aus Ihrer Zeit hier an der Schule?«

Wütend holt Dlabchick noch mal Schwung, um aufzustehen. Schließlich muss einer der Fackelträger ihm eine Hand reichen.

Erheblich schneller, als er sich durch die Reihen gekämpft hat, aber genauso rücksichtslos rempelt er sich durch bis zur Tür. Mit einem Knall fällt sie hinter ihm und den beiden Fackelträgern ins Schloss.

Ein erleichtertes Raunen geht durch die Anwesenden. Tara Claybottom breitet zufrieden wieder ihre Röcke aus und zwinkert mir zu. Wir lächeln uns kurz an. Im nächsten Moment sitzt die Krankenschwester mit dem Mäusegesicht und dem Quastenschwänzchen wieder neben ihr. In den bunten Flickenklamotten hätte ich sie fast nicht erkannt.

Verblüfft sehe ich mich im Raum um. Alle anderen eben noch verschwundenen Gestalten sind ebenfalls zurück. Ich kneife die Augen zusammen. Lehnt da hinten an der Wand der Faun, der neulich im Wald an mir vorbeigaloppiert ist? Neben Fleur Verboom hockt jemand mit sehr dunkler, knorriger Haut, aus der Blätter zu wachsen scheinen. Bei jeder Bewegung knarzt es hölzern aus seinen Gelenken. Und der tropfende Typ da drüben, der seelenruhig inmitten einer stetig größer werdenden Wasserpfütze sitzt, ist das etwa ein Fischschwanz unter seinem Mantel?

Langstielige Ahornholzkeule! Jetzt kapiere ich – das sind alles Waldwesen! Den (ausbleibenden) Reaktionen nach kann sie offenbar höchstens die Hälfte der Anwesenden wahrnehmen, aber wieso sind die dann vorhin alle abgetaucht?

»Sicher ist sicher«, wispert Benu, grinst mich wissend an und legt mir einen Finger unters Kinn, damit ich den heruntergeklappten Kiefer wieder schließe. »Starr nicht so, das sind keine Trolle.«

Ringel räuspert sich und nimmt in aller Ruhe von Farron den Sprechstein entgegen. Die allgemeine Geräuschkulisse verstummt.

»Das war wieder einmal ein wunderbares Beispiel dafür, wie unabdingbar es für den Fortbestand unserer Academy und aller Waldwesen ist, dass wir strengste Geheimhaltung wahren. Auch gegenüber Ehemaligen. Es ist ein Segen, dass alle ihren Beitrag leisten und die Academy so gut geschützt ist.«

Seufzend geht die Rektorin zurück in die Mitte. »Und damit zum eigentlichen Grund unserer Zusammenkunft. Danke, dass ihr alle so schnell hergekommen seid. Nur der Form halber: Wir sind uns darüber einig, dass alles bisher und künftig Gesagte unter allen Umständen hier in diesem Raum bleibt?« Fragend zieht sie die Augenbrauen hoch und erntet zustimmendes Gemurmel.

Ihr Blick gleitet über mich hinweg, schließt die Runde und kehrt gleich darauf zu Benu und mir zurück. Ich nicke eifrig, nur für den Fall, dass sie es beim ersten Mal nicht gesehen hat.

Sie winkt mich zu sich.

Unsicher stehe ich auf und gehe zu ihr. Jetzt kommt's. Jetzt sagt sie allen, dass ich aus Versehen die letzte heilkräftige Feder verbrannt habe. Weil sie eben doch meine Gedanken gelesen hat. Oder weil Wanda … Judasohr! Kein Wunder, dass das Gleithörnchen sich verdünnisiert hat!

Ich versuche, meinen Kopf zwischen den Schulterblättern einzuziehen, eine Fähigkeit, um die ich Schildkröten in diesem Moment wirklich beneide.

Kapitel 20

»Durch den tapferen Einsatz von Corbinians Tochter Lenya konnten wir ein verletztes Waldwesen in Sicherheit bringen.« Peggy Ringwald legt mir die Hand auf die Schulter, drückt unmerklich zu und sieht mir dabei tief in die Augen. Ich schwitze und meine Knie sind weich wie Pudding, schlimmer als unter dem Einfluss des lila Sirups.

»Aber es gibt noch jemanden, dem unsere ganze Sorge gilt.« Sie hebt den Blick in den Kreis der Anwesenden.

Sie wird doch jetzt nichts über Naran sagen, oder? Vorhin hat sie mir noch erklärt, wie wichtig es ist, dass wir absolutes Stillschweigen über die Existenz und den Aufenthaltsort des Feuervogels bewahren.

»Nein, bitte nicht!«, zische ich. »Dad hat gesagt …«

Die Rektorin zieht mich an sich und klemmt mich mit ihrem

Arm fest. Für alle anderen sieht es sicher nach Umarmung aus, nur Benu runzelt die Stirn.

»Wir haben eine besorgniserregende Nachricht erhalten«, fährt Ringel ungerührt fort. »Es ist wichtig, dass ihr die Wahrheit erfahrt: Die Eichelhäher haben wirklich hervorragende Arbeit geleistet. Das war kein leider Probealarm. Ein Troll ist ins Schulgelände eingedrungen und hat uns ein schreckliches Ultimatum gestellt. Ich will nicht drum herumreden.« Sie sieht mich aus ernsten Augen an. »Zeig uns die Nachricht, die er dir vorhin überbracht hat, Liebes.«

»Was? Aber ...«

Lies vor, was du siehst, höre ich sie in Gedanken. Sie lässt mich los und nickt. »Es ist in Ordnung. Vertrau mir.«

Ich sehe zu Benu. Der hebt die Schultern. Anscheinend weiß er genauso wenig wie ich, was sie damit bezweckt.

Ein Raunen geht durch die Anwesenden, als ich die Notiz hervorhole und entfalte. Dann passiert irgendwas mit meinen Augen. Die Schrift verschwimmt. Es ist, als ob die Buchstaben sich verändern und neu zusammensetzen.

»Hab Mut«, sagt Ringel eindringlich und ich weiß nicht mal, ob sie es laut sagt oder mir den Gedanken in den Kopf hämmert. »Lies bitte laut vor, was da steht.«

Ich muss blinzeln, aber das Bild bleibt so seltsam. Die krakeligen Zeichnungen beginnen zu tanzen. Meine Lippen formen die Worte, die da plötzlich auftauchen, ganz von allein. Meine Stimme macht sich selbstständig. Ich kann nichts dagegen tun.

»Es geht um Leben und Tod und die Existenz der Academy. Ich wurde entführt. Befolgt den Notfallplan, schützt die Feuerwächterin. Peggy Ringwald weiß, was zu tun ist. Keine Forderungen erfüllen, keine Rücksicht auf mich nehmen«, blubbert es ohne Punkt und Komma aus meinem Mund.

Zitternd lasse ich das Blatt sinken und befühle meine Lippen.

Entsetzt starre ich Ringel an. Dieser Text stammt doch überhaupt nicht von Dad oder von dem Troll! Wieso lese ich so einen Müll vor? Was bezweckt sie damit? Und wie zum Stachelsporigen Schildborstling hat sie das hinbekommen?

Mein Hinterkopf sticht. Meine Augen tränen. Ich muss blinzeln. Ich habe ein Kribbeln im Nacken und das unheimliche Gefühl, dass mich jemand anstarrt. Ruckartig drehe ich mich um und blicke direkt in Demir Farrons tief liegende, stahlblaue Augen. Langsam nimmt er die gespreizten Fingerspitzen von seinen Schläfen und strafft die Schultern. Dabei nickt er Ringel unmerklich zu.

Er war das! Er hat mir diese Worte eingegeben! Aber warum?

Mein Blick fliegt zurück zur Rektorin.

Alles ist gut, flüstert sie mir ein.

Da bin ich mir nicht sicher.

Im Gegenteil.

»Aber …« Meine Stimme steht wie ein Fremdkörper leer im Raum.

Niemand sagt ein Wort. Es ist so still hier drin, dass man das leise Plitschen der Tropfen aus den Schuppen des Wasserwesens hört.

Die Schulleiterin sieht mich fest an. Dann lässt sie die Bombe platzen.

»Die Steintrolle wollen Corbinian nur freilassen, wenn Lenya sich in ihre Gewalt begibt. Es ist ausdrücklich Corbinians Wunsch, dass kein Austausch stattfindet. Darum sollten wir dieser Forderung auf keinen Fall nachkommen. Jeder Meister der Häuser kennt das Risiko.«

»Moment, was sagen Sie da? – Was sagt sie da?« Ich kralle mich in Benus Arm. »Wieso tun Sie das?«, wende ich mich wieder an Ringel. »Auf dem Zettel steht doch …«

Sie spricht einfach über mich hinweg.

»Die Trolle versuchen seit Jahren, uns zu zerstören. Aber noch nie waren sie so besessen wie jetzt. Sie haben Silva verletzt. Lenya ist ihnen wie durch ein Wunder mit Zoes Hilfe entkommen. Wir werden ihnen keine zweite Chance geben, die Feuerwächterin in ihre Gewalt zu bekommen. Egal wie hoch der Preis auch sein mag.«

Sie verneigt sich ruhig in meine Richtung und legt den Sprechstein zurück in die Mitte.

Im Turm- und Musikraum bricht Tumult aus. Alle reden durcheinander. Mir wird schwummrig.

»Nein! Das ergibt doch gar keinen Sinn. Dad ist einfach nur losgegangen, um Medizin zu holen für … Er wurde nicht entführt!«

»Wir werden den Wunsch des Meisters aller Häuser respektieren«, übertönt mich Demir Farron. »Wir lassen uns von Steintrollen nichts diktieren.«

»Wir können aber auch nicht Corbinians Leben aufs Spiel setzen«, ruft Fleur Verboom dazwischen. Am liebsten würde ich sie ganz fest drücken. »Wir müssen reden. Mit diplomatischem Geschick.«

Sofort springt Marian Lagunov auf. »Wir verhandeln auf keinen Fall mit Trollen!«

»Wir werden erst recht nicht Lenyas Leben riskieren«, fällt ihm Demir Farron ins Wort.

»Aber das stand da gar nicht!«, versuche ich es noch einmal, so laut ich kann. Meine Stimme überschlägt sich.

»Das arme Kind«, jammert Tara Claybottom. »Sie will es nicht wahrhaben. Kein Wunder. Am besten, wir bringen sie zurück in die Krankenstation. Ist noch Sirup da?«

»Vielleicht sollten wir die Trolle einfach dahin zurückjagen, woher sie gekommen sind?«, meldet sich von hinten ein Faun zu Wort. »In die Felswüsten Nordafrikas!«

Verblüfft glotze ich ihn an und ernte ein empörtes ziegenartiges Meckern.

»Schht«, macht Benu leise und zupft mich am Ärmel.

»Aber Dad hat etwas ganz anderes geschrieben«, wiederhole ich leise. »Du hast es mit eigenen Augen gesehen, Benu. Ich bin doch nicht verrückt!«

Entsetzt sehe ich zu Ringel. Sie weiß das. Sie kennt Dad schon sein halbes Leben. Wieso stellt sie das nicht klar? Was bezweckt sie damit? Die Konferenz galoppiert in eine völlig falsche Richtung! Und dann dämmert mir … dass nicht alles so ist, wie es scheint. Silva sagte das. Silva hat mich gewarnt …... Haben wir der Falschen vertraut?

Ringel hebt beschwichtigend die Hände und versucht, die Anwesenden zu übertönen. »Wir müssen nun alles daransetzen, die Feuerwächterin zu beschützen. Höchste Alarmstufe in allen Häusern. Wachposten an alle Turmeingänge. Wir müssen die Türen schließen und sämtliche Verbindungen zwischen den Türmen kappen. Schlag vier Uhr werden alle Baumwipfelpfade und unterirdischen Gänge geschlossen. Niemand darf die Academy betreten oder verlassen.«

»Das ist der falsche Weg. Der Troll wartet auf mich. Ich muss zu Dad«, flehe ich mit tränenerstickter Stimme. »Wir brauchen die Medizin! Was ist mit Silva? Sie haben doch selbst gesagt ...«

Sie legt mir beide Hände auf die Schultern. Die Berührung fühlt sich falsch an, aber ich bin zu gelähmt, um sie abzuschütteln.

»Ich kann dich nicht gehen lassen«, sagt sie so laut, dass es auch ja alle hören. »Das würde die ganze Academy in Gefahr bringen. Mit allen, die sich in ihr aufhalten. Der Wald wird heilen. Er regeneriert sich selbst. Es tut mir unendlich leid, Lenya. Wir bedauern diesen Schritt aufs Tiefste, vor allem da du deine Mutter auf ähnlich tragische Weise verloren hast. Dein Vater wird es schaffen. Bleib im Vertrauen.«

Sie wendet sich noch einmal an die Menge und seufzt theatralisch. »Bis die Feuerwächterin volljährig ist, werde bei Bedarf ich die Verantwortung über alle in Behandlung befindlichen Mysen übernehmen. Mögen die Türme mir helfen.«

»Bei Bedarf?«, kreische ich.

Ohne mit der Wimper zu zucken, hat sie Naran verraten.

Und Silva.

Uns alle.

Wie viel ist eine Feder wert?

Und wer legt dafür ein Königreich auf den Tisch?

»Was ist mit dir?« Benu fängt mich auf, als ich taumle.

Ich schüttle den Kopf. Ich weiß, was ich jetzt tun muss.

Und dann laufe ich los.

Kapitel 21

Als ich aus dem Raum stürme, streiten Taglauscher und Nachtaugen erbittert. Sie sind alle komplett auf dem Holzweg – in die Irre geführt von Ringel und Farron – und wer auch immer noch mit drinsteckt. Wem kann ich trauen?

Alle sind so mit sich beschäftigt, dass niemand bemerkt, wie ich mich durchs Gedrängel zur Tür hinausquetsche.

Bis auf einen.

»Wo willst du hin?« Benu rennt mir nach. Er erwischt mich, als ich gerade aus dem Gebäude fliehen und über die Lichtung in Richtung des roten Turms laufen will. »Du kannst nicht alleine in den Wald. Das ist viel zu gefährlich! Wir müssen wieder rein und hören, wie wir dich beschützen können. Gemeinsam – genau wie Ringel sagte.«

»Du glaubst ihr? Benu, sie hat mich benutzt. Sie hat gelogen!

Sie hat alle angelogen und nicht nur Silva in Gefahr gebracht, sondern auch Dad und …« Hilflos breche ich ab.

»Ich verstehe es genauso wenig wie du. Aber es muss einen Grund dafür geben, dass sie so ein Chaos auslöst. Lass es uns herausfinden! Oder … wolltest du etwa abhauen? Gibst du auf?«

»Ich hab nicht vor aufzugeben. Im Gegenteil«, sage ich düster und starre das dunkel hinter den Eschen aufragende Gebäude an. »Aber es gibt etwas, das du wissen sollst. Darum müssen wir jetzt sofort und zuallererst ganz dringend in den roten Turm. Was weißt du über Feuervögel?«

»Dass sie ausgestorben sind? Oh, warte, ist das vielleicht der Grund, weswegen Pene–?«

»Offenbar sind sie das nicht«, unterbreche ich ihn. »Ich muss dir was zeigen – oder vielmehr: jemanden. Falls sie noch da ist. Ich hab's verbockt, Benu. Stachelsporiger Schildborstling, ich hab vielleicht richtig Mist gebaut. Wenn es so ist, hoffe ich, es ist noch nicht zu spät, das wiedergutzumachen.«

Benus dunkle Augen werden groß. »Und das heißt genau was?«

Ich hole tief Luft. »Dad sagte, er würde versuchen, uns den Rücken freizuhalten, bis ich so weit bin«, sprudle ich los. »Aber wir haben diese Zeit nicht, wenn Ringel hier alles dicht macht.«

»Zeit wofür?« Benu versucht, mit mir Schritt zu halten. Ich habe es eilig und mein Knöchel tut kaum noch weh, also laufe ich, so schnell ich kann.

»Es geht um seine geheime Patientin. Ich bin mir sicher, die Trolle wollten uns nicht angreifen, sie wollten irgendwas ganz anderes. Silvas Geklirre hat die Trolle verrückt gemacht und das Trollgebrüll war für Silva umgekehrt genauso schlimm. Dad sagt, durch mich sind sie überhaupt erst auf den roten Turm aufmerksam geworden. Vielleicht haben sie dadurch auch was von Na…, also von dieser Patientin mitbekommen. Keine Ahnung, sie ist ja immerhin da drin. Das ist jedenfalls keine Belagerung und auch keine Erpressung und Dad ist auch nicht entführt worden. Nicht richtig jedenfalls. Dank deiner Hilfe habe ich seine Nachricht entschlüsselt. Die echte, nicht das, was ich vorgelesen habe. Er will, dass ich komme und ihm etwas ganz Bestimmtes mitbringe. Etwas, das sehr wertvoll ist und wovon niemand etwas wissen darf. – Aber genau das ist anscheinend passiert. Es muss irgendwie durchgesickert sein. Kannst du mir folgen?«

Benu reißt die Augen noch mehr auf und hebt unsicher die Schultern. Immerhin lässt er sich von mir weiter mitziehen. Gebückt huschen wir an den Sträuchern entlang in den Schutz der Bäume.

»Die Bilder hat der Troll ergänzt«, flüstere ich ein bisschen außer Puste. »Keine Ahnung, was sie bedeuten sollen. Aber was ich weiß, ist: Die Konferenz wurde grade komplett belogen.«

»Aber dann musst du doch …«

Ich schüttle den Kopf. »Nicht jetzt. Du hast doch erlebt, was da drin los war. Egal was dahintersteckt, es würde alles nur schlimmer machen. Dad hat ausdrücklich gesagt, dass niemand von Narans Anwesenheit erfahren darf. Und außerdem …«

Irgendwo im Gebüsch hinter uns raschelt es. Ich sehe über meine Schulter. Es ist nur ein Zapfen, der aus einer der hohen Kiefern geplumpst ist. Ich lege den Kopf in den Nacken und spähe in die Wipfel. Irgendwas Großes hat sich da oben bewegt. Eine Eule, schätze ich.

»Das kann ich dir nicht sagen. Nicht hier«, sage ich leise und pirsche vorsichtig weiter. »Kommt dir nicht auch so einiges komisch vor? Was, wenn irgendwem daran gelegen ist, dass wir eben keine Lösung finden? Dass Silva und Naran womöglich sterben, und mit ihnen die Academy. Dad hat gesagt, ich soll niemandem trauen – bis auf ganz wenige Ausnahmen. Du bist eine davon. Aber die andere ... seit heute Nacht bin mir nicht mehr sicher, ob er sich da nicht gehörig vertan hat. Ich erklär's dir, wenn wir drin sind. Das ist der einzige Ort, an dem niemand sonst mithören kann.«

»Mithören? Aber ...«

»Gleich.« Ich packe Benu bei der Hand, renne los und ziehe ihn mit. Das dauert alles viel zu lange.

»Und diese Naran ist ein Feuervogel? Bist du sicher?«

»Drin. Wir müssen uns wirklich beeilen.«

Ich habe Seitenstechen. Endlich taucht die Turmruine vor uns auf. Ich peile den direkten Weg an. Den Abzweig zum Anbau ignoriere ich. Aber selbst von hier und im Dunkeln erahne ich unschwer, was Benu am Nachmittag meinte. Der Schaden ist beträchtlich. Breite schwarze Streifen markieren mehrere Stellen, wo das Gras bis auf die Wurzeln verbrannt ist. Es knistert, als wir darüberlaufen. Der schöne Aprikosenbaum ist nur noch ein verkohltes Gerippe, genau wie er gesagt hat. Aber das geht nicht auf das Konto der Trolle. Inzwischen bin ich mir gar nicht mehr so sicher, ob Naran wirklich all diese Brandsalven mit Absicht auf sie losgeschossen hat – vielleicht war alles ganz anders.

Vor meinen Augen entsteht wieder das Bild meines Vaters, der den flügelschlagenden Feuervogel in den Armen hält. Aber jetzt sieht es so aus, als würde er versuchen, Naran am Davonfliegen zu hindern. Ich muss die Wahrheit herausfinden. Wir müssen noch mal in den Keller, und diesmal lasse ich mich nicht von dem Feuervogel ins Bockshorn jagen.

»Was hast du denn? Kannst du mir nicht …?«

»Schhhh, sei mal bitte still!« Über uns nehme ich ein Rauschen wahr. Ich lege den Kopf in den Nacken. Was immer es war, es ist schon wieder weg. Da ist nur das Schwarz des Blätterdachs. Die Zweige heben sich dunkel vom Nachthimmel ab, aber sie geben nicht preis, wer oder was sie da eben so heftig bewegt hat. Ganz oben knistert es und ich bilde mir ein paar rot glühende Punkte ein. Mir läuft es eiskalt über den Rücken. »Was war das?«

»Eine Windbö?« Benu hebt die Schultern.

»Oder ein ziemlich großes Flügelpaar«, murmle ich im Weiterlaufen.

»Lenya, ich …«

Der klagende Ruf eines Tieres durchdringt die Stille.

»Hast du das auch gehört?« Ich kralle mich in Benus Ärmel. »Kam das nicht von oben?«

»Wo sollen Vögel denn sonst sein?«

»Im Keller!«, jammere ich.

Und dann erzähle ich ihm, wer im Keller des Feuerturms wohnt.

Kapitel 22

»Du willst zu diesem Feuervogel? In den Keller?«

»Das sage ich doch die ganze Zeit!«

Benu zögert einen Moment, als ich zügig durch die offen stehende Tür des Feuerturms schreite. Ich verliere dabei seine Hand und bleibe mitten auf dem Portal stehen. Benu starrt die offene Tür an.

»Was ist? Du tust ja so, als wärst du zum ersten Mal hier. Los, komm, wir haben es eilig.«

»Ich … nichts. Wird schon schiefgehen.« Dann gibt er sich einen Ruck und rennt mir hinterher, als wollte er die Schallmauer durchbrechen.

Das alte Gemäuer ächzt, als wir es betreten.

»Siehst du – hat dich nicht gefressen«, sage ich.

Benu keucht und schneidet mir eine Grimasse. »Nein. Alles

noch dran. Warten wir mal ab, ob das auch für gewisse Kellerbewohner gilt.«

Er will weiterlaufen, aber ich halte mir die Rippen und bremse ihn aus. »Seitenstechen«, erkläre ich entschuldigend und falle in Schritt.

Benu nickt. Während wir langsam weitergehen, streicht er beinahe ehrfürchtig über die Blätter der Rosen und des wilden Weins. »Hast du hier irgendwas gemacht? Aufgeräumt und ... äh ... renoviert, Hausmeistertochter?«

Es fällt ihm also auch auf. Ich grinse. »Du meinst, während ich mit dem Sirup abgeschossen war?«

»Unglaublich.« Benu reibt sich über die Augen. »Aber wer hat dann ...?«

»Ich glaube, der Turm repariert sich selbst. Hier, fühl mal.«

Ich nehme seine Hand und lege sie behutsam auf die rötliche Lehmziegelwand.

Benu schließt die Augen, dann reißt er sie erschrocken auf, zuckt kurz zurück und legt anschließend beide Hände noch einmal auf den Stein.

»Er atmet.«

Ich nicke freudig. »Du kannst es auch spüren.« Ein paar Blubberblasen zerplatzen in meinem Bauch. »Dad hat es vorhergesagt. Der Turm erwacht zum Leben.«

»Durch dich. Du machst das«, sagt Benu leise und läuft staunend weiter in Richtung des Treppenaufgangs. Er streckt seinen Kopf über die Absperrung, um nach oben zu spähen.

Im Halbdunkel sieht es so aus, als ob sich hinter seinem Rücken eine neugierige Weinranke in seine Richtung windet, beinahe als ob sie ihm hinterherschnuppern würde. Er merkt es nicht.

»Sieh mal, die Stufen. Die gebrannten Ziegel sind gemustert. Das ist mir vorher noch nie aufgefallen. Und die gotischen Fenster – die Rahmen sind heil … und die Scheiben auch!«

Begeistert dreht er sich zu mir um. Die Weinranke friert in der Bewegung ein. Vorsichtig schiebt Benu den Trieb zwischen ein paar andere Ranken, damit er nicht bricht.

Ich könnte schwören, dass ich ein Seufzen aus dem Blätterrascheln höre.

»Hattest du Angst, dass er dich nicht reinlassen würde?«, frage ich ihn.

»Wer?«, fragt Benu, aber ich sehe, dass seine ockerfarbene Haut eine Nuance dunkler wird.

»Der Turm natürlich. Du verheimlichst mir irgendwas, oder?«

»Tu ich nicht. Ich …«

»Ich bin grade ein bisschen sensibel, was Heimlichkeiten angeht.«

»Verständlich.« Er lächelt schief. »Du hast recht. Da ist was und … es ist kompliziert.«

»Benu, woher wusstest du, wie ich in den grünen Turm komme?«

»Ich wollte dir nur helfen.«

»Ich weiß, und das war superlieb, aber …«

»Ich sag's dir später, ist das okay? Ich dachte, wir müssen uns beeilen.«

»Müssen wir auch.« Ich nicke verstimmt. »Geht gleich wieder.«

Die Weinranke schnalzt zurück. Und ich bin genauso eingeschnappt. Vertraut er mir so wenig?

Benu merkt es nicht. »Warst du schon wieder oben? Weißt du, wie es dort inzwischen aussieht?«

Abgelenkt schüttle ich den Kopf. »Ich sag doch, der Turm lebt. Er heilt von innen heraus. Jetzt komm mit, wir müssen wirklich weiter.«

Offensichtlich erleichtert, dass ich das Thema fallen lasse, lässt er sich von mir an der Hand um die Ecke ziehen, hinüber in den kleinen Gang zur Hausmeisterwohnung. Die Bretterwand mit dem Malervlies und der Baustellenplane ist inzwischen vollständig verschwunden. Das verrußte Loch hat sich geschlossen. Zum Anbau führt jetzt eine wunderschön gemaserte Holztür. Sie steht offen, genau wie die Tür zu Dads Wohnung auf der anderen Seite. Noch. Ich frage mich, ob auch sie um vier Uhr morgens zuschlagen wird – das sind nicht mal mehr zwei Stunden.

Automatisch beschleunige ich meine Schritte. »Vielleicht bleibst du doch besser oben. Da unten ist es heiß und stickig. Wir haben nur eine Ausrüstung und …«

»Die brauchen wir vielleicht gar nicht.«

»O doch, ich bin mir ziemlich sicher, dass du nicht willst …«

»Wanda hat mir gebeichtet, dass ihr hier unten wart. Ich weiß von dem Schwefel und den Äpfeln und …«

»Hast du deswegen gezögert? Sie hat dir erzählt, was passiert ist? Und du sagst kein Wort? Darüber auch nicht?«

»Du hast mich ja nicht zu Wort kommen lassen und du tust es grade schon wieder!«

»Ups, entschuldige. Das ist eine dumme Angewohnheit. Aber …«

»Nicht schlimm. Dann kam die Sache mit dem Troll und der Konferenz und wir hatten ganz andere Sorgen.« Er guckt mir treuherzig in die Augen. Meine Ohrläppchen werden heiß und ich weiß nicht, wo ich hinschauen soll. Dann gucken wir beide gleichzeitig schnell weg.

»Was wolltest du mir denn sagen?«, frage ich ein bisschen krächzend.

»Ach ja … äh … also, Penelope hatte mich abgefangen, gleich nach meinem Gespräch mit Ringel. Das war ganz schön komisch, wie Ringel mich ausgequetscht hat, so im Nachhinein betrachtet.«

Ich grunze zustimmend.

»Aber egal. Penelope hat mir von Silva ausrichten lassen, dass du wichtige Informationen am Ort eurer ersten Begegnung finden würdest und dass es vielleicht zu spät wäre, wenn du erst bei der Morgenröte von der … ich hab's gleich … Dings … irgendwas mit mürr… mürrisch? Sind die Trolle dann mürrisch? Der Vogel? Nein, das war irgendein Fremdwort … es klang nur so. Ergibt das irgendeinen Sinn für dich?«

Ich hebe die Schultern. »Mürrisch? Das ist Naran sicher. Irgendwie. Aber es ist keine spektakuläre Erkenntnis. Tut mir leid. Keine Ahnung, was das bedeuten soll.«

Benu kratzt sich am Kopf. »Entschuldige, es ist schwer, sich so was zu merken, wenn man nur die Hälfte versteht.«

»Willkommen in meiner Welt«, brumme ich mitfühlend. »Das mit der Morgenröte – das ergibt auf jeden Fall Sinn. Vier Uhr morgens Schotten dicht – können Kröten in die Zukunft sehen? Danke, Benu. Und weiter?«

Ich kann einfach nicht lange auf ihn sauer sein. Trotzdem dränge ich ihn, während des Redens ein kleines bisschen schneller weiterzugehen.

»Ich hab zuerst gar nichts kapiert, aber Penelope sagte, Silva würde krötensicher die Bibliothek meinen und dass sie schon lange nicht mehr am Buffet bei Mrs Goodread geschlemmt hätte und … das führt jetzt zu weit. Wir haben's eilig, ich weiß. Jedenfalls, darum habe ich dir das hier mitgebracht.«

Er zieht ein zusammengerolltes Heft aus seiner Hosentasche und streicht es beinahe ehrfürchtig auseinander. »Lagunov hatte das Licht in der Bücherei gesehen, als er nach Kelvins Alarmruf auf dem Weg zu Farron war. Er hat mich rausgeworfen und mir leider verboten, das Kompendium der unbewiesenen Kurmittel für Waldwesenkrankheiten mitzunehmen. Weil die Ausleihe geschlossen sei und alles seine Ordnung haben müsse, Zimmerruhe, bla, bla. Dabei haben die Nachtaugen einen Deal mit Mrs Goodread. Was soll's. Es hätte uns eh nicht weitergebracht. Dafür habe ich das hier rausschmuggeln können. Weißt du, was das ist?«

Seine Augen glitzern, als ich den Kopf schüttle.

»Das ist die Abschlussarbeit einer gewissen Felicity Ringwald.«

»Ringels Schwester?«

»Deiner Mom!« Seine Stimme überschlägt sich.

»Nein, wir heißen Hayward«, murmle ich abwesend. Dann erst sickert die Information bei meinen grauen Zellen durch. »Warte! Meinst du etwa … Ringwald ist Mums Mädchenname! Das habe ich überhaupt nicht mit … Peggy Ringwald ist meine Tante? Spangrüner Kiefernreizker! Was weiß ich denn noch alles nicht? Und woher weißt du das?«

»Es sind ein paar Fotos in der Arbeit drin und sie sieht aus wie dein erwachsenes Ich. Wahrscheinlich wollten Ringel und dein Dad vermeiden, dass du dir blöd vorkommst oder dass die anderen Turmlinge komisch zu dir sind.«

»Hmpf.«

»Lass uns nicht vorschnell urteilen. Die Dinge sind nicht immer so, wie sie scheinen.«

»Im Zweifel für die Angeklagte, ja? Entschuldige, aber das fällt mir grade schwer.«

»Mir auch«, gibt Benu zu.

Ich fange an, in dem Heft zu blättern – ein richtiges Buch ist es jedenfalls nicht. »Was wir über Mysen der Kategorie IV B wissen?« Fragend sehe ich Benu an.

»Das sind Feld-, Berg-, Schnee- und Waldwesen, die als ausgestorben oder weitgehend unerforscht gelten.«

Es ist ein seltsames Gefühl, die Abschlussarbeit meiner Mutter in den Händen zu halten. Sie ist gedruckt und gebunden, aber da sind auch mit Füller ergänzte Notizen und Randbemerkungen. Das eine muss ihre Handschrift sein – und das andere ist die von Dad. Und Benu hat recht, es sind auch ein paar Fotos dabei. Mum irgendwo in den Bergen – ist das Ringel neben ihr? … Und da ist Dad – nur sehr viel jünger!

»Blättere mal auf Seite vierunddreißig.«

»Feuervögel«, raune ich und überfliege die Seite. »Stimmt. Da steht das mit den Äpfeln und dem Schwefel als bevorzugte Nahrungsquelle … und hier, hör dir das an: Feuervögel waren Zugvögel und entfernt verwandt mit dem Purpurreiher oder *Ardea purpurea* – kenne ich auch nicht. Gabe der Verjüngung. Heilkräftige Federn. Wissenschaftlich *Ardea bennuides*. Ausgestorbener, menschengroßer Riesenreiher. Zwei nach hinten gerichtete lange Federn am Hinterkopf, rotgoldenes, vierfarbig schillerndes Federkleid … Das beschreibt genau Narans Aussehen. Das ist sie!«

»Lies weiter!«

Aufgeregt blättere ich um. »Laut Literatur Feuergefahrenklasse eins. Hoch explosiv – ha! Siehst du? Meine Rede! Ich habe diesen Vogel Funken sprühen sehen, Benu. Und Dad sah ganz schön angekokelt aus! Er hatte Brandblasen im Gesicht. Wie kommst du darauf, dass man ohne …?«

»Ist da nicht eine Randnotiz?«, unterbricht Benu mich ungeduldig.

»Ach so. Ja, warte.« Ich drehe das Heft auf die Seite, um die Handschrift besser entziffern zu können. »Konnte nicht verifi… was?«

»Nicht verifiziert werden.«

»Sag ich doch.«

»Das heißt, dass sie es nicht bestätigen konnte, also andere Erfahrungen gemacht hat.«

»Moment, das würde ja bedeuten, dass meine Mum …«

»Dass sie auch einem Feuervogel begegnet ist.« Benus Augen leuchten mit meinen um die Wette.

»Nicht aggressiv«, lese ich weiter vor. »Das hat meine Mutter sogar unterstrichen. Aber Naran hat doch …?«

»Sie hat uns gegen die Trolle verteidigt«, sagt Benu und nickt. »Und das, obwohl sie so krank ist, dass Ringel deinen Dad um Hilfe gebeten hat.«

»Die Arme hat ziemlich zerfleddert ausgesehen, wie sie da in ihrem Nest gehockt hat«, bestätige ich traurig.

»Hast du eben Nest gesagt?«

»Ja, wieso?« Verwundert sehe ich Benu an.

»Könnte das nicht die Erklärung sein? Brutverhalten! Also, ich kenne mich ja eher mit Insekten, Reptilien und Amphibien aus. Aber die legen auch Eier, und auch wenn sie sich um ihren

Nachwuchs nicht mehr im engeren Sinn kümmern, sorgen sie auf jeden Fall für optimale Bedingungen im Vorfeld. Mistkäfer zum Beispiel ...«

»Benu. Worauf willst du hinaus?«

»Hat sie ein Ei gelegt, Lenya?«

Ich starre ihn mit offenem Mund an. »Nein. Das hätte ich gesehen. Sie hat nur das ganze Verbandszeug klein geschreddert und war dabei, sich sämtliche Brustfedern auszurupfen, um den Sand auszupolstern und ... warte! Vögel bauen sich keine Nester, damit es gemütlich ist, oder? Langstielige Ahornholzkeule, Benu, du hast recht – sie versucht, ein Nest zu bauen! Ach herrje ... wir müssen sofort zu ihr! Wir müssen Ringel ... nein, lieber nicht, auf gar keinen Fall darf sie das erfahren, solange wir nicht wissen, was hier los ist. Niemand darf das! Ich muss zu Dad! Graufilziger Muscheling, Dad wird so sauer sein, wenn er das mit der Feder erfährt. Und Ringel auch ... Die Beweise verdichten sich, Benu. Ich würde mir wirklich gern sicherer sein, auf welcher Seite sie steht.«

»Was meinst du? Was hat Ringel mit Naran zu tun? Was für eine Feder?«

»Das wüsste ich ja eben auch gern ... Ich hab sie kaputt gemacht.«

„Du hast was?«

»Blöder Unfall. Mir fällt schon was ein. Aber guck mal hier hinten.« Ich weise auf die hinterste Seite, wo ein Ausleihvermerk eingeklebt ist. »Die letzte Eintragung trägt das gestrige Datum und den Namen ...«

»Peggy Ringwald«, entziffert Benu kopfüber.

»Was machen wir denn nun?«

»Lies weiter. Vielleicht steht da was über Brutpflege.«

Ich überfliege den Text. »Nein. Leider nicht. Es geht weiter mit Herkunft. ›In der ägyptischen Mythologie …‹ Huch, wieso steht da dein Name, Benu?!« Verdutzt sehe ich ihn an.

»Zeig her«, bittet er und beugt sich ganz dicht neben mir über die Abschlussarbeit.

»›… taucht die Beschreibung zuerst in Verbindung mit dem altägyptischen Totengott Benu auf‹«, beende ich den Satz und deute auf die Textstelle.

»Na toll. Meine Eltern haben mich nach einem Totengott benannt«, unkt Benu und liest weiter. »›… überwinterte vermutlich in Arabien oder Indien und kehrte alle fünfhundert oder tausendvierhunderteinundsechzig Jahre im Frühling nach Heliopolis in Ägypten zurück, um … Andere Quellen nennen den göttlichen Vogel Benu als Falken, der in der Morgenröte als Reiher …‹ Moment mal. Da fehlt ein Blatt.«

»Was? Das kann nicht sein.«

»Guck doch. Hier endet Seite vierunddreißig – und dann geht es weiter mit siebenunddreißig. Mitten im Satz.«

»Ist da ein Blatt rausgerissen?«

»Scheint so. Und wieso heißt der Vogel wie ich?«

Ratlos sehen wir uns an.

Wieder ertönt dieser klagende Laut und lässt den ganzen Turm erzittern. Diesmal hat Benu ihn auch gehört. »Meinst du, das ist dein Feuervogel?«

»Sternschuppiger Riesenschirmling.« Ich renne wieder los. »Bitte mach, dass das nicht wahr ist.«

Kapitel 23

»Wir müssen weiter«, erkläre ich im Laufen und stecke mit fliegenden Fingern Mums Arbeit ein. »Alles andere klären wir später.«

In Dads Wohnung stinkt es nach Schwefel. Und die Tür steht wieder offen.

»Das war vorhin nicht so«, stöhne ich ahnungsvoll. Der Brandgeruch ist auch schärfer. Auf dem Teppich steht immer noch eine kleine Pfütze mit Löschwasser. Aber nun dampft sie – das Wasser ist heiß. Und das Fenster ist komplett verkohlt. Eine Ecke des Rahmens glüht und raucht sogar noch.

»Das ist alles frisch. Viel zu frisch.«

Geistesgegenwärtig greift Benu nach dem Feuerlöscher und schäumt drauflos, bis die halbe Wand voll mit weißem Schaum ist. »Das wollte ich schon immer mal machen«, sagt er strahlend.

Ich sehe durch ihn hindurch und taumle wie eine Schlafwandlerin an ihm vorbei zur Kellertreppe. »Nicht gut«, sage ich tonlos. »Gar nicht gut. Bitte mach, dass ich mich irre.«

Der Schwefelgestank, der mir entgegenschlägt, brennt mir in der Nase. Aber das löst mich immerhin aus meiner Trance.

»Naran?«, brülle ich. Viersporiger Nitrathelmling, ich dachte, die verbrannte Feder wäre mein Problem und nicht der komplette Vogel!

Es ist mir völlig egal, wie heiß es da unten ist. So schnell ich mich traue, renne ich die Kellertreppe hinunter – und pralle zurück.

In Dads Labor herrscht Chaos. Aber das ist es nicht.

Benu stolpert in mich hinein. Ich merke es kaum.

Die Panzertür zum unterirdischen Behandlungsraum des Feuervogels steht sperrangelweit offen.

»Nein, nein, nein!«, jammere ich los, reiße die Wandfackel aus der Halterung und hechte die Treppe in die Tiefe des feuerfesten Gewölbes hinunter.

Die Sandkuhle ist leer.

Der ganze Kellerraum ist leer.

Kein Feuervogel.

Kein Ei.

Ich hatte es geahnt. Ich hatte es die ganze Zeit gefürchtet.

»Ich bin schuld!«, heule ich auf. »Ich hab die Feder verbrannt und die Tür nicht richtig zugemacht!«

Benu guckt genauso geschockt, wie ich mich fühle. »Wo kann sie sein?«

Wir starren uns an.

»Oben! Die Vogellaute kamen von oben!«

Wir rasen beide Treppen wieder hinauf, rennen um sämtliche Hindernisse herum durch die Wohnung, raus in den Gang, biegen um die Ecke – und da, auf dem Weg durch die neue Verbindungstür, rüber in den Turm – krache ich um ein Haar in: »Kelvin! Hast du mich erschreckt!«

»Was macht ihr hier?« Stockend löst er sich von der Wand, an die er sich im Versuch, mir auszuweichen, platt hingedrückt hatte.

»Was machst *du* hier?«, fragt Benu nach Luft schnappend, beide Arme auf die Oberschenkel gestützt.

»Ich bin euch nachgelaufen, als ihr aus der Konferenz gestürmt seid. Ich dachte, ich erwische euch noch, aber ich wurde aufgehalten und auf einmal wart ihr weg. In der Wohnung hat niemand geantwortet, und da hinten …«, er zeigt in Richtung des Gangs mit der Verbindungstür zum roten Turm, »… da geht's nicht weiter. Abgeschlossen. Also bin ich wieder umgekehrt. Ich hatte vergessen, die Wohnungstür zu schließen.«

Kelvin setzt seine Kapuze ab und versprüht dabei ein paar Tropfen. Erst jetzt registriere ich, dass sich um ihn herum eine kleine Pfütze gebildet hat.

»Es regnet«, sagt er entschuldigend und hält mir einen feuchten Zettel hin. »Der lag noch auf der Lichtung. Irgendwer muss ihn verloren haben. Ich dachte zuerst, dass vielleicht die Nachricht von dem Troll darin eingewickelt war. Aber es kam mir komisch vor, dass ein Troll ausgerechnet dieses gedruckte Werk hat. Ich wollte die Seite zuerst Peggy Ringwald geben, aber Saliah meinte, dass sie vielleicht für dich wichtiger sein könnte und ich nicht …«

»Das fehlende Blatt!«

Überschwänglich drücke ich Kelvin einen Kuss auf die Wange. Beide Jungs gucken mich verdattert an.

»Was?«, frage ich und falte mit fliegenden Fingern das Papier auseinander.

»Nichts«, sagen beide gleichzeitig und wechseln dabei ihre Gesichtsfarbe schneller, als eine Wechselkröte trillern kann.

»Wieso hast du in der Konferenz nichts davon gesagt?«, fragt Benu misstrauisch, während ich einen Blick auf das Blatt werfe. Leider gibt der Text nichts weiter her. Dann sind da noch ein verwackeltes Foto von Hieroglyphen und ein paar handschriftliche Notizen in einer Sprache, die ich nicht kenne.

»Ich habe es versucht, aber niemand hat mich beachtet«, sagt Kelvin. »Die waren alle so laut. Nur Ringel hat mich angestarrt. Und dann hatte ich plötzlich kein gutes Gefühl mehr dabei. Ich habe die Nachricht doch gefunden. Ich habe gesehen, was darauf stand, und das war nicht das, was Lenya vorgelesen hat. Farron hat seine Kraft eingesetzt, um Lenya zu manipulieren, ich habe es beobachtet, aber ich konnte nichts tun. Ich stand direkt daneben, als der Troll mit euch geredet hat. Genau wie Demi. Es passt nicht zu dem, was Peggy Ringwald und Farron gesagt haben. Sie waren doch am See, sie müssten es besser wissen. Das ist alles sehr seltsam, oder? Und dann seid ihr losgerannt und ich bin einfach … das war sicher f-falsch, oder? Soll ich wieder g-gehen?« Kelvin sieht Benu zerknirscht an.

Ich hebe meinen Blick von der sonderbaren Buchseite voller Hieroglyphen und stecke sie ein. »Nein. Nein, das war goldrichtig«, antworte ich. Ich werde mir das in Ruhe durchlesen, aber jetzt gibt es etwas anderes, das wichtiger ist. »Gute Entscheidung, alles richtig gemacht. Auf seinen Bauch sollte man immer hören. Manchmal ist es nicht die richtige Person – oder der richtige Zeitpunkt zu reden.«

Ich schiele zu Benu. Wir müssen weiter. Jetzt!

Draußen donnert es. Zwei Sekunden später erhellt ein Blitz den Flur, in dem wir stehen. Kelvin fährt zusammen. Regen prasselt auf das Dach des Anbaus und der Wind zerrt am wilden Wein und den Rosen draußen am Spalier.

»Gehen wir gemeinsam zurück?«, fragt er bang. »Ich fühle mich nicht wohl hier.«

Benu und ich tauschen einen schnellen Blick. »Wir müssen noch mal kurz nach oben in den Turm«, sage ich zögernd und drängle rückwärts schon mal mit ein paar kleinen Schritten in Richtung der Verbindungstür.

»In die Ruine? Ist das denn sicher?«

»Wieso wartest du nicht in der Wohnung meines Dads auf uns? Danach begleiten wir dich durch die unterirdischen Gänge nach Hause. So bleiben wir alle trocken.«

»Aber T-T-T-Taglauscher dürfen doch nicht …« Immer noch total verunsichert bricht er ab.

»Kelvin, heute gelten andere Regeln, glaub mir. Ab vier Uhr ist sowieso alles dicht. Egal wen wir da unten treffen, wir können genauso gut selbst fragen, was er oder sie da verloren hat.«

»Statistisch gesehen besteht eine hohe Wahrscheinlichkeit, während eines Sturzregens in einem unterirdischen Gang …«

»Das klären wir, wenn es so weit ist.«

»Aber wenn der Blitz …«

Ich werde immer unruhiger.

»Bleib im Anbau. Da bist du sicher, Kelvin. Wir haben es leider wirklich eilig. Du brauchst nicht mit rüberzukommen«, dränge ich.

»Okay.« Er nickt. Dann donnert und blitzt es wieder – diesmal direkt über uns – und er schüttelt den Kopf. »Ich kann nicht allein hierbleiben.«

»Wasser ist doch dein Element. Du bist im Dunkeln durch den See gewatet, um in deinen Turm zu gelangen, wovor hast du Angst?«, fragt Benu.

»Mich gruselt, wenn ich nur daran denke, so was zu tun«, gebe ich ihm recht.

Kelvin guckt erstaunt. »Wasser ist nicht das Problem, das kann ich einschätzen, aber Feuer, Blitz und Donner – und da draußen ist immer noch irgendwo ein Troll, der es auf dich abgesehen hat, oder? Was, wenn er mich mit dir verwechselt? Oder wenn ihm egal ist, wen er frisst?«

»Hier wird niemand gefressen«, widerspreche ich.

Ein klagender Ruf von irgendwo über uns lenkt mich ab. Kelvin zuckt zusammen und hält sich die Hände über den Kopf. »Was war das?«, fragt er unter dem Schutz seiner Arme hervor.

Blasser Zonenmilchling! Er hat Narans Schrei auch gehört.

»Das war … äh …« Benu sieht mich hilflos an.

»Okay, Kelvin«, gehe ich dazwischen. »Von mir aus, dann komm eben mit rüber. Und da setz dich auf die Treppe und warte auf uns, wir müssen jetzt wirklich nach oben. Der rote Turm ist eine Ruine, aber dort bist du sicher, okay? Er tut dir nichts.«

»Wenn du das sagst.« Erstaunlicherweise nickt er ohne ein weiteres Widerwort und trabt uns brav hinterher.

Selbst als die zugefallene Verbindungstür für uns von alleine aufspringt, sobald wir uns ihr nähern, kommt von ihm nur ein leises »Oh«. Und nur deswegen schlucke ich meinen eigenen überraschten Ausruf dazu hinunter und eile, ohne abzubremsen, weiter zur Treppe des Feuerturms.

Ich tauche unter dem Absperrband durch und lächle ihm mutmachend zu. »Wir sind gleich wieder da. Und das Unwetter ist bestimmt noch schneller vorbeigezogen. Horch mal. Der Donner ist schon ganz weit weg.«

Kelvin nickt tapfer und kauert sich auf die unterste Stufe. Ich zögere kurz. Angst vor Gewitter ist bestimmt schlimm. Irgendwie fühle ich mich für ihn verantwortlich. Aber was soll ich tun? Wenn Naran uns entwischt, ist das schlimmer.

Benu und ich rennen nach oben. Als ich mich am zweiten Treppenabsatz über das Steingeländer beuge und noch mal hinabsehe, hat Kelvin sich die Hände auf die Ohren gepresst und zählt leise vor sich hin. Mir blutet das Herz. Ist das derselbe Junge, der es bei der Turmzeremonie nicht abwarten konnte, bis das Boot anlegte?

Dann denke ich nur noch an Naran.

Ich erreiche die Turmspitze knapp vor Benu – aber nur weil der am Ausgang stehen geblieben ist. Hier oben sieht alles noch so baufällig aus wie immer. Es regnet durchs Dach und draußen auf dem Plateau geht es nach anderthalb Metern steil in die Tiefe. Da gab es mal einen Baumwipfelpfad, eine Verbindung zu den anderen Türmen. Aber das ist sehr lange her, so wie es aussieht. Von der hölzernen Brücke sind nur noch die Reste der Stützbalken erhalten.

»Wo kann sie sein?«, frage ich und schlüpfe ins Freie.

»Sei vorsichtig! Es könnte glatt sein!« Benu klettert mir hinterher.

Von hier oben kann man normalerweise fast ganz Ashwood überblicken, jetzt in der Dunkelheit sehe ich kaum weiter als eine Armlänge. In der Ferne zucken vereinzelt Blitze über den schwarzen Himmel. Das Gewitter hat abgedreht. Es hat den Wind mitgenommen und dafür einen weichen, warmen Sommerregen hiergelassen. Wir sind sofort klatschnass.

»Hier ist sie nicht.« Benu zieht mich wieder hinein.

»Sie muss aber hier sein! Sie ist viel zu schwach, um weiterzufliegen. Es ist ein Wunder, dass sie es überhaupt hier heraufgeschafft hat.« Ich öffne den Mund, um nach ihr zu rufen. Dann fällt mir ein, dass das vielleicht keine besonders gute Idee ist, wenn sowohl die Anwesenheit wie auch das Verschwinden von Dads Patientin unter uns bleiben soll. Und einen zahmen Eindruck hat sie ohnehin nicht gemacht.

»Sternschuppiger Riesenschirmling«, jaule ich mit gedämpfter Stimme.

Da höre ich einen krächzenden Gurrlaut, kaum lauter als das stetige Plitschen um mich herum.

»Naran«, wispere ich und tauche weiter ins Innere des Turms. Ich kann kaum etwas erkennen. »Wieso gibt es hier oben kein Licht?«

Benu schweigt. Stattdessen legt er mir eine Hand auf den Arm und deutet schräg über uns. Nachtauge eben. Durch ein Loch in der tropfenden Decke erspähe ich zuerst nur ein pyramidenartiges Geflecht aus Dachbalken. Aber dann sehe ich es auch. Irgendwo dahinter glimmt ein zartes, rötliches Leuchten.

Kapitel 24

»Naran?«, frage ich und taste mich vorsichtig an der Turmwand entlang. Da sind noch mehr Stufen, ganz schmale, aus Holz. Sie knarzen bei jedem Schritt, den ich mich sehr behutsam weiter nach oben wage.

Das Geländer besteht nur aus einem morschen Seil, das durch Eisenringe im Mauerwerk gehalten wird.

Wir erreichen den Spitzboden des Turms. Über uns sind jetzt nur noch Balken, Latten und Dachziegel – und eine ganze Menge nasser Nachthimmel. Überall tropft und plitscht es.

»Wie ist sie da hochgekommen?«, flüstere ich und sehe mich nach Benu um.

»Geflogen?« Er deutet auf ein großes Loch im Dach.

»Liegt nah. Und wie kommen wir da hin? Beim Fliegen bin ich leider raus.«

Benu hebt grinsend die Schultern, aber dann kneift er die Augen zusammen und scannt den Dachboden. »Da drüben!«

Eine Sekunde nach ihm entdecke ich eine kleine Metallleiter mit runden Haken am oberen Ende. So eine gab es in der Grand Street auch. Superpraktisch, weil man sie überall einhängen kann.

Ich mache einen Schritt darauf zu. Benu kann mich gerade noch zurückhalten, da erst erkenne ich das Loch im Boden, in das ich beinahe getreten wäre. Nasser Lehm rieselt ins Treppenhaus unter uns.

»Hoppla.«

»Halte dich am Rand«, mahnt er. »Der Boden trägt vielleicht nicht.«

Bei jedem Schritt knacken die Holzbohlen. Richtig vertrauenswürdig klingt das wirklich nicht.

Trotzdem hefte ich den Blick überwiegend nach oben. Und dann sehe ich sie. Ein rotgoldener Schimmer umgibt Naran. Er taucht das Fachwerk um sie herum in rötliches Funkeln.

Sie hat sich auf einem Kreuzungspunkt zwischen ein paar größeren Balken und mehreren Latten eingerichtet. Als sie uns sieht, legt sie den Kopf schief und beäugt uns misstrauisch. Dort oben wirkt sie noch größer und beeindruckender als im Keller.

In Zeitlupe wage ich mich einen Schritt näher.

Naran plustert ihr loderndes Gefieder auf und spreizt die Flügel. Es zischt und dampft. Wir sind also nicht die Einzigen, die nass geworden sind, kein Wunder – und vermutlich ist das sogar hilfreich.

Ganz behutsam mache ich noch einen halben Schritt auf sie zu.

Wieder gibt sie diese kollernden Gurrlaute von sich, jetzt etwas lauter.

»Bleib stehen«, mahnt Benu.

»Ich glaube nicht, dass ein Feuervogel und eine Dachkonstruktion aus Holz sich gut vertragen«, wispere ich in seine Richtung, ohne die Augen von Naran zu nehmen. »Du hast doch gesehen, wie es in der Hausmeisterwohnung und auf der Wiese aussah. Wir müssen sie irgendwie wieder von dort runterkriegen.«

Als ob sie mich verstünde, sperrt Naran plötzlich den Schnabel auf und schlägt zu einem bedrohlich zischenden Knurrlaut mit den Flügeln.

Ein Funkenregen geht auf mich nieder. Ich ziehe den Kopf ein und halte schützend die Arme über mich.

Die meisten Glutteilchen verglühen, bevor sie mich oder den Boden erreichen – wie bei harmlosen Wunderkerzen.

Erleichtert atme ich aus.

Aus dem Augenwinkel bekomme ich mit, dass Benu ein paar Funken austritt. Die Dielen knarzen unheilvoll unter seinen Füßen. Aber das scheint ihn nicht zu kümmern.

»Ganz ruhig, meine Schöne.«

Seine Stimme löst ein wohliges Blubberblasenkribbeln in meinem Magen aus. Naran scheint es auch zu gefallen, wie er weiter beruhigend auf sie einredet. »Wir tun dir nichts. Du kannst uns vertrauen.«

Als ich es wage, wieder nach oben zu sehen, lässt das Feuervogelweibchen kraftlos die Schwingen hängen. Sie schwankt ein wenig und ich habe Sorge, dass sie abstürzen könnte. Würde ich mich trauen, sie aufzufangen? Benu scheint damit kein Problem zu haben. Er hat die Arme bereits ausgebreitet. Anscheinend hatte er denselben Gedanken. »Siehst du? So ist es gut.«

Es riecht verbrannt und nach muffiger Feuchtigkeit, auch die Balken haben kein Feuer gefangen. Noch nicht.

»Wir wollen dir nur helfen«, ergänze ich leise. »Wir tun alles für dich. Aber es wäre besser, wenn du mit uns in den Keller zurückkommst. Da unten bist du sicherer als hier!«

Sie legt den Kopf schief, als würde sie mir zuhören und abwägen, ob ich genauso vertrauenswürdig bin wie Benu.

»Wie sollen wir das denn anstellen?«, flüstert er.

»Keine Ahnung«, gebe ich genauso leise zurück. »Ich hätte ein paar Äpfel mitbringen sollen oder wenigstens ein bisschen Schwefel. Das mag sie, sagt Dad.«

»Ich glaube nicht, dass das h-helfen würde«, meldet sich ein zartes Stimmchen hinter uns.

»Kelvin? Was machst du denn hier oben?« Benu und ich starren den schmächtigen Jungen verdutzt an. »Du solltest doch unten auf uns warten!«

»Ist sie das?«, wispert er.

»Ist das wer?« Ich versuche, ihm die Sicht zu versperren, aber das bringt natürlich nichts.

»Na, der Vogel auf der Notiz von deinem Dad. Sie ist wunderschön. Aber es geht ihr ziemlich schlecht, oder? Was fehlt ihr? Was sagt sie?«

»Äh …« Benu sieht mich abwartend an.

»Wir wissen es nicht genau«, stöhne ich schließlich. »Sie spricht nicht mit uns und Dad ist ja nicht da. Ich hatte gehofft, einen Hinweis in einem Buch aus der Bücherei zu finden. Dazu gehört das fehlende Blatt, aber der Text ist komisch verschlüsselt.«

»Ich kann vielleicht helfen. Ich habe ein f-fotografisches Gedächtnis.« Kelvin kommt zaghaft einen Schritt näher, ohne den

Blick von Naran zu nehmen. »Die Seite stammt aus einer Abschlussarbeit über Mysen der Kategorie IV B. Ich brauche einen Text nur einmal zu sehen, um ihn mir zu merken. Ich kann alles auswendig, was ich jemals gelesen habe. Mein Hobby sind altertümliche Schriften. Demotisch und Koptisch klappen schon ziemlich gut. Altägyptische Hieroglyphen sind eine Herausforderung, da hilft das Koptische sehr. Und ich glaube, das waren welche auf der Notiz von deinem Vater. Aus der Epoche des Neuen Reichs, also achtzehnte bis zwanzigste Dynastie. Aber dazu bräuchte ich doch noch einen zweiten Blick. Ich kann es übersetzen. Dauert nur etwas.«

»Blasser Zonenmilchling«, raune ich. »Gern! Später, okay?«

Jetzt strahlt Kelvin mich an. Er hat kein einziges Mal Luft geholt, glaube ich, und auch kein einziges Mal gestottert.

Ratlos sehe ich zu Benu. »Sie kann hier nicht bleiben. Im Keller ist sie geschützt. Dort hat mein Dad ...«

»Es wird nicht klappen, sie nach unten zu bringen«, beharrt Kelvin. »Da wird sie niemals gesund. Keine einzige mir bekannte Vogelart würde sich einen Kellerraum als Habitat suchen. Streng genommen gehören Feuervögel zur Ordnung der Pelecaniformes, zu denen auch Reiher, Ibisse und Pelikane zählen. Ihre Ansprüche an den Lebensraum sind vergleichsweise gering, aber sie benötigen immer die Nähe zu Gewässern. Während der Purpurreiher im Schilf und nur etwa anderthalb Meter über der Wasseroberfläche brütet, bevorzugt der Graureiher für seine Nester die höchsten Baumwipfel. Daher gehe ich davon aus, dass Feuervögel ...«

Ich schnappe nach Luft. Wie kann man denn mal eben so viel Wissen abspulen?

»Langsam, Kelvin«, bitte ich. »Wer sagt dir denn, dass sie …?«

»… ein Feuervogel ist?«, fällt mir Benu ins Wort.

»… brüten will?«, bringe ich meinen Satz zu Ende. »Sie ist krank! Sie könnte hier oben alles in Brand setzen. Allein deswegen muss sie zurück nach unten. Du schlägst doch nicht ernsthaft vor, sie in den Wasserturm zu tragen, oder? Wie sollen wir das denn schaffen – noch dazu ohne dass es jemand mitbekommt – und unter diesen Umständen?«

Kelvin schüttelt entsetzt den Kopf. »Ein Feuervogel im blauen Turm ist ganz sicher eine schlechte Idee. Da wird sie genauso wenig zur Ruhe kommen wie in einem gepanzerten Keller ohne Tageslicht. Und Hennen, die brüten wollen, können ganz schön kiebig werden, habe ich gelesen. Ich vermute mal, dass das auf alle Vogelarten zutrifft.«

»Ich habe auch kein gutes Gefühl dabei«, sagt Benu. »Lass sie da oben bleiben.«

Ich gebe auf.

»Okay, vielleicht habt ihr recht. Es wird ja einen Grund haben, dass sie ausgerechnet … Warte – du meinst doch nicht, sie will ihr Ei hier legen? Blassblättriger Lacktrichterling. In ihrem Zustand? Jetzt? Da oben auf den Balken?«

Naran legt fauchend den Kopf schief und tut so, als würde sie mit ihrem langen Schnabel nach mir hacken wollen. Zum Glück ist sie weit genug weg.

»Es wäre ganz sicher von Vorteil, sie dort zu lassen. Ein Gelege könnte euch immerhin ein wenig Zeit verschaffen – was immer ihr vorhabt. Brüten und wegfliegen schließen sich gegenseitig aus. Brütende Vögel sitzen die ganze Zeit auf ihren Eiern.« Kelvin lächelt schüchtern.

»Er könnte recht haben«, sagt Benu leise. »Wir müssen nur zusehen, dass wir den Dachstuhl feucht genug halten, damit er nicht abbrennt, wenn sie mit den Flügeln schlägt.«

»Da ist was dran. Aber das wird sie nicht, wenn wir ihr keinen Grund geben, sich aufzuregen.« Ich sehe zu ihm. »Doch selbst wenn brüten das ist, was sie vorhat: Es gibt hier offensichtlich nichts, woraus sie sich ein Nest bauen könnte!«

Ich muss an die geschredderten Verbandsstücke im Sand denken. »Was, wenn sie losfliegen will, um es sich zusammenzusuchen?«

»Dann fackelt sie den ganzen Wald ab – und die Academy dazu«, sagt Kelvin betrübt.

»Und würde sichtbar für alle, die es auf sie abgesehen haben.«

»Das stimmt.« Nachdenklich sehe ich Naran an. Ringel wusste, dass Demi, Kelvin, Benu und ich die Wahrheit kennen. Könnte es sein, dass ich ihr unrecht tue? Was, wenn sie einen anderen Plan verfolgt, den wir noch nicht verstehen? Ist das ein Täuschungsmanöver, das uns den Rücken freihalten soll?

Naran stößt ein raues Krächzen aus. Als ob sie die Dringlichkeit ihres Problems unterstreichen will, zupft sie sich Flaum von der größtenteils bereits gerupften Brust. Die kleinen glimmenden Daunen schweben trudelnd in unsere Richtung. Bevor die erste von ihnen in Benus Haar landen kann, löst sie sich zum Glück ebenso zischend und britzelnd in Rauch auf wie die nachfolgenden.

Ich fische mit den Fingerspitzen danach und zerreibe grübelnd die ziemlich streng riechenden, warmen Aschefäden.

»Lasst uns nachdenken. Ihr fehlt also Material für ihr Nest«, murmle ich. »Im Keller hat sie es mit ihren Federn und dem Verbandsmaterial versucht, aber das hat nicht funktioniert. Kann es sein, dass sie ihr Ei nicht legen kann, solange das Drumherum nicht stimmt? Vielleicht ist sie gar nicht krank, sondern nur … verstopft? Wisst ihr etwas darüber?«

»Legenot kann ziemlich gefährlich sein. Bei Enten kann sie zum Tod führen«, sagt Kelvin.

»Bei Echsen auch«, sagt Benu kleinlaut.

Naran krächzt unglücklich und sieht mich aufmerksam an.

»Keine Angst, meine Hübsche. Das werden wir verhindern! *Der Vogel braucht sein Nest aus richtigen Zweigen* – das hat Silva gesagt.«

»Was für Nistmaterial verwenden Reiher?«, frage ich die Jungs.

»Zweige, wie alle Vögel. Purpurreiher nehmen Schilf, Graureiher alles, was da ist, und sie sind nicht besonders geschickt.« Kelvin zuckt mit den Schultern.

»Nein, Vögel nehmen längst nicht alles. Das weiß ich aus der Grand Street. Selbst die Tauben auf dem Schulhof wussten ganz genau, welche Reiser sie mögen und welche nicht gut genug sind. Die Elstern haben sich am liebsten frische, dünne Äste aus dem Fliederbusch vor unserem Haus gebrochen, statt das zu nehmen, was der Wind ihnen direkt vor die Füße geweht hat.«

Naran stößt wieder so einen durchdringenden, klagenden Ruf aus, der mir durch Mark und Bein geht.

»Und Naran ist ein sehr spezieller Vogel. Mit sehr speziellen Ansprüchen.«

»Vermutlich ist sie die Letzte ihrer Art«, sagt Kelvin ehrfürchtig. »Seit fast fünfhundert Jahren ist sie die Erste, die überhaupt jemand zu Gesicht bekommt. Ich weiß gar nicht, wie sie sich so lange versteckt halten konnte. Ob sie ohne Partner …«

Ich drifte weg und muss wieder an die Szene mit meinem Dad

denken. Der Angriff der Trolle. Narans Feuersalven. Ihr wildes Flügelschlagen. Sie hat versucht, sich freizukämpfen. Das Bild wird immer klarer. Dad hat sie festgehalten, weil er Angst hatte, sie würde davonfliegen. Also was, wenn sie deswegen so fürchterlich gebrannt hat, weil sie sich durch *ihn* bedroht fühlte und nicht durch die Trolle? Wenn sie gar nicht auf die Steintrolle schießen wollte?

Kapitel 25

»Es war ein Unfall! Dad hat Narans Probleme genutzt, um uns zu helfen. Aber gut gemeint ist nicht immer gut gemacht«, platze ich heraus.

»Hä?« Benu und Kelvin sehen mich verständnislos an.

»Erkläre ich euch später. Wie gesagt, sie darf sich unter gar keinen Umständen aufregen, das ist die Hauptsache. Dann hat sie keinen Grund dazu, Feuer zu sprühen. Du hattest recht, Benu. Wir brauchen keine Spezialausrüstung, solange wir ein paar wichtige Regeln beachten. Durch die ganzen Ritzen und Löcher hier oben geht auf jeden Fall Wind. Das macht die Temperatur zum Glück schon mal ein bisschen angenehmer als im Keller und Dad hat mir feuerfestes Verbandsmaterial und Kühlsalbe dagelassen. Wenn ich ihr Vertrauen gewinne … vielleicht mit Äpfeln und Schwefel …?«

»Verbinden und eincremen kann ich übernehmen. Ich glaube, wir haben einen Draht zueinander.«

»Das würdest du tun?«

Er nickt.

»Vielleicht können wir noch ein wenig lila Sirup auftreiben?«, schlage ich vor.

»Was für Sirup?«, fragt Kelvin.

»Medizin«, erklärt Benu. »Ich dachte, die ist knapp. Ist dein Vater nicht deswegen überhaupt aufgebrochen?«

»Hmm«, mache ich abwesend und sehe nach oben zu Naran. Sie blickt mich immer noch aufmerksam an. Meine Gedanken rotieren und fliegen zurück zum Tag des Trollangriffs. Warum wollte sie überhaupt vor Dad fliehen? Er hat versucht, ihr zu helfen. Und doch ... Was, wenn sie in dem geöffneten Fenster ihre Chance zu entkommen sah? Wenn sie womöglich zu den Steintrollen hinwollte – aber wieso?

»Was haben die Trolle, das wir nicht haben?«, frage ich laut.

Benu und ich sehen uns an. »Trollbeeren!«

»Trollbeeren?«, fragt Kelvin. »Sind die nicht giftig?«

»Nicht für Trolle, müsstest du das nicht wissen, du Lexikon?«, sagt Benu ein bisschen kiebig.

»Sie w-wachsen nicht im Wasser«, sagt Kelvin. »Und als wir das im Unterricht hatten, war ich k-krank. Ich weiß nicht, wie sie wirken oder wie Vögel darauf reagieren. Ich habe es noch nicht geschafft, etwas darüber nachzulesen.«

»Nicht streiten«, bitte ich.

»Hazel kennt sich mit Pflanzen aus!«, ruft Kelvin, und als er Benus Blick sieht, fügt er fast schon entschuldigend hinzu: »Sie ist eine B-Baumläuferin.«

»Gute Idee, fragen wir sie. Aber die Trollbeeren sind vor allem für Silva wichtig. Ich glaube nicht, dass sie Naran helfen, zumindest nicht bei ihrem Eierproblem. Wer könnte mehr über Trolle wissen?«

»Demi oder Saliah vielleicht?«

Benu rollt mit den Augen. »Wem willst du denn noch alles von Naran erzählen?«

»Nur Leuten, denen ich vertraue«, sage ich beruhigend. »Menschen, die die Türme für würdig befunden haben, hier zu sein und zu lernen.«

»Die Türen lassen niemanden rein oder raus, der nicht berechtigt ist, hier zu sein«, unterstützt mich Kelvin.

»Ist das so? Hat man ja bei Ephne gesehen.«

Mein Blick streift Benu. Er hat die Arme verschränkt und guckt schnell weg.

»Ein Chor hat viele Stimmen. Das waren Silvas Worte. Ich muss die Töne noch üben, bevor ich gehe. Benu kann es schon. Vielleicht wollte sie darauf hinaus.«

»Du meinst doch nicht etwa … Nachtaugen und Taglauscher zusammen?« Jetzt sehen mich Kelvin und Benu gleichermaßen zweifelnd an.

»Das wird schwierig, davon kann ich ein Lied singen.«

Ich grinse. »Eben. Aber es ist nicht vollkommen unmöglich. Wir müssten sie nur benachrichtigen können, aber wie?«, frage ich beide.

Kelvin räuspert sich und hebt zaghaft den Finger. »Ich könnte sie rufen.«

Jetzt bin ich es, die verdutzt guckt. »Wie willst du das denn machen? Habt ihr Funkgeräte – oder doch heimlich Smartphones eingeschmuggelt? Ich dachte, das ist streng verboten und dass nur die höheren Klassen Zugang zum Intranet haben?«

»Wir haben unser eigenes«, sagt Kelvin und lächelt scheu.

»Meinst du denn, sie würden kommen?«, fragt Benu und löst seine verschränkten Arme.

»Finden wir's heraus.« Ich nicke Kelvin auffordernd zu.

Er linst argwöhnisch zu Naran hinauf und sucht sich eine halbwegs trockene Ecke auf dem Dachboden, möglichst weit von ihr entfernt. Etwas umständlich rutscht er sich mit Blickrichtung in den gelben und den grünen Turm im Schneidersitz zurecht, rubbelt sich mit den Fingern über die Stirn, legt die Hände mit geöffneten Handflächen in den Schoß und schließt die Augen.

»Was hat er vor?«, flüstere ich.

»Schhhh«, macht Kelvin.

Benu legt den Finger an die Lippen und zieht mich ein Stück zurück. »Er nimmt Verbindung auf.«

Kelvin beginnt, beinahe lautlos zu flüstern. Mit dem Oberkörper macht er ganz kleine Kreise, dann fangen seine Augenlider an zu flattern. Gebannt sehe ich dabei zu, wie um ihn herum leichter Dunst aufsteigt, als ob er die eingedrungene Feuchtigkeit aus dem Boden zieht. Zuerst glaube ich, es liegt an Narans Glühen, aber das ist es nicht: Auf Kelvins Stirnmitte erscheint ein zarter bläulicher Kreis. Die diesige Luft bildet eine Wolke um seinen Kopf, dann formt sie sich zu einem hauchzarten Schleierfaden.

»Siehst du das auch?«, kiekse ich, so leise ich kann.

Benu nickt stumm.

Der wabernde, glitzernde Schwaden ist fast unsichtbar, kaum mehr als Staub im Sonnenlicht, der sich von seiner Stirn ausgehend durch die Nachtluft nach draußen schlängelt. Fasziniert beobachte ich, wie sich das Ganze in zwei durchsichtige Bahnen gabelt und immer länger und länger wächst, während Kelvin unablässig weiter unverständliches Zeug vor sich hin murmelt.

Benu muss mich festhalten, weil ich den Hals so lang mache, um zu sehen, wohin die Schwaden verschwinden. Sie bewegen sich in Richtung des grünen und gelben Turms. Es ist zu dunkel, um viel mehr zu erkennen, aber über den Bäumen im Osten erahne ich einen helleren Streifen. Nicht mehr lang bis zum Sonnenaufgang – und damit bis zur Ausgangssperre.

»Kopfige Kernkeule«, rutscht mir jetzt halblaut heraus.

Erschrocken starrt Benu mich an.

Ich halte mir sofort den Mund zu, aber das nützt jetzt natürlich auch nichts mehr. Die Nebelfäden reißen ab. Blinzelnd öffnet Kelvin die Augen und sieht mindestens genauso verdattert zu mir herüber, wie ich den Enden der dunstigen Fähnchen nachsehe, die sich im Dunkel verlieren.

»Oje. Schlimm?«, frage ich.

Er unterdrückt ein Gähnen und reibt sich über die Stirn. »Nein, ich war eh fertig.«

»Wie zum Gurkenschnitzling hast du das gemacht?«

»Wasser speichert Informationen«, erklärt Kelvin bescheiden. »Es bildet eine Art Gedankenbrücke, über die ich Inhalte senden kann. Mehr ist es eigentlich gar nicht.«

»Und wie können Demi und Hazel das … dechiffrieren?«, bohre ich aufgeregt. »Woher weiß der Nebel, wo er sie findet? Wie stellst du sicher, dass niemand anders deine Botschaft liest? Und wann kommt das an?«

»Es ist meine individuelle Signatur. Ich fokussiere mich auf den oder die Empfängerin und die Botschaft. Für alle anderen ist es einfach nur ein Wispern im Nebel – wenn sie es überhaupt mitbekommen. Wasser findet seinen Weg. Wind trägt es.«

»Energie folgt immer der Aufmerksamkeit«, bestätigt Benu leise.

»Und das funktioniert?«

»Immer«, sagt Kelvin überzeugt. Er rappelt sich auf und klopft sich Staub von der Hose. »Wirst du gleich sehen.«

»Hoffentlich«, sage ich.

Naran scheint sich an uns gewöhnt zu haben. Sie pflückt sich gänzlich unbeeindruckt eine weitere Feder aus der Brust. Da habe ich eine Eingebung.

»Denken wir noch mal an das Nistmaterial. Benu, was hatte Silva dir für mich ausgerichtet? Das Wort mit »mü« vor der Morgenröte.«

»Mürrisch, meinst du?«

Kelvin kommt kichernd näher. Ich sehe ihn scharf an und er ist sofort still.

»Kennst du ein Fremdwort, das so ähnlich klingt?«

Er hebt zögernd die Schultern. »Myrrhe vielleicht?«

»Was ist das? Warte. Das Wort habe ich schon mal gehört. Ist das nicht eins der Geschenke der drei Weisen aus dem Morgenland? In der Weihnachtsgeschichte?«

Er nickt. »Ein wertvolles Baumharz. Die Ägypter haben es zum Einbalsamieren bei der Mumienherstellung verwendet …«

Benu und ich verziehen das Gesicht.

»… oder als Salbe mit fiebersenkender Wirkung. Der Myrrhenstrauch gehört zu den Balsambaumgewächsen und …«

»Ein Strauch!«, rufe ich euphorisch. »Sträucher haben Zweige!«

»Das st-stimmt«, sagt Kelvin bedächtig und sieht zu Benu. Der schneidet eine Grimasse, die Ahnungslosigkeit ausdrückt.

»M-Mit Pflanzen kennt sich Hazel besser aus. Vielleicht sollten wir warten, bis …«

»Zweige sind gut für Nester!«, erkläre ich ungeduldig.

»Ah«, macht Benu.

»Vielleicht war das gar kein Krickelkrackel auf dem Bild, das der Troll gemalt hat«, beharre ich und sehe nach oben. »Blutblättriger Hautkopf. Brauchst du etwa Myrrhenzweige für dein Nest, Naran?«

Sie legt den Kopf schief und äugt zu mir herunter und ich schwöre, dass sie geblinzelt hat. Dann kommt mir noch etwas in den Sinn. Ein Bild. Ich sehe eine steinige Steppe mit vertrockneten Sträuchern. Nachdenklich betrachte ich die Feuervogeldame. Ist sie es etwa, die mir schon die ganze Zeit diese Bilder schickt?

»Trolle kommen ursprünglich aus den Wüsten Nordafrikas, erwähnte der Faun. Kann es sein, dass da Myrrhe wächst, Kelvin? Wartet mal, steht darüber vielleicht auch was im Buch?« Ich ziehe es aus meiner Hosentasche und fange an zu blättern.

»Was ist das für ein Band?«, fragt Kelvin und versucht, einen Blick auf den Titel zu erhaschen.

»Keine antiken Schriften«, sage ich grinsend. »Tut mir leid. Immer noch die Aufzeichnungen von meiner … äh, von Felicity Ringwald …«

»Was wir über Mysen der Kategorie IV B wissen!«, Kelvins Wangen röten sich. »Ein fantastisches Werk! Wenn man bedenkt, dass es nur eine Abschlussarbeit …«

»Kelvin! Du Genie! Sag schnell: Steht da was über Myrrhe?! Weißt du das auch aus dem Kopf?««

»Oh. Entschuldige. Die harzhaltigen Sträucher der Commiphora kommen vorwiegend in Somalia, Südarabien und Äthiopien vor. Meinst du, die Verfasserin ist mit unserer Rektorin verwandt?«

»Keine Ahnung, keine Zeit, wie kommst du jetzt darauf?«

Ich tue beschäftigt und angle mit fliegenden Fingern nach dem zusammengefalteten Zettel. Myrrhe also.

Aufgebrachtes hohes Piepsen unterbricht uns zum Glück. Ein lang gezogener dunkler Schatten huscht auf Bodenhöhe an der Wand entlang und zieht auch Narans Aufmerksamkeit auf sich.

»Ist das nicht …?«

»Demis Ratte«, sagt Benu und geht in die Hocke, um das aufgeregte Tier auf seine Hand klettern zu lassen. Sofort witscht es in seinen Ärmel.

Naran schlägt mit den Flügeln. Eilig schütze ich das Papier in meiner Hand und wir ducken uns unter dem einsetzenden Funkenregen zurück an die Wand.

»Apfeldiät«, knurrt Benu und geht als Erster in Richtung Treppe.

Kelvin läuft ihm sofort hinterher. »Wartet. K-Können wir sie so einfach hier oben allein lassen?«

»Du hast selbst gesagt, dass sie da gut aufgehoben ist.«

»Ja, wenn sie brüten kann! Wo willst du hin?«

»Demi und Hazel reinlassen. Saliah haben sie auch mitgebracht, hat Rara gesagt. Und ein paar Sulfur-Äpfel holen.«

Als sie ihren Namen hört, spitzt das Rattenmädchen neugierig aus seinem Hoodieausschnitt und piepst. »Die drei stehen unten und wissen nicht, wo sie hinsollen.«

»Himmel, das habe ich ihnen doch ganz deutlich aufgemalt«, schimpft Kelvin.

»Vielleicht sind sie nicht so gut wie du mit Rauchzeichen.«

»Wenn überhaupt, dann Wasserdampf.«

Schmunzelnd folge ich den kabbelnden Jungs ein paar Stufen hinunter. Dann bleibe ich stehen und halte mich kurz an der Ziegelwand fest, um noch einmal in den Dachstuhl zu sehen.

»Wir sind gleich wieder da«, verspreche ich Naran. »Ich glaube, ich weiß jetzt, was du brauchst und wo ich es bekomme. Ich hoffe, dass es auch ohne Feder funktionieren wird oder wir einen anderen Weg finden. Wir helfen dir. Wir kriegen das hin. Bitte bleib unbedingt, wo du bist.«

Sie plustert ihr zerrupftes Gefieder auf und setzt sich wieder auf den Balken. Ich nehme das mal als Zusage.

Unter meiner Hand setzt ein sanftes Pulsieren ein, dort wo ich mich an der Mauer abstütze. Es ist, als ob der Turm mit mir spricht. Wieder sehe ich ein Bild. »Ein Stockwerk tiefer?«, wiederhole ich leise, was er mir eingibt.

»Was hast du gesagt?«, ruft Benu.

»Hol die anderen. Ich guck noch mal kurz mit Kelvin in die Texte. Am Treppenabsatz links rein. Da treffen wir uns. Ich habe einen Plan.«

Kapitel 26

»Ist das dein neues Zimmer?«, fragt Kelvin.

»Ich glaube ja«, wispere ich ehrfürchtig.

»Cool.« Er schnappt sich einen Stift und einen Block und zieht mir sanft Zettel und Buch aus der Hand.

Ich muss mich erst mal umsehen und staunen. Eine breite, bunt gemusterte Hängematte spannt sich diagonal über eine Ecke des Erkers. Ich trete ans Fenster und spähe hinunter. Mein Schlafnest ist wie eine mit Rosen und wildem Wein bewachsene, gigantische Wabe an den Turm geklebt – oder vielmehr mit einer soliden Konstruktion aus Holz, Lehm und Stein verankert.

»Der Feuerturm hat ein Geschenk für mich«, flüstere ich ergriffen. »Das ist mein Platz. Danke!«

Mehrere wabenartige Lampen hängen an Kordeln von der Decke und tauchen den Raum in heimeliges, goldenes Licht. Fuß- und

Deckenleisten glimmen oben bläulich, unten rötlich. Das müssen auch wieder fluoreszierende Flechten sein. Aber was in den Lampen so emsig summt, sind Leuchtkäfer – unzählige von ihnen.

»Bedank dich in den Ranken«, erkläre ich. »Nicht draußen und nicht drin, ergibt später alles Sinn. – Silva sagte das. Ich hatte es nicht verstanden.«

»Was hast du gesagt?«

Mühsam löse ich mich von den in den Stein gehauenen Pflanzenornamenten, die wie überall im Turm die spitz zulaufenden Bögen der Fenster und Türlaibung verzieren, und gleite sanft mit der Hand über einen kleinen Schreibtisch aus rotbraunem Holz.

Kelvin hockt bereits auf einem der fünf dunkelroten Sitzkissen vor dem niedrigen, orientalischen Tischchen in der Raummitte und streicht die fehlende Seite aus der Abschlussarbeit meiner Mutter glatt. Ich seufze. »Nicht wichtig. Wie weit bist du? Kannst du es wirklich entschlüsseln?«

»Ich verstehe nicht alles«, sagt er, ohne den Blick zu heben, und macht sich dabei eifrig Notizen. »Wie gesagt, für Hieroglyphen brauche ich ein wenig Zeit. Aber mit der Myrrhe liegen wir auf jeden Fall richtig. Hier steht, dass der Feuervogel sich daraus ein Nest baut, wenn irgendein Zyklus zu Ende geht.«

»Der Zyklus neigt sich dem Ende«, rufe ich. »Das hat Silva auch gesagt! Und Bärenklau. Steht davon auch was da drin?«

»Bärenklau ist eine Pflanze«, höre ich plötzlich Hazels Stimme von der Tür her. Überrascht sehen wir uns an. »Gut bei Brandverletzungen, Entzündungen und allerlei anderen Beschwerden. Cooles Schlafnest übrigens!«

»Aber … viele … Stufen«, keucht Demi und stützt sich direkt

hinter ihr am Türrahmen zu meinem kleinen Reich ab. Dicht hinter ihr folgen Saliah, die ähnlich außer Puste ist, und Benu.

»Holla, die Waldfee«, nuschelt er beeindruckt.

»Willkommen in meinem kleinen Reich«, sage ich und habe das Gefühl, das Glück schwappt mir aus den Ohren.

»Ist das auch sicher?«, fragt Saliah zögernd, bevor sie sich einen Schritt hereinwagt. »Ganz schön hoch, oder?«

»Warst du noch nie oben in einem der Türme?«, fragt Hazel erstaunt.

»Nicht wenn ich es vermeiden kann. Ich finde die unterirdischen Geschosse vertrauenerweckender, ehrlich gesagt.«

»Es gibt unterirdische Stockwerke im Metallturm?« Kelvin hebt fasziniert den Blick von seinen Hieroglyphen. »Mehrere?«

»Taglauscher«, Demi kichert und rollt albern mit den Augen. »Natürlich! … Wofür brauchst du Bärenklau?«, wendet sie sich an mich.

Ich grinse. »Danke, dass ihr gekommen seid! Jetzt ergibt das alles Sinn! Ich brauche den nicht. Aber Silva braucht ihn – und Naran. Sie hat die ganze Zeit versucht, es uns zu sagen. Er muss Teil der Medizin zu sein, die die beiden dringend benötigen und wegen der mein Dad zu den Trollen gegangen ist.«

»Oh, Silva …« Benu und die Mädchen wechseln betretene Blicke.

Statt einer Antwort greift Benu in die Bauchtasche seines Hoodies und befördert eine kleine Wechselkröte ans Lampenlicht.

»Penelope! Wo hast du denn die ganze Zeit gesteckt?« Ich halte ihr meine Handfläche hin, damit sie zu mir herüberklettern kann. Das vertraute Schnarren klingt tief betrübt.

Eine eiskalte Hand umklammert mein Herz. »Was ist mit ihr?«, frage ich tonlos.

Penelope zirpt leise.

»Silva ist ins Koma versetzt worden? … Was? Wieso?« Entsetzt starre ich in die Runde.

Hazels Augen füllen sich mit Tränen. Hilflos sieht sie zu Saliah. »Es geht ihr schlechter. Die Baumnymphe hat Schmerzen, trotz des Sirups. Sie fing an, sich die Haare auszureißen. Und in ihrem Zimmer werden die Blätter der Bäume gelb und braun und fallen zu Boden. Ich habe gehört, wie Fleur Verboom mit Tara Claybottom sprach. Sie klangen sehr sorgenvoll.«

Ich schlucke. »Dann haben wir noch weniger Zeit, als ich dachte.«

Saliah atmet tief durch. »Ich hoffe, dein Plan ist gut. Was hast du vor? Worum geht es hier eigentlich genau und wie können wir dich unterstützen?«

»Setzt euch, ich bringe euch auf den Stand der Dinge.« Und dann erzähle ich die ganze Geschichte von vorn.

Alle hören zu. Nur ein- oder zweimal unterbrechen sie mich, um etwas nachzufragen.

»Ich habe lange gebraucht, um es zu sortieren und mir einen Reim darauf zu machen. Das Wichtigste ist: Die Steintrolle forderten überhaupt nichts. Sie wollten Naran von Anfang an einfach nur helfen!«, fasse ich aufgeregt zusammen. »Ich bin mir inzwischen sicher, dass diese ganze Sache mit dem Angriff ein einziges Missverständnis war … Wenn ich richtig liege, dann hatten sie nur vor, ihr das Nistmaterial geben, das sie braucht, um ihr Ei legen zu können – Myrrhe aus den Steinwüsten ihrer Heimat.«

»Meinst du denn, sie haben welche mitgebracht?«

»Es gibt nur einen Weg, das herauszufinden. Ich muss zu ihnen«, sage ich entschieden. »Und zu meinem Dad. Der ist genau dort. Zwei Fliegen mit einer Klappe.«

»Ab vier Uhr kommt hier keiner mehr rein oder raus«, sagt Benu und kraust die Stirn. »Glaubst du, das gilt auch für den roten Turm?«

»Na, das hoffe ich doch«, sage ich mit glühenden Wangen. Die anderen starren mich verständnislos an. »Das ist der Clou! Dann sind wir sicher. Ihr mit Naran hier drin und ich draußen.«

»Wie meinst du das?«

»Erkläre ich gleich. Dad hat mich in seiner Notiz gebeten, ihm die Feder zu bringen. Und ich bin mir sehr sicher, dass Ringel das sogar noch vor mir verstanden hat.«

»Was für eine Feder denn jetzt?«, fragt Demi.

»Die Federn eines Feuervogels haben Heilkräfte«, kommt mir Saliah zuvor. »Die Schattenhüter haben Legenden darüber gesammelt – zumindest dachte ich bisher, dass es sich um Legenden handelt. Das heißt also, wir haben einen echten Feuervogel hier? So was passiert nur alle fünfhundert Jahre – und wir sind dabei! Rostiger Hammerschlag!«, rutscht ihr heraus und sie wird rot. »Entschuldige, ich wollte dich nicht unterbrechen. Was hat dein Vater damit vor?«

»Vermutlich wollte er die Feder gegen Trollbeeren und Bärenklau tauschen. Silva hat mehrfach erwähnt, dass diese Zutaten wichtig sind für ihre und Narans Medizin. Vielleicht ist jemand bei den Trollen schwer krank? – Das spielt letztlich nur leider keine Rolle, weil ich diese dämliche Feder nun mal nicht habe. Ich werde improvisieren müssen. Egal. Mein Vater muss gewusst haben, dass sie nicht temperaturbeständig ist. Sonst hätte er sie nicht im Kühlschrank gelagert. Keine Ahnung, ob Ringel darüber auch im Bilde ist, aber …«

Einen Moment lang lasse ich mich von Penelope ablenken. Die kleine Wechselkröte streckt zirpend ihre Beinchen aus und macht Anstalten, zu Benu zu klettern. Abwesend übergebe ich ihm das Tierchen.

»Ringel hat diese Riesenshow mit der Konferenz abgezogen, vor euch und uns allen – aber offensichtlich nicht *für* uns. Sie wusste, dass ihr am See dabei wart und die Wahrheit kennt – genau wie ich. Darauf hat sie gebaut! Sie ist ein enormes Risiko mit dieser Finte eingegangen. Niemand darf etwas von Naran erfahren, also wieso setzt sie alles auf eine Karte? Auf uns? Spangrüner Kiefernreizker! Das muss eine Bewandtnis haben!«

»Sie hatte vermutlich keine andere Wahl«, sagt Benu leise. »Irgendwas steckt ganz sicher dahinter.«

»Oder irgendwer«, murmelt Hazel. »Das riecht nach einer falschen Fährte für jemanden. Diese Sache mit Ephnes Dad war schon reichlich seltsam. Es würde mich wundern, wenn es bei der ganzen Geschichte ausschließlich um seine Tochter ging.«

Die anderen nicken.

»Wer weiß denn sonst noch von Naran?«, fragt Demi.

»Sagt ihr's mir. Ich bin erst ein paar Tage hier.« Ich hebe die Schultern und stutze selbst. Es fühlt sich wesentlich länger an.

»Es waren Ferien. Wenn überhaupt, sind Gerüchte durchgesickert. Penelope meint, nicht einmal alle Leiter der Türme wissen, um wen es sich bei dem Patienten deines Dads handelt«, sagt Benu.

»Das sollte auf jeden Fall so bleiben«, sagt Saliah. »Also, was hast du vor?«

»Ich muss mit den Trollen reden, die Myrrhe holen und Dad ganz dringend sagen, dass er Bärenklau für Silvas Medizin braucht. Alles machbar, maximal ein kleines Problem übrig. Ganz gut, oder?«

»*Ein* Problem?«, witzelt Hazel. »Untertreibst du da nicht?«

»Okay, vielleicht sind es zwei.« Ich grinse schief.

Unbemerkt hat sich Kelvin wieder zu uns gesellt. »Aber Lenya, du kannst nicht einfach … w-willst du uns mit Naran allein lassen?«, ruft er. »Du sollst ein Auge auf sie haben, hat dein Dad gesagt. Du bist die Feuerwächterin!«

»Das stimmt«, sagt Saliah.

»Ich m-m-meine was anderes. Die werfen dich a-a-aus der Academy!«, haucht er entsetzt. »Das ist was anderes als nur die A-A-Ausgangssperre missachten.«

Ich schüttle den Kopf. »Das werden sie schon nicht.«

»Ringel steht hinter uns«, sagt Benu. »Darauf bauen wir.«

Dankbar lächle ich ihn an. »Es ist mir egal, was die Konferenz entschieden hat. Ich kann nicht hierbleiben. Ich muss da raus. Ich hole Naran die Myrrhe, damit sie ihr Nest bauen und ihr Ei legen kann – und ja: Ich bitte euch, hier auf sie aufzupassen.«

»Moment, du meinst doch nicht …?« Hazel sieht mich mit großen Augen an.

»Wir?«

»Allein?«

Alle fangen an zu murmeln.

»Ich brauche jede und jeden Einzelnen von euch. Egal ob Taglauscher oder Nachtaugen – wir alle sind Turmlinge, und Turmlinge halten zusammen. Guckt euch doch um. Wir sind nicht wirklich allein – niemand von uns. Wir sind zu sechst. Habt Vertrauen. Wisst ihr, was mich fasziniert hat an meinem allerersten Tag in der Academy? Der Musikunterricht bei Tara Claybottom. Wie jeder Turmling auf einer eigenen Tonhöhe gesummt hat – ein wildes Durcheinander, und nach ganz kurzer Zeit klang es harmonisch und schön. Ein Chor – eine Stimme aus vielen Kehlen. Das sind die Töne, von denen Silva sprach! Mir ist nämlich etwas aufgefallen: Seit sich der rote Turm für mich geöffnet hat, nehme ich … Dinge wahr.«

Benu grinst vielsagend.

»… und das hat nichts mit dem Sirup zu tun«, greife ich das auf. »Wenn ich mit euch zusammen bin, gehen unsere Gaben irgendwie aufeinander über. Dann kann ich wie Kelvin alles Mögliche abrufen – allerdings nicht was ich gelesen habe, sondern was mir jemand gesagt hat. Umgekehrt verliert Kelvin in meiner Gegenwart seine Angst vor Feuer. Benu und Hazel verstehen, was Penelope sagt, und Saliah traut sich, Gefühle zu zeigen.« Ich sehe in staunende Gesichter. »Turmlinge fördern und regulieren einander gleichermaßen. Erkennt ihr das? Hazel macht mir Mut, wenn ich Angst habe zu versagen. Demis Besonnenheit tut Saliah gut, und wenn Kelvin in Saliahs Nähe ist, hört er auf zu stottern. In Kelvins Gegenwart wächst Hazel über sich hinaus und Zoe hört auf, schnippisch zu sein. Baumläuferinnen wie ihr geben mir Energie. Umgekehrt dämpft mich Kelvin, wenn ich zu impulsiv bin, und Hazel passt auf, dass Demi sich nicht übernimmt. Fleur Verboom tut übrigens das Gleiche bei Tara Claybottom, ist euch das schon aufgefallen? Oder wie harmonisch ihr miteinander umgegangen seid, Hazel, du mit Zoe, als ihr von Saliahs Rede geschwärmt habt?«

Sie nickt nachdenklich.

»Wir beeinflussen uns gegenseitig! Im allerbesten Sinn. Es geht nicht darum, besser oder schlechter zu sein. Taglauscher sind genauso begabt wie Nachtaugen – und umgekehrt. Unsere Mission wird nur funktionieren, wenn Taglauscher auch bereit sind, als Nachtlauscher zu agieren und Nachtaugen genauso bei Tag die Augen öffnen. Benu hat uns das von Anfang an vorgemacht!«

Als alle ihn anstarren, sieht er verlegen auf seine Handfläche und streichelt Penelope. »Die Baumwipfelpfade oben und das sternförmige System unten – sie spiegeln das wider, was du sagst.«

Ich strahle in die Runde. »Also, macht ihr mit?«

Benu hebt den Kopf und erwidert ernst meinen Blick. »Selbst wenn der Preis, Naran und Silva zu retten, sein wird, dass wir rausgeworfen werden, ist es für mich auch okay«, sagt er laut und streckt seine geöffnete Hand in die Mitte.

»Sollen sie uns doch alle suspendieren«, schließt sich Demi an und legt ihre Finger auf seine.

»Ich bin dabei.« Hazel schlägt ebenfalls ein.

»Ich auch«, sagt Kelvin. »Und du?«

Alle Augen ruhen auf Saliah.

»Ein Chor hat viele Stimmen, hat die Baumnymphe gesagt«, sagt sie bedächtig. »Es geht nur gemeinsam. Ehrensache.«

Ich strahle in die Runde. Saliah nickt grüblerisch. »Aber wie willst du das hinbekommen? Zunächst mal: Solltest du nicht längst zurück in der Krankenstation sein?«

Benu lehnt an der Wand und grinst breit. »Oh, das Problem haben Wanda und Zoe im Griff.«

Alle blicken ihn an.

»Sagen wir, das Gleithörnchen hat einen Deal mit ihr und einem Kilo Erdnüssen verhandelt. Sie schlafen beide in deinem Bett und bleiben da, bis sie von uns was anderes hören.«

»Ach, deswegen ist Wanda verschwunden? … Und Tara Claybottom?«, frage ich staunend.

»Bei der habe ich einen Stein im Brett, seit ich einen gewissen Waschbären davon überzeugen konnte, sich eine andere Duschgelegenheit zu suchen.«

»Wann hast du das denn alles eingefädelt?«

»Jungs können auch Multitasking, weißt du.« Er zwinkert mir zu und meine Ohrläppchen fangen an, mit meinem Bauch um die Wette zu kribbeln.

Kelvin hält einen Finger hoch.

»Du brauchst dich nicht zu melden wie in der Schule«, sagt Saliah sanft.

Zögernd senkt er den Arm. »Und das zweite Problem?«, fragt er. »Du hast vorhin von zwei Problemen gesprochen.«

Ich seufze. »Na ja. Die fehlende Feder. Aber dafür finde ich eine Lösung, das lasst meine Sorge sein.«

Saliah schüttelt den Kopf. »Nein, das lösen wir auch gemeinsam. Dafür habe ich womöglich sogar den Schlüssel.«

Alle Köpfe fliegen zu Saliah.

»Es gibt noch eine Feder«, sagt sie schlicht.

Kapitel 27

»Es gibt noch eine Feder? Und du kannst sie uns besorgen?«

»Unter Umständen.« Saliah wiegt zurückhaltend den Kopf. »Die Schattenhüter verwahren sie seit vielen Generationen. Eine einzige ist im Besitz des Metallturms.«

»Und du kommst da so einfach ran? Was ist, wenn Farron dich erwischt?«

Saliah sieht entsetzt zu Demi. »Ich frage ihn natürlich.«

»Was?«

»Keine Sorge. Er hat den Schlüssel zum untersten Kellergeschoss. Aber ich als Turmsprecherin habe die Verfügungsgewalt darüber. Es ist eigentlich eine Formsache, weil niemand damit rechnet, dass der Fall eintritt. Und wie man sieht ... man täuscht sich da manchmal. Die Flammenfeder liegt im Tresor des untersten Stocks. Sie darf nur in der letzten Nacht eines zu Ende gehenden Zyklus herausgenommen und im Rahmen eines Rituals eingesetzt werden – wenn die fünf Elemente sich berühren, im Wissen und Vertrauen, dass ein neuer Umlauf beginnt. So steht es in den Aufzeichnungen der Academy. Aber was genau das bedeutet und wozu die Flammenfeder letztlich gut ist, ist verloren gegangen.«

»Die fünf Elemente«, murmelt Hazel. »Das sind also wir, oder?«

Saliah nickt. »So habe ich das verstanden, was Lenya eben gesagt hat. Jedes Element wird durch einen Turm verkörpert. Nur durch uns wird sich die Stahlkammer öffnen, in der sie gelagert ist.«

»Können wir die Feder dann nicht einfach verwenden, um damit Naran und Silva zu heilen?«, fragt Demi.

»Wir haben nur einen einzigen Versuch. Was sagst du?« Saliah sieht zu mir.

Ich schlucke. Ich bin es nicht gewöhnt, Entscheidungen von solcher Tragweite zu treffen.

»Silva ist ein ätherisches Wesen«, sagt Hazel leise. »Das Feuer der Feder würde sie verbrennen.«

»Und Naran kann sich nicht selbst mit den Federn heilen, weil sie krank ist – das war die Annahme von Ringel …«, ergänze ich betroffen. »Ich denke, sie hat recht, aber …«

»Aber was, wenn diese Feder intakt ist und von einem anderen Feuervogel stammt?«, bringt Benu meinen Gedanken zu Ende. »Hast du etwas herausgefunden, das uns weiterhilft?«, wendet er sich an Kelvin. »Könnte das klappen?«

»Vielleicht zusammen mit den Trollbeeren und dem Bärenklau?«, ergänze ich.

»Darüber steht hier nichts.« Kelvin schüttelt den Kopf. »Es

wird einen Grund haben, weswegen dein Vater dich gebeten hat, ihm die Feder zu bringen, Lenya. Diese Feder. Ich glaube, er wusste von ihrer Existenz. Erinnere dich, auf der Zeichnung hattest du eine Feder im Haar. Und genau so eine Geste hat der Troll gemacht, als er dich aufgefordert hat, ihm nachzufolgen.«

Erstaunt sehe ich ihn an. Das war mir gar nicht aufgefallen, aber jetzt, wo er es sagt: Stimmt. Es kam mir gleich komisch vor, dass ich bei einem Troll hätte Friseurin spielen sollen.

»Ich bin da bei Saliah«, ergänzt er. »Wir haben nur einen Versuch.«

»Er hat recht«, sagt sie. Hazel und Benu nicken zustimmend.

»Macht Sinn«, seufze ich. »Filziger Gelbfuß.«

»Was hast du vorhin über die Trollbeeren gesagt?«, fragt Demi mit gerunzelter Stirn. »Was hat die Baumnymphe darüber gewusst?«

»Dass sie giftig für Menschen sind? Silva hat das während des Angriffs gesagt: Trolle lieben Trollbeeren. Und Fisch.«

»Fisch?«

»Nebensächlich.« Ich will abwinken, dann zögere ich. »Glaube ich jedenfalls. Wieso fragst du?«

»Vielleicht ist es nicht verkehrt, wenn du ihnen ein weiteres Geschenk mitbringst – falls das mit der Feder nicht klappt.«

»Es wird klappen«, sagt Saliah und schielt auf meine Uhr. »Noch vierzig Minuten, dann ist es vier. Lasst uns gehen. Holen wir die Flammenfeder. Ich glaube, das ist ein würdiger Tausch gegen Trollbeeren und Bärenklau. Aber für den Feuervogel da oben seid ihr zuständig.« Sie zwinkert Benu und Kelvin zu.

»Ich bleibe hier und übersetze weiter«, sagt Kelvin.

Hazel schüttelt den Kopf. »Fünf Elemente, du bist eins davon. Du bist wichtig.«

»Dann zähl doch mal, wir sind zu sechst«, windet sich Kelvin. »Du, Demi, Benu, Saliah, Lenya und ich.«

»Aber ich bin …«, setzt Benu an.

»Jaja – auch ein Hügelformer«, sagt Hazel und schneidet Kelvin eine Grimasse. »Doppelt hält besser. Los, du Frosch. Keller können nicht schlimmer sein, als bei Nacht und Nebel durch den See zu waten.«

»Ist ja gut«, brummelt Kelvin und legt seinen Stift beiseite.

Ich muss kichern und suche Benus Blick. Der guckt verschreckt und tut schnell, als hätte Penelope irgendwas gesagt, um das zu verstecken. Aber die Kröte hatte dösend die Augen geschlossen und knarzt nun verstimmt. Ich habe es genau gesehen. Nachdenklich folge ich den anderen hinunter.

Kelvin und Hazel wirken nervös, als wir durch den geisterhaft stillen unterirdischen Gang in den Metallturm treten. Taglauscher im Revier der Nachtaugen. Vor wenigen Tagen noch kam ich mir hier unten genauso verloren vor.

Wir alle werden immer stiller, je weiter wir die gewundene Eisentreppe in die Tiefe steigen.

Kelvin stehen Schweißperlen auf der Stirn. Ich fröstele.

Und dann geht es nicht mehr weiter abwärts. Wir landen vor einer glatten Wand aus Stahl.

»Wo ist die T-T-Tür?«, fragt Kelvin beklommen. Er zittert.

»Wer will das wissen?«, schmettert Demir Farron. Wie Quecksilber löst er sich urplötzlich direkt vor uns aus dem Schatten.

»Rotbrauner Korkstacheling«, schimpfe ich reflexartig los. Mein Atem bildet eine Dampfwolke.

Hazel neben mir unterdrückt mühsam einen Schreckensschrei. Kelvin dagegen quiekt ziemlich schrill und laut. Demi hält sich die Ohren zu und sieht ihn vernichtend an.

Farron mustert uns alle mit einem dieser stechenden Blicke, die mir das Blut in den Adern gefrieren lassen. Es ist aber auch wirklich ganz schön kühl hier unten.

»Wir«, sagt Saliah unerschütterlich. »Dem Protokoll folgend, fordere ich den Schlüssel.«

Der Lehrer zieht die buschigen Augenbrauen fast bis zum Haaransatz hoch und löst seine verschränkten Arme. »Du weißt, dass das …«

Saliah kümmert sich nicht darum. Sie wendet sich uns zu, atmet tief durch und breitet ihre Arme aus. »Wir müssen uns an den Händen fassen«, sagt sie ruhig.

Benu will einen Schritt nach hinten treten, aber Saliah hält ihn zurück. »Wir alle«, fordert sie.

Kleinlaut nimmt Benu meine Hand. Seine Finger sind genauso kalt wie meine, Saliahs dagegen strahlen Wärme aus.

Nach ihrer Anweisung stellen wir uns im Kreis auf, einer legt der anderen die rechte Hand auf die Schulter. Mit unseren linken Händen durchkreuzen wir den Ring und bilden einen sechszackigen Stern.

Saliah schließt den Kreis. Jeder von uns blickt nach vorn zu Farron. »Sprecht mir nach: Vertreter der fünf Elemente stehen hier und halten einander. Die letzte Nacht des Zyklus hat begonnen.«

»Vertreter der fünf Elemente stehen hier und halten einander«, murmeln wir. »Die letzte Nacht des Zyklus hat begonnen.«

Farron nickt gewichtig. Dann stutzt er und starrt auf die Wand, vor der wir alle stehen. Ich habe keine Ahnung, worauf wir warten, aber – es passiert nichts.

»Woran liegt das?«, flüstert Demi.

»Irgendjemand ist nicht im Vertrauen«, wispert Kelvin.

»Stopp«, ruft Benu plötzlich und lässt los. »Das kann so nichts werden.« Panisch sieht er mich an. »Ich muss dich sprechen, Lenya. Allein.«

»Jetzt?«

»Genau jetzt!«

Farron verdreht die Augen.

»Moment bitte.« Benu zieht mich um die nächste Ecke. Er schlägt sich die Hände vors Gesicht und atmet ein paarmal tief ein und aus. Dann löst er sie zitternd und sein grünbraun gesprenkelter Blick hat etwas Verzweifeltes. »Lenya. Es kann nicht klappen, solange ich den Zirkel störe. Aber wenn ich wieder hochgehe, wissen alle, dass ich …«

»Dass du was?«

»Dass ich kein Hügelformer bin! Bei meiner Zeremonie war ich genauso überfordert wie du. Einer der Fackelträger ist gestolpert. Ich bin eigentlich nur nach vorn gerannt, um ihm zu helfen. Wir sind beide durch die Tür gefallen – und zack, war ich drin. Alle haben das einfach so hingenommen. Deswegen wusste ich, wie ich dich in den grünen Turm schmuggeln kann. So, jetzt ist es raus.«

Ich ziehe die Augenbrauen hoch. »Das ist es? Dein Geheimnis?«

»Was dachtest du denn?« Er starrt mich verblüfft an. »Das muss der Grund sein. Deswegen funktioniert es nicht.«

Ich schüttle den Kopf. »Benu, natürlich bist du kein Hügelformer. Du bist ein Nachtauge mit Taglauscherqualitäten. So wie ich eine Taglauscherin mit Nachtaugenqualitäten bin. Was glaubst du wohl, wieso dich der rote Turm so einfach durchs Fenster klettern ließ? Schon bevor ich da war!«

»Ja, durchs Fenster vielleicht, aber nicht durch die Tür.«

»Die Türme wissen, wer wir sind«, sage ich unbeirrt. »Die Details finden wir noch heraus. Später. Mein Dad hat mir mal ein uraltes Symbol gezeigt. Es heißt Monade und sieht aus wie ein weißer und ein schwarzer Tropfen, die sich aneinanderschmiegen und zusammen einen Kreis bilden. In der schwarzen Hälfte gibt es einen weißen Klecks und in der weißen einen schwarzen. Das eine ist unvollständig ohne das andere, hat er mir erklärt. Sie gehören zusammen. Ich glaube, du bist auch eine Art Lichtwandler. Das kann kein Zufall sein.«

»Aber …«

»Vertrau mir.« Ich drücke seine Hand und ziehe ihn mit mir zurück.

»Noch mal?«, fragt Saliah nervös, als sie uns erblickt.

Benu sieht unsicher zu mir. Dann nickt er und hält seine linke Hand in die Mitte, sodass alle anderen ihre darauflegen können.

»Vertreter der fünf Elemente stehen hier und halten einander«, sagen wir alle zusammen. »Die letzte Nacht des Zyklus hat begonnen.«

Die Wand beginnt zu leuchten. Aus ihrer Mitte schiebt sich ein kleiner Gegenstand.

Über Demir Farrons strenges Gesicht huscht ein zufriedenes Lächeln. »Gut, dass ihr endlich da seid. Ihr habt euch Zeit gelassen.«

Er tritt zur Seite und nickt uns zu. »Der Schlüssel ist frei. Wer dreht ihn um?«

»Das ist dein Job, Feuerwächterin.« Saliah lächelt mir aufmunternd zu.

Mit klammen Fingern bewege ich den riesigen, reich verzierten Schlüssel. Ich brauche beide Hände dafür. Nach zwei Umdrehungen, die scheinbar ins Nichts laufen, wird eine zweiflügelige Tür erkennbar, die sich genauso geisterhaft aus der Wand zu schieben scheint, wie vorher Farron aufgetaucht ist. Lautlos schwingt sie nach innen auf.

Der Raum, der sich dahinter befindet, ist nicht viel breiter als die Tür. Nur ein einziger Gegenstand schwebt in seinem Inneren. Und der ist es, der die ganze Etage zum Leuchten bringt. Eine rotgoldene, glühende Feder, die pulsierend vor sich hin glimmt und Wärme ausstrahlt.

Ich halte die Luft an.

»Verbrenn dich nicht«, flüstert Demi besorgt, als ich einen Schritt darauf zumache, um sie ganz vorsichtig an mich zu nehmen.

»Keine Sorge«, sage ich leise. »Das wird sie nicht.«

Die Feder schwebt wie von selbst auf mich zu und sucht sich einen Platz in meinem Haar. Die anderen raunen leise und irgendwo erklingt ein dumpfes, ziemlich schnelles Hämmern. Ich bin einen Moment lang irritiert, bis ich begreife, dass dieses Geräusch aus meiner eigenen Brust stammt.

Farron kommt zu mir. Mein Herz klopft jetzt so heftig gegen die Rippen, dass ich einem Schlagzeug Konkurrenz machen könnte. Und doch ist es ein ziemlich gutes Gefühl, als er mir sanft die Hände auf die Schultern legt.

»Beschütze sie mit deinem Leben«, sagt er.

»Das habe ich vor«, antworte ich ernst und recke mein Kinn,

damit ich ihm in die Augen sehen kann. Vielleicht lenkt das davon ab, dass meine Knie so zittern.

»Und ich beschütze Lenya«, höre ich Benus Stimme direkt neben mir.

»Und wir kümmern uns um Du-weißt-schon-wen und halten dir den Rücken frei.«

Ich drehe mich um und sehe die anderen fünf an. Sprechen kann ich nicht, dafür ist der Kloß in meiner Kehle zu dick – aber nicken kann ich. Niemand sagt ein Wort. Ich umarme Benu, und die anderen schließen sich an, bis wir ein einziges Knäuel aus Armen bilden und ich in der Mitte kaum noch Luft bekomme. Blassblättriger Lacktrichterling! Ein bisschen kitschig ist das ja schon. Farron räuspert sich.

Verlegen mache ich mich los. »Dann wollen wir mal«, krächze ich heiser.

Ich wische mir verstohlen eine Träne aus dem Augenwinkel – da kommt mir urplötzlich wieder Dads Botschaft in den Sinn: *Behalte einen gekühlten Kopf.*

Ich bleibe stehen und sehe den Lehrer an. »Wir brauchen etwas zum Kühlen. Für meinen Kopf.«

Wir nehmen denselben Weg zurück, den wir gekommen sind. Die unterirdischen Gänge sind wie ausgestorben, nicht einmal eine Kellerassel ist zu sehen, und das ist gut so. Ich komme mir albern genug vor mit meinem umfunktionierten Flaschenkühler auf dem Kopf. Die alukaschierte Kühlmanschette war das Einzige, was Farron auf die Schnelle auftreiben konnte. Ich hoffe, sie erfüllt ihren Zweck und die Feder fackelt mir nicht sämtliche Haare ab – oder schlimmer noch: sich selbst.

Diesmal brauchen wir die Leuchtkäfer nicht um Hilfe zu bitten. Das Glühen meines seltsamen Kopfschmucks taucht das Gewölbe in ein faszinierendes, orangerotes Licht. Wir verabschieden uns am Treppenaufgang zum roten Turm, den ohne mich in fünf Minuten niemand mehr betreten oder verlassen kann. Kelvin, Demi, Saliah und Hazel werden dort bei Naran die Stellung halten.

Benu und ich laufen weiter in Richtung des grünen Turms, um von dort aus oberirdisch zum Treffpunkt mit dem Steintroll zu schleichen. Penelope begleitet uns.

»Noch vier Minuten. Dann müssen wir hier raus sein«, keuche ich.

Die kleine Wechselkröte schnarrt warnend.

»Oder was?«

Auf einmal steht sie da, drei Meter vor uns. Groß wie der Baum, aus dessen Schatten sie gesprungen ist. Mit glitzernden Augen, halb aufgelöstem Zopf und zu einem albernen Stoppsignal von sich gestreckten Händen.

Ephne.

Ich muss aus vollem Lauf abbremsen, damit ich nicht in sie hineinpralle.

»Hornstieliger Wurzelschnitzling«, brülle ich los. »Hast du nicht Besseres zu tun, als mich so zu erschrecken?«

»Ihr geht nirgendwo hin«, kreischt sie, kommt einen Schritt auf mich zu und fuchtelt mit den Armen. »Dad, komm schnell!«, ruft sie über ihre Schulter, ohne mich dabei aus den Augen zu lassen. »Was hast du da auf dem Kopf? Einen brennenden Turban? Gib das her! Daaad!«

»Das kannst du knicken«, knurre ich, setze mir Penelope in die Hoodietasche und kreise mit den Fäusten. In der Grand Street hat das ziemlichen Eindruck auf die älteren Jungs gemacht. Ephne verzieht nur abschätzig die Mundwinkel.

»Ich kümmere mich darum«, zischt Benu und schiebt sich vor mich. »Lauf«, sagt er leise zu mir und wendet sich laut an Ephne. »Versuch gern, an mir vorbeizukommen. Du machst die Dinge für dich dadurch nur schlimmer. Wenn Ringel hiervon erfährt, fliegst du endgültig aus der Academy.«

»Ich habe nichts zu verlieren, Klugscheißer.«

Ich überlege fieberhaft, was ich tun soll. Ich kann Benu doch nicht allein hierlassen, aber in zwei Minuten sind alle Schotten dicht.

»Lauf endlich«, ruft Benu. »Sie kann uns nicht beide aufhalten.«

Sie blitzt ihn an und macht einen Ausfallschritt auf mich zu. Ich weiche aus und versuche, auf der anderen Seite auszubrechen. Geschickt pariert Ephne meinen Fluchtversuch. »Ihr bleibt alle beide hier. DAAAD!«

Im Gebüsch hinter ihr raschelt und schnauft es. Zweige brechen und der ganze Boden bebt. Wie kann man nur so grobmotorisch durch den Wald poltern?

Dann hellt sich meine Miene auf. Benu und ich sehen uns an. Das ist nicht Ephnes Vater, der da brüllend und geifernd vor uns aus dem Dickicht bricht. Ich hätte nie gedacht, dass ich mich mal so freuen würde, einen Steintroll zu sehen.

Kapitel 28

Der Troll brüllt Ephne schauerlich an. Einen Moment lang sieht es so aus, als würde sie mit ihm um die Wette schreien, dann weicht sie rückwärts aus, verliert das Gleichgewicht und landet auf ihrem Hosenboden.

Ehe wir – und vor allem Ephne – uns versehen, nimmt das zottelige Urviech Benu und mich huckepack und macht auf dem Absatz kehrt. Über die Schulter erkenne ich gerade noch, wie Barnardo Dlabchick zögernd aus dem Unterholz kommt und seiner Tochter aufhilft. Dann bin ich damit beschäftigt, mich in dem verfilzten Pelz festzukrallen, meinen Federturban zu sichern und dabei aufzupassen, dass ich Penelope nicht zerquetsche.

»Wie spät?«, kiekst Benu heiser neben mir.

»Hmm?«, mache ich. Bei dem Getöse, das der Troll veranstaltet, kann ich ihn kaum verstehen. Außerdem kriege ich langsam Hirnfrost durch die Kühlmanschette. Eine Antwort ist aber auch gar nicht nötig.

Ein tiefer Hornklang schallt durch den Wald. Donnernd schlagen die Türen der Türme zu. Über uns flattern ein paar Vögel auf.

Der Steintroll grunzt und ich spüre, wie er seine Muskeln anspannt und versucht, noch schneller zu laufen. Blätter und Zweige klatschen mir ins Gesicht. Ich klammere mich mit Armen und Beinen in sein Fell.

Vor uns verändert sich der Wald. Ich muss an Dads und meine Ankunft in Ashwood denken: Als ich das Gefühl hatte, Bäume und Büsche würden zum Leben erwachen und mit ihrem Blattwerk die Spuren unseres Autos verschleiern.

Sie tun es wieder.

Brombeerranken und Äste schießen vor uns in die Höhe und formen eine Barrikade, die höher und höher wächst.

»Blasser Zonenmilchling!«, keuche ich und muss husten, weil ich Haare in den Mund bekomme, und zwar nicht meine eigenen.

Der Troll lässt ein donnerndes Chewbacca-Grollen hören.

»Festhalten«, warnt Benu.

Da verlagert unser Retter sich auch schon auf alle viere und galoppiert in einem Wahnsinnstempo auf die immer höher und undurchdringlicher werdende Hecke zu. Ich kneife die Augen zusammen.

Der Troll stößt sich kraftvoll vom Boden ab. Ich spüre einen scharfen Schmerz, als etwas Dorniges an meinem Bein entlangratscht.

Wir landen hart und der Troll kommt einen Moment lang ins Trudeln.

»Sind wir drüber?« Ich wage nicht, die Augen zu öffnen, aber nachdem der Zottel jetzt wieder auf zwei Beinen weiterprescht, muss es wohl so sein.

»Geht's dir gut?«

Ich blinzle zwischen den Wimpern hindurch zu Benu hinüber. Er sieht ganz schön blass aus um die Nase, aber er lächelt mich tapfer an. Zögernd nicke ich. Penelope schweigt, ihr deutliches Missfallen über die stickige Enge in meiner Hoodietasche kommt auch ohne Worte bei uns an. Ich gehe lieber nicht darauf ein. Solange sie meckert, ist alles in Ordnung.

Endlich wird der Steintroll langsamer. Mit einem leisen Jaulen richtet er sich auf, fällt in eine Art Dauerlauf und von da in diesen stampfenden Schritt, der bei jedem Tritt den Boden erzittern lässt. Ich frage mich, wo wir sind. Der Koloss ist nordwärts mit uns gerannt, da bin ich mir ziemlich sicher. Die Bäume hier wirken lichter, Birken und Fichten wechseln sich ab, dazwischen liegen moosbewachsene Felsbrocken. Über uns färbt sich der Himmel rosa. Es wird hell.

»Können wir mal kurz anhalten?«, bittet Benu plötzlich.

Überrascht sehe ich ihn an. Der Troll schnaubt und bleibt stehen. Dann löst er seine mächtigen Pranken, mit denen er uns die meiste Zeit gestützt hat. Benu lässt sich von seinem Rücken rutschen und stolpert zum nächsten Busch. Ich höre, wie er sich dahinter übergibt, lasse mich ebenfalls zu Boden gleiten und gehe ihm mit zitternden Beinen nach. Alles an mir fühlt sich taub und steif an. Ich hatte gar nicht gemerkt, wie anstrengend es war, mich die ganze Zeit festzuklammern und zu verrenken, damit sowohl Penelope als auch die glühende Feder keinen Schaden nehmen.

»Brauchst du ein Taschentuch?«

Verlegen kommt Benu hinter dem Gebüsch hervor und nimmt eins entgegen, das ich ihm hinhalte. »Danke. Mir wird schon auf dem Kinderkarussell schlecht.«

»Dafür hast du aber ganz schön lang durchgehalten.« Wir grinsen und mein Magen blubbert jetzt auch ein wenig.

Der Steingraue schnaubjault und klopft auf einen Felsen.

Ich drehe mich zu ihm und will ihn schon anmaulen, dass er mit jemandem, dem es nicht so gut geht, ruhig ein bisschen geduldiger sein könnte. Da begreife ich, dass er uns etwas zeigen will. Entschuldigend lächle ich ihn an. »Dort gibt es Wasser, hast du gesagt? Danke! Das kommt jetzt genau richtig.«

Der Troll brummt zustimmend.

Tatsächlich, als wir näher kommen, höre ich es hinter dem Felsbrocken leise plätschern.

»Jetzt verstehst du ihn.« Benu freut sich, als ich nicke.

»Ich höre mich allmählich ein, schätze ich. Du hattest recht. Es ist gar nicht so schwer. Ich glaube, es hat damit zu tun, sich auf jemanden ohne Vorurteile einzulassen. Ich habe keine Angst mehr vor ihm. Das hatte mich wohl geblockt … irgendwie … kann das sein?« Ich lege den Kopf schief und sehe ihn schräg von der Seite an.

»Klar«, meint Benu schnörkellos. »Ein offenes Herz hört am besten.«

»Ja«, sage ich leise und mein Magen kribbelt wieder. »Das tut es wohl.«

Ich setze Penelope auf einen moosbewachsenen Stein am Rand

des kleinen Bachs, damit sie sich auch etwas von dem Geschaukel erholen kann. Sie gibt ein schnarrendes Geräusch von sich und marschiert zielstrebig auf einen abgestorbenen Baum zu. Dann eben nicht.

Wir anderen bücken uns über den kleinen Wasserlauf und schöpfen kühles Quellwasser in unsere hohlen Hände und Pranken. Ich habe nie etwas Köstlicheres getrunken, auch wenn es ziemlich umständlich ist, dabei mit einer Hand den Turban festzuhalten.

Nach einer Weile setzt sich der Troll im Schatten auf einen flachen Stein und schabt mit den Klauen über den rauen Felsen, als wollte er sich die Nägel feilen, während er wartet. Zwischendurch sieht er argwöhnisch in die dicken Wolken über uns. Trolle mögen keine Sonne, erinnere ich mich. Das muss ich beim Überfliegen von Mums Notizbuch aufgeschnappt haben. Oder hat Kelvin mir davon erzählt? Ich weiß es einfach. Die nordischen Vorfahren von Bergtrollen sind angeblich versteinert, wenn sie es vor Tagesanbruch nicht zurück in ihre Höhlen geschafft haben. Steintrolle scheinen da härter im Nehmen zu sein, gut für uns. Trotzdem entspannt er sich, als es zu nieseln beginnt. Hauptsache, meine Feder verlischt nicht.

Penelope reagiert von irgendwoher mit einem blasierten Schnarren auf meinen Gedanken.

»Als ob du die Expertin wärst«, nuschle ich beleidigt, ohne hinzusehen.

»Wie heißt du eigentlich?«, frage ich den Troll. Er gibt ein klickendes Glucksen von sich und legt zögernd einen Finger auf seine Brust.

»Kabir«, verstehe ich klar und deutlich. He! Ich verstehe ihn!

»Das bedeutet: groß«, sagt Benu leise.

»Hallo, Großer«, sage ich lächelnd. »Schöner Name.«

Kabir schnaubjault beiläufig und steht auf. Wir sind noch nicht am Ziel.

»Ist es noch weit?«, frage ich. Der haarige Riese schüttelt den Kopf und zeigt nach vorn. Mit einer Geste lädt er uns ein, wieder auf seinen Rücken zu klettern, aber Benu lehnt mit einem gequälten Grinsen ab. »Später vielleicht.«

Ich sehe mich nach Penelope um. Sie hockt immer noch neben dem verdorrten Baum und glupscht mich vorwurfsvoll an. Mein Blick fällt auf den dunkelgrauen Klecks auf dem abgestorbenen Ast direkt über ihr. Im ersten Moment denke ich, da hätte jemand seinen Kaugummi ausgespuckt, was nicht sein kann, hier draußen im Nirgendwo.

Auf den zweiten Blick erkenne ich, dass das, was ein bisschen aussieht wie ein Stück vergammeltes Zombiegehirn, ein Pilz ist. Der warzige Drüsling, auch bekannt als – Hexenbutter.

»Trudenbeutel und Hexenbutter«, rutscht mir heraus. »Die habe ich fast vergessen. Penelope, du bist unsere Rettung! Entschuldige, dass ich eben so gnaddelig war.«

Die Kröte knarzt versöhnlich, Benu sieht mich verständnislos an.

»Die Pilze aus Dads Nachricht«, helfe ich ihm auf die Sprünge. »Er braucht sie. Hast du ein Taschenmesser?«

Benu schüttelt den Kopf. Ich bücke mich nach dem verdorrten Ast und fummle den Pilz mit Fingern und einem Stückchen Holz ab. »Wir kommen gleich«, rufe ich Kabir zu. »Hast du hier irgendwo Kartoffelboviste gesehen? Kleine weiße Pilzkugeln mit dunklem Kern?«

Fieberhaft suchen wir die Wiese ab. Kabir drängelt, aber ich habe das Gefühl, dass das hier auch wichtig ist. Mir ist schon flau, wenn ich daran denke, dass ich Dad die verbrannte Feder beichten muss, noch mehr will ich auf meiner ersten Mission als Feuerwächterin nicht verbocken.

»Hab einen!«, ruft Benu schließlich quer über die Wiese.

Kabir brummt. Ich lächle entschuldigend, packe die Pilze ein und setze Penelope auf meine Schulter. »Jetzt können wir weiter.«

Benu und ich fallen ziemlich schnell zurück, weil wir zehn Schritte machen, wo Kabir einen tut. Wir müssen rennen, damit wir den Troll nicht verlieren. Dabei gibt er sich Mühe, langsam zu laufen. Und er kann ja nichts dafür, dass jedes Mal, wenn er mit etwas zu viel Schwung aufkommt, der Boden bebt und wir froh sind, nicht umzufallen oder die kleine Kröte fallen zu lassen.

»Ich glaube, nicht weit in Trollmaßstäben stimmt nicht ganz mit meiner Schrittlänge überein«, murmle ich, halte einen Moment an und fühle vorsichtig, ob meine Feder bei all dem Holtern und Poltern immer noch da ist.

»Geht wieder«, stöhnt Benu gequält und stützt sich, leicht vornübergebeugt, mit den Händen auf seinen Knien ab. »Tausche Seitenstiche gegen Seekrankheit.«

»Einverstanden«, erwidere ich lachend. »Oder was sagst du, Penelope?« Vorsichtig öffne ich meine Hände. Die kleine Wechselkröte bläht nur stumm ihren Kehlsack.

Kabir kommt brummend zu uns zurück und hilft uns, auf seinen Rücken zu klettern.

Benu übernimmt Penelope und schließt die Augen. »Bereit«, murmelt er.

Ich drücke kurz seine Hand, dann brauche ich beide Hände, um mich und meinen Weinkühlerturban festzuhalten. Bäume und Büsche fliegen an uns vorbei, so schnell sind wir jetzt wieder. Ich muss an Dad und seine Nachricht denken.

Zeit zu fliegen. Verlier nicht die Bodenhaftung und behalte einen gekühlten Kopf. Trudenbeutel und Hexenbutter.

Passt alles.

Die Sonne scheint und das helle Blätterflirren macht mich müde. Kein Wunder, wir waren ja die ganze Nacht wach. Nur nicht einschlafen, denke ich noch. Auch wenn Kabir uns mit seinen nach hinten verschränkten Gorillaarmen stützt – wenn ich loslasse, wird das ein ziemlich schmerzhafter Abgang.

Ich muss doch weggedämmert sein, denn als ich die Augen das nächste Mal öffne, starre ich in das fellige Gesicht eines mir fremden Zottels, der mich neugierig beäugt und mit einem spitzen Finger in den Arm pikt. Offenbar nicht zum ersten Mal.

»He«, brumme ich verschlafen. Dann fahre ich zusammen, taste mit einer Hand nach meiner Feder und kralle mich mit der anderen reflexartig in Kabirs Fell. Der Steintroll faucht, der kleinere Zottel zuckt erschrocken zurück und ich bekomme aus dem aufgerissenen Maul eine dröhnende Ladung muffigen Trollatems ins Gesicht.

Penelope empfiehlt mir trocken, nicht durch die Nase zu atmen. Benu kichert und gähnt gleichzeitig.

»Graufilziger Muscheling«, näsele ich und rutsche von Kabirs Rücken.

Im Nu sind wir von einer ganzen Gruppe Steintrolle in allen Größen umringt, die neugierig ihre Pranken nach uns ausstrecken. Kabir schubst seine Artgenossen brummend zurück, wenn sie uns oder meiner Feder zu nah kommen. Mir ist ziemlich mulmig. Das letzte Mal, als ich so viele Trolle um mich hatte, ging es nicht besonders gut aus.

»Entschuldigung … Dürfte ich mal …? Schwefelfüßiger Faserling! Durchlassen bitte!«

»Dad!«, flüstere ich.

Widerwillig machen die Pelzriesen Platz. Und dann ist mein Vater bei uns.

»Erdstern, endlich! Was hat euch so lang aufgehalten? Ich hatte schon Sorge, du hättest meine Botschaft nicht erhalten.«

Er reißt mich an sich und wirbelt mich herum, als wäre ich drei oder vier Jahre alt. Aber in diesem Moment fühlt es sich einfach nur fantastisch an – obwohl ich beide Hände brauche, damit ich meinen Kühlturban nicht verliere.

»Dad! Was geht hier vor? In der Academy herrscht das totale Chaos. Die drehen alle durch! Du musst mit uns zurückkommen. Silva ist ins Koma gefallen. Wir brauchen dich und die Medizin! Ich habe die Pilze. Hast du sonst alle Zutaten zusammen? Bärenklau muss noch mit rein. Wusstest du das? Wir haben Mums Notizen gefunden. Wieso sollte ich dir die Feder bringen? Gibt es einen Weg, wie wir sie doch für Naran und Silva einsetzen können? Ringel hat in der Konferenz behauptet, du wärst entführt worden. Das stimmt doch aber nicht, oder? Ist sie wirklich meine Tante? Sie hat eine Ausgangssperre in der Academy verhängt und Ephnes Vater hat uns trotzdem beinahe geschnappt. Naran will sich auf dem Dachboden ein Nest bauen. Sie ist mir entwischt, und das tut mir furchtbar leid, aber da unten ging es ihr nicht gut. Und das mit den Trollen war auch ganz anders. Aber das … äh … das weißt du ja anscheinend schon.«

Abgelenkt sehe ich in die Runde der um mich kreiselnden neugierigen Fellgesichter. Mir wird kurz schwindelig. Ich schließe die Augen und nehme den Faden wieder auf.

»Ich glaube, Naran braucht Myrrhe, damit sie ihr Ei legen kann. Bekommen wir die hier?« Ich schlucke und hole einmal schnell Luft. »Und ich muss dir noch was beichten. Die Feder im Kühlschrank ist … Blassblättriger Lacktrichterling, Dad! Lass mich bitte runter. Hörst du mir eigentlich zu?«

Mein Vater lässt den Redeschwall an sich abprallen. Endlich bleibt er immerhin stehen. »Hallo, Benu … Penelope.« Er nickt den beiden zu und setzt mich ab. »Ja, ich weiß, dass sie nicht hitzebeständig ist, und auch, dass die Steintrolle auf unserer Seite sind. Deswegen hatte ich dich gebeten …« Er stockt. »Es hat ja glücklicherweise funktioniert. Ausgezeichnet. Das war der einzige Weg, euch mit allen Zutaten aus der Academy zu schaffen, ohne dass … Du armes Kind hast sicher Hirnfrost inzwischen, oder?« Dad ruckelt kurz an meinem Turban und lächelt müde.

Erst jetzt fallen mir die tiefen Ringe unter seinen Augen auf. Aber darauf kann ich keine Rücksicht nehmen. »Sie ist verbrannt, Dad. Die Feder. Ich habe sie nur ganz kurz aus dem Kühlschrank genommen und …« Meine Kehle schnürt sich zusammen, als ich seinen entsetzten Blick sehe. Hilflos klaube ich die Pilze aus meiner Hoodietasche. »Hier. Trudenbeutel und Hexenbutter.«

Er nimmt sie mechanisch entgegen und steckt sie ein. »Du hast was?«, haucht er tonlos, hebt die Kühlmanschette an und starrt verständnislos auf meinen Kopf. Zögernd streckt er die Finger nach der Feder aus und zuckt zurück, als er sich den Zeigefinger daran verbrennt.

Ein Raunen geht durch die uns umringende Trollmenge.

»Au!«, schimpft er, lässt meinen Kopfputz fallen und steckt sich den Finger in den Mund.

Eilig bücke ich mich danach und setze ihn wieder auf.

»Es tut mir so leid! Deswegen haben wir diese hier aus dem Metallturm … Ich dachte, du wüsstest …?«

»Blutblättriger Hautkopf. Nein! Weswegen hätte ich dir sonst schreiben sollen, dass du sie kühlen sollst?« Fassungslos sieht er mich an. »Du warst im Zentrum des Metallturms? Allein? Aber dazu braucht es doch …?«

»Alle fünf Elemente, ich weiß.« Unsicher riskiere ich ein Lächeln.

»Aber das heißt ja …« Mein Vater fährt sich durch die Haare. »Die letzte Nacht des Zyklus? Viersporiger Nitrathelmling! Das verkompliziert die Sache.«

»Welche Sache? Was bedeutet das, Dad? Was weißt du darüber?«

»Nicht viel, Erdstern. Ob nun die Entnahme der Feder die letzte Nacht einläutet oder ob die letzte Nacht erst die Entnahme der Feder ermöglicht – keine Ahnung. Ich bin keine fünfhundert Jahre alt. Die Aufzeichnungen über den letzten Epochenwechsel sind verbrannt.«

Er sieht von mir zu Benu und wieder zurück. »Es steht nur leider sehr viel mehr auf dem Spiel, als wir alle geahnt haben.« Er bricht ab und reibt sich übers Gesicht. »Nicht schlimm. Du hast das sehr gut gemacht. Ihr alle drei.« Er nickt Benu und Penelope zu. »Egal wie. Wenn der Preis für Trollbeeren und Bärenklau die letzte heilkräftige Feder ist, ist mir das allemal lieber, als dass sie Ephnes habgierigem Vater in die Hände fällt – und dem Kollegium der Academy offenbar auch. Ans Werk also. Wir haben viel zu tun und leider noch weniger Zeit, als ich dachte, um Silva und Naran zu retten. Komm mit.«

Er macht eine scheuchende Handbewegung. Die Trolle treten zur Seite und geben den Blick auf einen Höhleneingang frei. »Da drin gibt es jemanden, der dich sehr dringend kennenlernen möchte, Lenya. Wir stehen tief in seiner Schuld. Ohne ihn hätte ich niemals alle Zutaten zusammenbekommen – und euch aus der Academy raus.«

Kapitel 29

Benu will mir in die Höhle folgen, aber Dad hält ihn zurück. »Dich benötige ich draußen, junger Mann. Wir müssen einen Trank brauen. Weißt du zufällig, wo ich meinen Topf mit der Kühlsalbe hingestellt habe? Nein, mein Kopf ist nicht angeschraubt, Penelope. Und den würde ich auch nicht vergessen, wenn es anders wäre … Ah, da ist er ja. Siehst du?«

Die Stimmen werden leiser.

Meine Augen brauchen einen Moment, bis sie sich an das Dämmerlicht in der Höhle gewöhnen. Sie ist leer bis auf eine kleine Feuerstelle, über der ein gusseiserner Kessel vor sich hin dampft – und einen dicken Stapel Lumpen dahinter. Was soll ich hier?

»Dad? … Benu?«, wispere ich und drehe mich zum Höhleneingang, aber sie sind bereits verschwunden, ich bin ganz allein, nicht einmal Penelope ist bei mir geblieben.

Zögernd trete ich einen Schritt weiter ins Innere. Die Feder in meinem Haar fängt leise an, zu summen und zu glimmen. Ohne nachzudenken, nehme ich meinen Turban ab. Daraufhin kommt Bewegung in den Stoffberg. Doch erst als er die Augen öffnet, erkenne ich, dass es sich bei dem Haufen um einen liegenden, offensichtlich ziemlich alten Troll handelt. Mühsam richtet er sich auf. Obwohl er so gebrechlich wirkt, kommt er mir selbst im Sitzen noch um einiges gewaltiger vor als all die anderen draußen. Auch sein Pelz sieht anders aus, nicht grau und zottelig, sondern fahlgelb, hellbraun verfilzt und ziemlich schütter. Silbrige Strähnen ziehen sich durch das ausgedünnte Haarkleid. Die nicht mehr ganz so buschigen Augenbrauen sind ebenfalls silberweiß. Ein zerbrechliches Leuchten flackert in den milchigen Augen auf. Sein Atem geht rasselnd.

»Feuermädchen«, seufzt er tief und nickt mir zu. »Ich wusste, dass du es schaffen würdest. Sag mir, wie geht es Naran?«

»Naran ist … ich weiß nicht, ob … also, äh … nicht besonders. Deswegen …« Verwirrt sehe ich den Alten an. Mein Blick klebt an den gigantischen, quietschgelben Hauern, die über seine Mundwinkel ragen. »Sie … sie wollte hierher, oder?«

»Natürlich wollte sie das. Die Steintrolle haben genauso versucht, ihr zu helfen, wie dein Vater … Sie sind immer ein wenig übereifrig. Aber man kann einem Küken nicht vor der Zeit aus dem Ei helfen und nur ein Narr regt sich über unreife Beeren auf. Die Dinge sind, wie sie sind – oder sind sie das nicht? Alles kommt und geht, wie es bestimmt ist. Aber ich gestehe, ich war auch neugierig auf dich. Du bist die Erste seit exakt fünfhundert Jahren.«

»Ungefähr das hat Silva auch gesagt.«

»Die kranke Waldnymphe, ja?« Er richtet sich auf und studiert mich mit zusammengekniffenen Augen. Unwillkürlich weiche ich einen halben Schritt zurück. Dieser Troll ist fast doppelt so groß wie Kabir!

»Hast du Angst vor mir?« Er hat einen nordisch klingenden Singsang in der Sprachmelodie und seine Aussprache klingt ein wenig vernuschelt.

Ich schlucke und schüttle den Kopf. Dann nicke ich. »Ein bisschen«, gebe ich zu.

»Brauchst du nicht, Feuermädchen. Ich habe schon gefrühstückt.« Er kichert verhalten, und als der nachfolgende, heftige Hustenanfall abebbt, sehe ich, dass die faustgroßen Reißzähne das Einzige sind, was ihm an Beißwerkzeugen geblieben ist.

Wahrscheinlich ist er noch älter als der glimmende Kiel auf meinem Kopf. Dad hat recht. Er kann die Feder wirklich gut gebrauchen.

»Die Feuervogelfeder wird Ihnen helfen«, sage ich leise. »Sie hat Heilkräfte.« Kopfige Kernkeule, ich sieze einen Steintroll, geht mir durch den Kopf. Der Gedanke ist absurd, aber duzen fühlt sich einfach falsch an, dafür habe ich viel zu viel Respekt vor ihm.

Der riesige Alte keckert amüsiert. Seine nächste Hustenattacke ist noch schlimmer als die erste. Aber es scheint ihm nichts auszumachen, auch wenn er jetzt dramatisch röchelt.

»Bergtroll«, korrigiert er mich, als er wieder halbwegs Luft bekommt, und ich nehme es einfach hin, dass jeder Zweite in diesem Waldgebiet meine Gedanken lesen kann.

»Du kannst Papa Fjäll zu mir sagen. Das tun alle.«

Er spricht stoßweise, es kostet ihn sichtlich Mühe. Ich greife mir ins Haar, doch die Feder sitzt wie festgewachsen. Der Troll winkt ab.

»Sie ist nicht für mich bestimmt. Ich kenne diese Feder sehr gut. Sie ist die letzte Zutat, die ihr für die Medizin benötigt, um die dein Vater uns gebeten hat.«

Ich schüttle den Kopf. »Sie würde Silva verbrennen.«

Amüsiert hebt er die Brauen. »Sieh an, das Flämmchen weiß mehr als die Glut.«

Ich stemme die Hände in die Hüften, aber beiße mir gleich darauf auf die Zunge und der zahnlose Alte will sich vor Lachen schier ausschütten. Er lacht und hustet so sehr, dass ich Sorge habe, er könnte ersticken.

»Entschuldige«, bittet er keuchend, als er meinen Gesichtsausdruck sieht. »Ich mag dein Temperament. Du bist goldrichtig, Feuermädchen. Hör mir gut zu: Feuer kann durchaus Holz zu Asche wandeln. Aber Luft entfacht die heilige Flamme. Und diesen göttlichen Funken braucht ihr, damit ein neuer Zyklus beginnen kann. Die vorlaute Baumnymphe ist auf ihre Weise mit dem Feuervogel verbunden.«

»Sie ist nicht vorlaut«, widerspreche ich. »Sie ist nur anders als ihr. Und sie wäre gar nicht erst so krank geworden, wenn ihr nicht …«

Er hebt die Augenbrauen und ich breche kleinlaut ab.

»Die Wahrheit hat viele Facetten, Lenya Hayward. Ein Kratzer wirft keine Baumnymphe um. Du siehst nur die dir zugewandte Seite des Mondes. Wir alle neigen dazu, Dinge vorschnell zu bewerten. Aber was ist gut? Was ist schlecht? Nicht immer ist alles so, wie es auf den ersten Blick scheint. Manche Schicksale sind verwoben. Manche Ereignisse sind notwendige Schritte. Das erkennen wir oft erst hinterher. Naran und Silva sind wie Tag und Nacht, wie Feuer und Wasser, Sommer und Winter, wie Werden und Vergehen – und unsterblich zugleich. Die Nymphe hütet den Wald und der Feuervogel hält den Raum und die Energie darüber. Fünfhundert Jahre lang. Sie gleichen einander aus. Das eine ist unvollständig ohne das andere. Wir sind die Wächter über diesen Zyklus, über sein Ende und seinen Neubeginn. Aber du …« Er holt röchelnd Luft. »Du bist der Schlüssel, der die fünf Türme wieder ins Lot bringt und die Elemente vereint.«

»Was hat die Schule damit zu tun? Dad sagte, wenn Silva stirbt, stirbt der Wald und mit ihr die Academy. Was soll daran gut sein? Wieso geht es ihr immer noch so schlecht? Wenn es nicht die Verletzung ist, was fehlt ihr dann? Naran war außerdem schon viel länger krank. Wenn ich nicht unbedingt in einen Turm gewollt hätte, dann … es war meine Schuld, dass sie verwundet wurde, oder nicht?«

Der alte Troll zieht erstaunt die Augenbrauen hoch. Seine Augen glitzern. »Glaubst du das wirklich, Feuermädchen? Dass du so viel Macht besitzt, dass sogar das Geschick von ganz Ashwood durch dich gelenkt wird? Nun, in gewisser Weise hast du sogar recht. Aber Schuld – Schuld trifft keine Blume, die ihr Samenkorn sprengt, damit sie wachsen kann. Ein Kreis hat keinen Anfang und kein Ende, hab Vertrauen. Du wirst es verstehen, wenn es so weit ist. Merke dir meine Worte.« Er hustet wieder. Es klingt scheußlich und dauert ziemlich lange. Ich weiß nicht, was ich tun soll, und fummle wieder an der Feder herum, aber sie weigert sich hartnäckig, meinen Kopf zu verlassen.

Ein Schatten verdunkelt den Höhleneingang und ein besorgt dreinblickender Steintroll schiebt sich herein. Doch der Alte faucht ihn rückwärts wieder hinaus.

»Ich bin älter als jede Schildkröte. Irgendwann ist es genug.

Ich habe dich rufen lassen, weil ich dir etwas geben muss.« Umständlich greift er hinter sich und fördert ein Kästchen zutage. Er ist so schwach, dass es ihm beinahe aus der knochigen Tatze fällt.

Ich stürze nach vorn, um ihm zu helfen. Allerdings habe ich unterschätzt, dass seine kleine Schatulle in meinen Händen eine ziemlich schwere, ausgewachsene Kiste ist. Mehr oder weniger elegant stelle ich sie ab. Papa Fjäll nickt mir zu und ermutigt mich, sie zu öffnen.

Die Feder auf meinem Kopf flammt prasselnd auf und erhellt den Inhalt. Erstaunlich flink hascht der alte Bergtroll nach herabfallenden Funken. Sie versengen ihm ein bisschen das Fell, aber er scheint es nicht zu bemerken.

Im Lichtschein erkenne ich Zweige, und in den Geruch nach verbrannten Haaren mischt sich ein neuer, würziger Duft, der mir seltsam vertraut scheint.

»Das ist … Myrrhe, oder?«, raune ich ehrfürchtig und mein Herz macht einen Hüpfer.

»Die Steintrolle haben sich ein bisschen tollpatschig angestellt bei dem Versuch, sie dir zu überreichen. Ein paar ganz Emsige haben es schon vor Jahren versucht, kurz nach deiner Geburt, Feuermädchen. Tradition, ja, aber unklug angesichts der Umstände.« Er macht eine wegwerfende Bewegung. »Deine Mutter hatte Sorge, dass unsere Gabe dich vor der Zeit den Falschen verraten würde. Berechtigt, wie wir inzwischen wissen. Sie haben beide immer versucht, dich zu schützen. Sei ihnen deswegen nicht böse.«

Ich schüttle stumm den Kopf und warte, dass Papa Fjälls nächster Hustenanfall vorübergeht, während ich zart über die harzigen Zweige streiche. Myrrhe! Jetzt kann Naran wieder gesund werden. Es gab nie einen Grund, Angst vor Bergtrollen zu haben! Oder?

»Wir sind Wächter. Wie du und dein Begleiter. Niemand kann sich dem Schicksal verwehren«, fährt er keuchend fort. »Deine Mutter wusste, dass der Tag kommen würde, und dein Vater auch. Die Türme erkennen die ihren und wir erkennen die Lichtwandler. Licht zieht immer auch Schatten an, doch ohne Schatten erfährt Licht nie, wie hell es scheint. Das Erwachen des Feuerturms schwingt auf einer Frequenz, die jeden unserer Art direkt ins Mark trifft. Die Steintrolle hören seinen Ruf und folgen ihm blind, das ist ihre Aufgabe. Sie sind sehr bestrebt, aber keine großen Denker.«

Voller Bewunderung betrachtet er die Feuerfeder, deren Flamme sich wieder beruhigt hat.

Er braucht einen Moment, bis er weitersprechen kann. »Viele haben alles dafür gegeben. Für Silva, Naran und dich. Mehr, als du ahnst. Diese Feder ist von unschätzbarem Wert. Ich bin glücklich, dass ich sie einmal sehen darf. Heilung bedeutet jedoch nicht immer, gesund zu werden. Das ist ein weitverbreitetes Missverständnis unter euch Menschen. Lass deinen Vater sich um Silva kümmern. Deine Aufgabe liegt im Hüten der Flammenfeder. Versprich mir, dass du das tun wirst.«

Er seufzt tief und richtet seinen wässrigen Blick auf den Eingang. Neugierig drehe ich mich um.

Benu steht verlegen hinter uns und räuspert sich, einen von unseren kleinen Emailletöpfen vor dem Bauch. »Wir … äh … dein Vater schickt mich. Wir sind so weit. Die Medizin ist fertig.« Zum Beweis lüpft er den Deckel.

»Nicht ganz«, sage ich leise und greife mir ins Haar.

Papa Fjäll nickt mir zufrieden zu. Als hätte sie nur darauf gewartet, lässt sich die Feder nun ganz leicht lösen.

Staunend kommt Benu näher, als sie in meinen Händen zu glühen beginnt. »Tut das nicht weh?«, fragt er, streckt, bevor ich antworten kann, einen Finger in die Flamme und zieht ihn ebenso bedächtig zurück.

Ich schüttle verblüfft den Kopf. Erstaunlicherweise nicht. Uns beiden nicht.

Kapitel 30

Bevor sie womöglich verglüht, nehme ich die Feder und rühre damit in Achten durch den Kräuterbrei in Dads Topf. Rotorange, funkelnde Schlieren ziehen sich durch die violette Flüssigkeit.

»*Jetzt* ist die Medizin fertig«, flüstere ich und beobachte fasziniert das Farbenspiel.

»Cool«, wispert Benu, während ich mich dankbar und aufgeregt zu Papa Fjäll umdrehe. Der ist mit einem Lächeln auf den faltigen Lippen eingeschlafen. Mir stockt der Atem. Es dauert ganz schön lange, bis ich erkenne, dass der alte Troll noch atmet. Nur sehr flach allerdings.

Ich betrachte den nur noch schwach glimmenden Federkiel in meiner Hand. Fast die ganze Feder hat sich bereits in der zähen Flüssigkeit aufgelöst. Da weiß ich, was ich zu tun habe.

»Was machst du?«, fragt Benu.

»Hoffentlich das Richtige«, sage ich, renne zu dem selbstlosen Bergtroll und halte ihm den Federstummel unter die aschgraue Nase, damit er den letzten Rest des heilenden Rauchs einatmen kann. Kräuselnd steigt er in seine gewaltigen Nasenlöcher, aber es passiert nichts.

»Er wacht nicht auf. Müsste er nicht aufwachen?«, wende ich mich an Benu. Jetzt steht auch Dad in der Höhle.

Die Feder zerfällt zu Asche. Die Flocken bleiben auf Papa Fjälls Brust liegen. Immerhin hebt und senkt sie sich noch. Ich weiß nicht, ob es funktioniert hat, ob es genügt hat oder ob ich mich gerade vergeblich gegen das Schicksal stemme.

»Wir müssen los«, sagt Dad leise. »Silva und Naran …«

»Ich weiß.« Eine Träne tropft auf das gelbe Fell des Bergtrolls. Er schnarcht jetzt. Ich glaube, das ist ein gutes Zeichen. Verstohlen wische ich mir übers Gesicht und nicke. »Danke«, sage ich leise und strecke mich, um den Riesen auf die Wange zu küssen. »Ich versprech's, Papa Fjäll.«

Der Rückweg rauscht an mir vorbei wie ein violetter Siruptraum. Das ist alles zu viel auf einmal, um es zu verarbeiten.

Vier miesepetrige Trolle tragen uns, Dads Gepäck und die Kiste mit der Myrrhe.

Als die Trolle langsamer werden, bin ich im ersten Moment völlig verwirrt. Ja, der Wald ist dichter geworden und es kann nicht mehr weit sein bis Ashwood. Aber ich kann nirgends Türme oder ein anderes Zeichen der Academy entdecken. Erst als das Wesen, auf dem ich sitze, ungeduldig schnaubjaulend mit dem Fuß scharrt und mit dem ausgestreckten Arm nach vorn zeigt, begreife ich, dass wir da sind.

Die Tarnung ist perfekt.

Ich schlucke trocken. Die Hecke um das Schulgelände hat das Ausmaß einer undurchdringlichen Dornröschenwand. Doch als die Trolle unbeirrt weiter darauf zuschreiten, öffnen sich die miteinander verhakten Ranken, geben den Blick auf die Türme und den See frei und lassen uns durch. Einfach so, fast schon zu einfach.

So richtig die Sprache verschlägt es mir allerdings in dem Moment, als der rote Turm vor uns auftaucht.

»Sieh dir das an! Er ist fertig!«, ruft Benu an meiner Stelle begeistert.

Ich bringe nur ein glückseliges Kieksen heraus. Wir waren doch nur ein paar Stunden weg! Die Brombeersträucher sind gestutzt, die Rosen blühen schöner als je zuvor, die gotischen Fensterrahmen wirken wie frisch gemeißelt und die bunten Glasfenster blinken im Abendlicht. Unter meinem Zimmer ist ein zweiter Erker mit Balkon entstanden. Und ganz oben entdecke ich eine Bewegung. Da winkt jemand aus dem Dachfenster.

»Ist das Kelvin?«

Benu und ich winken wie wild hinauf. Das Gesicht verschwindet.

»Nicht. Die Beine. An den Bauch klemmen«, beschwert sich der graue Troll, auf dem Benu sitzt. »Ich. Bin. Kein. PFERD! Und die mögen das im Übrigen AUCH nicht.«

Benu rutscht wie ein nasser Sack von seinem Rücken.Doch als er sich aufrappelt, beide Hände schützend um Penelope gelegt, hat er immer noch ein breites Grinsen im Gesicht.

»'tschuldigung! Danke fürs Mitnehmen!«, ruft er dem Steintroll hinterher. Der stampft mürrisch brummelnd davon.

Dad kann gerade noch die Kiste mit der Myrrhe von seinem

ebenso schlecht gelaunten Gefährten lösen und auch ich lasse mich möglichst schnell von meinem Mysen gleiten. Weg sind sie, bevor sich der schmale Heckenspalt wieder vollständig schließt.

»Liebenswerte Brummbären«, sagt Dad, die Augen ebenso beeindruckt wie ich auf den wunderschönen roten Turm gerichtet.

»Aber auch ganz schön eigen«, murmelt Benu und reibt sich verstohlen über den Hintern.

»Hmm«, mache ich abwesend und lasse meinen Blick über das Gelände gleiten. Ein bisschen fürchte ich, dass Ephne oder ihr Vater jeden Moment hinter einem Busch hervorspringen könnten. »Wieso ist es so still hier draußen?«

»Immer noch Ausgangssperre, schon vergessen?«, sagt Benu und klopft sich die Walderde von der Hose.

»Aber nicht mal Alarm? Ist das normal?«

»Dass wir zurück sind, wird sich früher rumsprechen, als uns lieb ist. Schnell, kümmern wir uns um unsere Patienten.« Dad ist mit drei Schritten an der Treppe. »Nach dir, Feuerwächterin.«

Er zeigt auf den verschlossenen, kunstvoll mit geschmiedeten Eisenbeschlägen verzierten Eingang. Dieses Portal hat mir schon gefallen, als das Tor noch verwittert und schief in den Angeln hing. In seinem alten, neuen Glanz ist es kaum wiederzuerkennen.

»Meinst du denn, die Tür wird so einfach …?« Als Antwort auf meine unvollständige Frage springt sie mit einem federleicht leisen Klicken auf.

Mit klopfendem Herzen trete ich über die Schwelle, und sofort stellt sich wieder dieses Gefühl einer lebendigen Wärme ein, die mich umfängt. Hier bin ich richtig. Hier bin ich zu Hause.

Dankbar streiche ich über die Ziegelwand und schließe für eine Sekunde die Augen. Ich fühle, wie der Feuerturm mit mir atmet, mich willkommen heißt. Aber dann beginnt mein Herz zu rasen und der Rhythmus des Turms galoppiert mit. Panik überfällt mich und ich reiße die Augen wieder auf. »Wie kommen wir denn in den gelben Turm, wenn immer noch alles dicht ist? Wir dürfen keine Zeit verlieren, Silva braucht uns vielleicht noch dringender als Naran!«

»Ich weiß einen Weg«, sagt Benu und drückt mir Penelope in die Hand. »Erinnerst du dich an den Waschbären in der Dusche?« Er zwinkert mir zu. »Wir teilen uns auf, ich lasse deinen Vater rein.«

Dad stellt ein zweites Töpfchen Medizin auf die Myrrhekiste. »Sicherheitshalber«, hält mir beides hin und wartet mühsam beherrscht, bis Penelope auf den Stapel geklettert ist und ich ihm alles abnehme. »Ich komme nach, so schnell ich kann. Sei vorsichtig, Erdstern.«

Die beiden rennen die Treppe zu den unterirdischen Gängen hinunter.

»Mach sie wieder gesund, Dad! Und passt auf euch auf!«

Das Herz klopft mir bis zum Hals. Wir müssen es schaffen! Nein – wir schaffen das, wir haben alles, was wir brauchen. Jetzt kann nichts mehr schiefgehen, darf es einfach nicht.

»Ich tu, was in meiner Macht steht. Das ist mein Beruf«, hallt seine Stimme den Gewölbegang herauf. Ich renne in die entgegengesetzte Richtung. Zuerst nehme ich zwei Stufen auf einmal, aber mit meinem klobigen Gepäck gerate ich schnell außer Puste. Blassblättriger Lacktrichterling. Die haben uns doch gesehen, wieso kommt denn niemand, um mir tragen zu helfen?

Penelope knarzt leise.

»Ja, natürlich wird es dafür einen Grund geben, und nein, ich werde nicht langsamer machen«, keuche ich. »Ich habe so schon Panik genug, dass wir am Ende doch noch zu spät kommen. Deine Unkerei macht mein mieses Gefühl nicht besser, weißt du?«

Mir ist ein bisschen schwindlig. Also bleibe ich am nächsten Treppenabsatz stehen, nur ganz kurz, und verschnaufe. Ich stütze die Kiste auf dem Steingeländer ab, lege den Kopf über die Brüstung und rufe hinauf. »Hallo? Ich könnte Hilfe gebrauchen, Leute. Seid ihr da?«

Oben höre ich Getuschel. Schwefelfüßiger Faserling, was gibt's denn da zu diskutieren? Genervt packe ich die Kiste und stapfe weiter.

»Wir k-k-können hier nicht weg«, ertönt Kelvins Stimme. »B-B-bitte beeil dich.«

Im Dachstuhl rumpelt es. Dann ruft Demi plötzlich: »Lenya! Nein! Du blöder …« Wieder kracht irgendwas und verschluckt ihre Worte.

»Hornstieliger Wurzelschnitzling«, schimpfe ich und lege einen Zahn zu. Wenn Naran jetzt auf die letzten Meter meinen schönen Turm abfackelt, bin ich echt sauer.

Völlig außer Atem erreiche ich endlich das oberste Stockwerk. Meine Freunde sitzen auf Stühlen, als hätten sie gerade Reise nach Jerusalem gespielt und zur Sekunde wurde die Musik gestoppt. Ein Hocker ist umgeworfen. Demi rappelt sich hoch und reibt ihren Ellbogen.

Kelvin schnieft und sieht ein bisschen verheult aus. Alle starren mich an. Hazel schüttelt stumm den Kopf und rollt mit den Augen, als hätte ich wer weiß was angestellt.

Irgendetwas stimmt nicht. Mein mieses Gefühl wird immer stärker. Ein eiskalter Schauer rieselt mir den Nacken hinunter.

»Was ist hier los?«, frage ich und spähe ins Gebälk hinauf. Kein Feuer, kein Rauchgeruch – kein Feuervogel. Nanu?

Kapitel 31

»Wo ist Naran? Geht es ihr gut?«

Niemand antwortet mir. Zumindest nicht mit Worten. Demis Augen schwimmen. Kelvins Kinn zittert. Er weicht meinem Blick aus.

»Was ist passiert? Raus damit! Hat's euch die Sprache verschlagen? Hast du den Text entschlüsseln können, Kelvin?«

»Ich hatte k-k-keine Gelegenheit«, stammelt er völlig aufgelöst.

Das gefällt mir nicht. Nichts davon.

Hinter mir knarzt der Holzboden. Die Härchen in meinem Nacken stehen senkrecht.

»Welchen Text? Und wer ist Naran? Habt ihr mir also doch etwas verschwiegen, Kinder?«

Barnardo Dlabchick! Seine Stimme lässt mir das Blut in den

Adern gefrieren. Ich fahre so schnell herum, dass die arme Penelope fast von der Kiste gefegt wird.

Ephnes Vater steht so dicht hinter mir, dass ihm die Truhe mit der Myrrhe auf den Fuß fallen würde, wenn ich jetzt losließe. Er hält Demis Ratte in der Hand. Seine Tochter steht neben ihm. War ja klar, dass die so schnell nicht aufgibt.

»Igitt. Nimm den Frosch weg«, quäkt Ephne. »Dass du den immer noch mit dir rumschleppst.«

»Du hast echt gar nichts gelernt«, zischt Saliah. »Das ist eine Wechselkröte.«

»Das weiß ich selber. Halt dein vorlautes Plappermaul«, schreit Ephne.

»Wie seid ihr hier heraufgekommen?«, will ich wissen. »Was wollt ihr?«

»Schluss mit den Spielchen. Wo ist die Feder?«, fragt ihr Vater zurück.

»Verbrannt«, antworte ich wahrheitsgemäß.

»Und das sollen wir dir glauben?«, höhnt Ephne.

»Ja«, rufe ich. Grobscholliger Riesenschirmling! Wieso sind nie Trolle da, wenn man sie mal braucht?!

»Und was ist dann in der Kiste und dem Topf? Gib Ephne die Sachen.«

»Aber pack vorher das Vieh runter«, fordert sie.

Penelope bläht beleidigt den Kehlsack auf. Besänftigend streiche ich ihr über den Rücken. Ich muss Zeit gewinnen, Naran braucht die Myrrhe. Wo ist sie überhaupt? Weggeflogen? In ihrem Zustand? Sie haben es doch hoffentlich nicht geschafft, sogar den Feuervogel zu überwältigen? Wenn die beiden so verbunden sind, wie Papa Fjäll sagte, bin ich mir sehr sicher, dass die Medizin bei Silva nicht wirken wird, solange Naran ihr Nistmaterial nicht hat.

»Warum sollte ich das tun?«

»Aus demselben Grund, aus dem deine Freunde und Freundinnen hier so treu und brav auf deine Rückkehr gewartet haben. Weil ich sonst die ganze Academy in Schutt und Asche lege.« Er tippt auf ein kleines Kästchen an seinem Gürtel. »Das ist ein Funkzünder, meine Liebe. Ich habe von Anfang an gesagt, dass die Brandschutzvorrichtungen in diesem alten Gemäuer stark zu wünschen übrig lassen. Zu schade, wenn gleich mehrere Türme in Flammen aufgehen würden, findest du nicht? Wir konnten uns nicht einigen, ob wir zuerst den grünen oder den blauen Turm hochjagen sollen. Oder doch den gelben? Natürlich wäre es tragisch, wenn es Verletzte gäbe, die sitzen ja alle in ihren Schlafnestern und Höhlen fest – wirklich zu dumm. Und niemand hat daran gedacht, dass der Feuerturm ohne deine Feder schutzlos ist. Der schöne Plan von Peggy Ringwald ging nach hinten los. Egal wie: Man wird ihr das alles ankreiden. Den wahren Grund für die Feuer dürfte sie niemals nennen, um ihre geliebten Mysen nicht zu gefährden, und was mit euch wird – nun, darum kümmern wir uns später. Mit mir an der Spitze der Academy wird sich danach natürlich einiges ändern. Wir könnten zum Beispiel einen Waldwesenzoo errichten und einen Erlebnispark mit Hotellerie anschließen. Die Eintrittsgelder wären immerhin eine kleine Entschädigung für meine und Ephnes Unannehmlichkeiten. Aber wie gesagt: Alternativ nehmen wir auch gern die Feder und verschwinden. Das ist doch ein faires Angebot, nicht?«

Er lacht schallend, als er mein entgeistertes Gesicht sieht. »Ihr habt mich alle für dick und doof gehalten, stimmt's? Unterschätze niemals deine Gegner, Feuerwächterin. Das ist arrogant. Es rächt sich – gut für uns. Ganz neue Möglichkeiten.«

»Damit kommen Sie niemals durch«, faucht Saliah.

Dlabchick ignoriert sie und sieht mich listig an. »Ich gehe davon aus, dass du klüger bist als deine Freunde hier. Also? Was ist in der Kiste?«

»Nichts von Wert«, schwindle ich. »Nur Holz. Ein Geschenk der Trolle. In den Bergen gibt's davon nicht allzu viel.«

»Sieh nach«, wendet er sich an Ephne.

Vorsichtig stelle ich die kleine Truhe ab. Penelope verzieht sich behäbig auf meine Schulter. Den Topf mit der Medizin schiebe ich währenddessen beiläufig zur Seite. Ephne merkt es natürlich. »Und was ist da drin?«

»Suppe«, behaupte ich. »Mit Trollbeeren und Bärenklau, und wahrscheinlich haben die Trolle reingespuckt. Die fanden uns doof.«

Sie verzieht das Gesicht. »Das kannst du deiner Großmutter erzählen.«

»Ephne. In das kleine Töpfchen passt keine Feder. Jetzt mach endlich die Kiste auf«, rügt ihr Vater sie. »Wir haben keine Zeit für eure Zickereien.«

Ich bemühe mich, nicht allzu erleichtert auszuatmen, als sie schmallippig den Deckel aufklappt und darin herumwühlt. Der durchdringende Duft von Myrrhe durchzieht den Raum.

»Da sind nur Zweige drin, und die stinken«, stellt sie fest und funkelt mich an.

»Sag ich ja.«

Niemandem außer mir fällt der Schatten auf, der sich im Licht der untergehenden Sonne in der Baumkrone vor dem Fenster abbildet. Auf dem Wetterhahn der Turmspitze sitzt etwas Großes. Jetzt erwacht es zum Leben und ich schöpfe ein kleines bisschen Hoffnung.

»Das kann nicht sein«, meckert Dlabchick seine Tochter an.

»Guck doch selbst, Papa. Igitt, und das Zeug harzt auch noch.« Angewidert betrachtet Ephne ihre pappigen Finger.

Von oben nähert sich ein gewaltiges Brausen. Der Schatten ist verschwunden. Das Rauschen mächtiger Flügel erfüllt die Luft und schwillt immer lauter an. Dann ertönt ein durchdringendes Kreischen, das mein Herz höherschlagen lässt.

»Was ist das?«, plärrt Ephne und versteckt sich hinter ihrem Dad.

Der ganze Dachstuhl bebt, als etwas sehr Schweres auf dem steinernen Sims landet.

Naran streckt ihren Kopf durch den wiederhergestellten Zugang zur Außenplattform, wo ich vor einer gefühlten Ewigkeit mit Benu gesessen habe.

»Du lebst«, wispere ich erleichtert.

Der Feuervogel sperrt den Schnabel auf und kreischt noch einmal so durchdringend, dass Ephnes Vater vor Schreck rückwärts taumelt, dabei über seine Tochter stolpert und im Fallen endlich Demis arme Ratte loslässt.

Aus dem Augenwinkel sehe ich, wie das Tierchen sicher in Demis Armen landet.

Im selben Moment stürmen Farron und ein paar Fackelträger herein. Es gibt ein Handgemenge und viel Geschrei, aber der dicke Anwalt hat gegen die kräftigen Metallturmlinge keine Chance.

Ephne versucht, sich hinter dem viel kleineren Kelvin zu verstecken, doch der dreht sich um und tritt ihr mit voller Wucht und unter dem Gejohle der anderen gegen das Schienbein.

»Wie kann das sein?«, krakeelt Dlabchick.

Mir ist egal, was mit ihm und Ephne wird. Ich bekomme nur am Rande mit, wie alle zusammen die beiden überwältigen und nach unten bringen. Meine volle Aufmerksamkeit gilt dem Feuervogel, der sich mit letzter Kraft und hängenden Flügeln zu uns hereinkämpft. Naran ist ein Bild des Jammers. Sie sieht wesentlich schlechter aus als noch in der Nacht. Ich frage mich, wie sie mit dem zerrupften, vor sich hin schwelenden Gefieder überhaupt noch in die Luft gekommen ist.

Ich lade mir die Arme voller Myrrhe, angle nach dem Töpfchen mit Medizin und stürze zu ihr. »Hier, Naran, für dich!«

Das Feuervogelweibchen sitzt mitten im Raum auf den benässten Dielen und sperrt hechelnd den Schnabel auf. Als sie mich und meine Fracht erkennt, gurrt sie kraftlos, aber durch ihre Augen läuft ein Flackern. Leichter Dunst steigt von den feuchten Brettern auf, ihr Körper strahlt enorme Hitze ab. Sind wir zu spät? War alles umsonst?

Erschöpft pickt sie nach den Zweigen in meinem Arm. Ich helfe ihr, sie um sich herum zu verteilen, und sie korrigiert in Zeitlupe jede meiner Bewegungen. Immerhin das.

»Können wir irgendwas tun?«, fragt Hazel.

Ohne mich umzudrehen, schüttle ich den Kopf. Ich will nicht, dass sie mein tränenüberströmtes Gesicht sehen.

»Ich glaube nicht«, sage ich mit erstickter Stimme und träufle dem Feuervogel mit den Fingern etwas von der Medizin in den Schnabel. »Oder wartet. Im Kellerkühlschrank in der Wohnung meines Vaters sind Äpfel und Sulfur.«

Irgendwer flitzt los, jemand anders schiebt die Kiste mit der Myrrhe näher an uns heran und hockt sich neben mich.

»Benu«, schluchze ich überrascht.

»Es geht Silva besser«, sagt er leise und reicht mir neue Äste. »Der Spezialtrank schlägt an. Dein Vater ist bei ihr. Er meinte, du willst das bestimmt gleich wissen. Anscheinend war hier während unserer Abwesenheit ganz schön was los. Aber es geht allen gut.«

Ich schüttle den Kopf. »Nicht allen. Sieh doch. Ich glaube, sie stirbt, Benu. Irgendwas ist ganz, ganz seltsam.«

Das Feuervogelweibchen reibt seinen Kopf an meiner Schulter. Die wenigen Funken, die das auslöst, verglimmen in der Luft.

»Es tut so weh, das mit anzusehen«, sage ich leise und streichle ihr über den Hals. Ihre Haut scheint zu glühen, aber sie verbrennt mich nicht. Wir reichen Naran weiter Nistmaterial. Benu bleibt stumm neben mir sitzen, bis die Kiste leer ist und sie um sich herum ein kreisrundes, betörend duftendes Nest gebaut hat.

Sie sieht mich direkt an. Ihr Blick ist unergründlich und tief. Er geht glatt in mein Herz und ihre Stimme hallt sprachlos durch meinen Körper und meine Seele. Es ist nur ein einziges Wort:

Danke.

Dann legt sie den gebogenen Hals so weit in den Nacken, dass ihr langer Schnabel senkrecht nach oben zeigt und stößt einen markerschütternden Schrei aus.

Ihren letzten.

In derselben Sekunde fängt sie Feuer. Sie verbrennt von innen heraus.

Benu reißt mich instinktiv vor der enormen, weißen Stichflamme zurück. Nest und Vogel verschwinden im Rauch.

»NEIN!«, brülle ich. Dann wird mir schwarz vor Augen.

Kapitel 32

Dichter beißender Qualm, der nach Myrrhe riecht, erfüllt den gesamten Dachboden. Man sieht nicht die Hand vor Augen. Alle schreien durcheinander. Jemand versucht zu löschen, ich spüre warmen Wassernebel auf meiner Haut. Aber da gibt es nichts mehr, was man noch retten könnte. Naran ist tot, verglüht. Sie hat sich buchstäblich in Rauch und Feuer aufgelöst. Ich atme Ascheflocken ein und muss husten.

Benu zerrt mich immer weiter zurück. Ich lasse es willenlos geschehen. Selbst wenn der gesamte Feuerturm abbrennen würde, wenn Ephnes Dad den Rest der Academy dem Erdboden gleichmachen würde – in diesem Moment wäre mir alles egal. Der Feuervogel ist tot. Wir haben alles getan, alles versucht, gebangt, gehofft und doch verloren.

Wieso?

Es hat nicht genügt. Ich spüre immer noch Narans Blick auf mir, sehe ihre in allen Regenbogenfarben schillernden Augen, die mein Innerstes berührt haben.

Was bedeutet das für die Academy? Für Silva? Was wird Dad denken?

Aber selbst das – es ist völlig unwichtig im Angesicht des Furchtbarsten überhaupt: Naran lebt nicht mehr. Sie hat mir vertraut und jetzt ist sie einfach weg. Der letzte Feuervogel auf dieser Welt.

Ausgestorben.

Der Zyklus ist vorbei. Es war wirklich der letzte Tag.

Auf jeden Fall für Naran.

Ich lasse mich schluchzend auf den Boden fallen. Die anderen tuscheln darüber, dass Ephnes Dad einen Wutanfall bekommen hat, als er die Ursache und die Folge des Feuers erfahren hat. Ich höre Ringels Stimme, auch Dads. Alle sind da, können es nicht fassen, versuchen, mich zu trösten, mich zum Herunterkommen zu bewegen. Aber ich will niemanden sehen. Ich hänge an Benus Schulter und weine mir die Augen aus dem Kopf, bis da keine Tränen mehr sind, nur noch trockenes Brennen in meinem Hals und überall.

Irgendwann, als alle weg sind, sage ich das Einzige, was zu sagen ist. »Ich habe versagt, Benu.«

Er hält mich ganz fest. Unerschütterlich. Schweigend. Das tut unendlich gut, aber gleichzeitig macht es alles nur noch schlimmer.

»Ich glaube, ich muss jetzt einen Moment allein sein«, sage ich leise.

Unentschlossen lässt Benu mich los. Ich spüre seinen Blick auf mir, sein Zögern, bis sich seine Schritte entfernen. Dann rolle ich mich auf dem immer noch feuchtwarmen, aschebestäubten Holzboden zusammen wie ein verdorrtes Blatt.

Was für ein schrecklicher Tag.

Leises Klingeln und hüpfende, klimpernde Trippelschrittchen lösen mich aus meiner Trauer. Der Himmel hat sich rosa verfärbt, ein neuer Tag bricht an.

»Silva?« Staunend wische ich mir über die Augen. »Bist du das?«

»Erwartest du jemand anderen?« Sie kichert.

»Geht es dir gut?«

»Natürlich. Ihr habt mir doch meine Medizin gebracht.« Tänzelnd schwebt sie über den immer noch rauchverhangenen Dachboden. »Wollen wir was spielen?«

»Mir ist nicht danach«, schniefe ich. »Ich bin traurig, Naran ist tot, das ist jetzt nicht der richtige Zeitpunkt, verstehst du das nicht?«

»Hmm«, antwortet die kleine Baumnymphe, als ob sie wirklich darüber nachdenkt. »Nein, das tue ich nicht. Ein Phönix stirbt nie. Du siehst wieder mal nur deine Seite des Mondes. Hast du dem alten Bergtroll denn nicht zugehört?«

»Was?« Ich horche auf.

»Lässt Papa Fjäll mich grüßen?« Silva ist wieder ganz sie selbst – fröhlich springt und kreiselt sie um mich herum, dass mir schwindlig wird.

»Er hat gesagt, dass Heilung nicht immer gesund werden bedeutet«, fällt mir ein.

»Ja, das auch«, sagt Silva ungeduldig. »Aber das andere: Werden, wachsen, vergehen und wieder von vorn. Die Türme repräsentieren die fünf Elemente. Und jetzt sind sie wieder im Lot. Das haben wir dir zu verdanken, Lenya. Es sind lebenswichtige Zyklen, der Kreislauf des Lebens: Holz brennt im Feuer. Es wird zu Asche und versorgt die Erde mit Dünger. Aus der Erde gewinnen wir Metall. Metalle machen Wasser lebendig. Wasser nährt Holz und ein neuer Kreislauf beginnt. Alles ist in stetigem Wandel begriffen. Umgekehrt schmilzt Metall im Feuer. Metall aber schneidet Holz. Das Holz der Bäume bricht die Erde auf, Erde trocknet Wasser und Wasser löscht Feuer. Leben dreht sich in Kreisen, so wie ich, so macht es am meisten Spaß. Kein Anfang und kein Ende. Guck doch genauer hin! Hast du denn mal in ihr Nest gesehen?«

»Was soll da zu sehen sein?«, beschwere ich mich. »Vermutlich nicht mal Knochen, nur Asche. Du bist grausam, Silva.«

Sie schüttelt lachend den Kopf und ihr Silberkleidchen klimpert in einer leichten Brise, die den letzten Rauch auf dem Dachboden auseinandertreibt und frische Luft durch die weit geöffneten Fenster hereinbringt.

»Hat dich dein Mut verlassen, Feuerwächterin? Läufst du davon, vor deiner neuen Aufgabe?«

»Ich habe keine …«

»Still!« Silva hält in der Bewegung inne und legt sich einen Finger auf die Lippen. »Hör doch!«

Verdutzt breche ich ab.

Da knackt etwas.

Ich drehe mich um. Es kommt aus dem verbrannten Nest.

»Nun los! Sonst verpasst du es! Das passiert nur einmal in fünfhundert Jahren.« Silva zupft vergnügt an meinem Ärmel. Auf allen vieren robbe ich zu der kohlschwarzen Stelle. Erstaunlicherweise hat sich die Gewalt des Feuers auf einen kleinen Kreis beschränkt. Noch immer ist ein schmales Geflecht aus Myrrhenzweigen vorhanden. Es ist jetzt nur mit einer dicken, harten Harzschicht bezogen und versperrt mir die Sicht auf das Innere des Nests.

Es knackt wieder.

Ich richte mich auf, um besser über den Rand spähen zu können, egal wie furchtbar der Anblick auch sein mag.

Über den Baumwipfeln geht die Sonne auf und scheint direkt in das Nest. Aber da ist kein Gerippe.

Sondern ein rötlich schimmerndes Ei.

Es bewegt sich leicht.

Und es hat Risse.

Jetzt knackt es wieder. Ein weiterer Riss entsteht.

Das Ei schaukelt.

Und innen drin piepst es.

Da renne ich los.

»Bin gleich wieder da!«

Kapitel 33

»Ein Ei? Sie hat wirklich ein Ei gelegt? Trotz allem?« Dads Stimme überschlägt sich.

Er nimmt drei Stufen auf einmal, dennoch schaffe ich es irgendwie, noch vor ihm wieder auf dem Dachboden zu sein. »Sag ich doch! Das Küken schlüpft bereits! Beeil dich!«

Benu ist als Dritter oben und beide prallen in mich hinein, weil ich so abrupt stehen geblieben bin. »Es ist da!«, stammle ich.

Vor uns dreht sich Silva summend im Kreis herum. An ihren dünnen, weit ausgestreckten Armen hält sie ein Vogeljunges von sich, das den wiegenden Tanz und den Gesang der Baumnymphe zu genießen scheint.

»Ein Kreis oben, ein Stern unter der Erde«, trällert sie. Als sie uns entdeckt, hält sie mit einem Stoßseufzer inne.

»Endlich, jetzt will ich was anderes spielen. Hier, nimm es.

Dafür bist du zuständig. Es ist ja ganz niedlich, aber es versengt mir das Kleid. Und es kann die Töne nicht halten. Singen muss es noch lernen.«

Die Flaumfedern des tschilpenden Feuervogelkindes haben die Farbe der Morgendämmerung. Sie sind noch ein bisschen feucht, aber an manchen Stellen knistern und glimmen sie bereits.

Behutsam übernehme ich das zarte Wesen. In diesem Moment geht ein Ruck durch den Turm, der uns alle beinahe umwirft. Und gerade als wir das Gleichgewicht wiedergefunden haben, rumpelt es ein zweites Mal.

Das Küken schlägt begeistert trillernd mit den winzigen Flügeln.

»Was war das?«

Benu stürzt zum Fenster. Als er sich umdreht, ist sein Grinsen breiter als der Dachboden. »Das glaubt ihr nicht, wenn ihr's euch nicht selbst anseht! Der Baumwipfelpfad hat angedockt. Ich schätze, der Feuerturm ist jetzt wieder mit den übrigen Türmen verbunden.«

»Was?« Ich drücke das Kleine an mich und überzeuge mich selbst. »Blassblättriger Lacktrichterling!«, raunen Dad und ich synchron.

Tatsache! Auf der linken Seite führt eine etwas abschüssige Konstruktion aus Ziegeln und Bambus in Richtung des gelben Turms. Und am steinernen Mauervorsprung auf der rechten Seite befindet sich von jetzt auf gleich eine nagelneue Hängebrücke, die zum grünen Turm führt.

»Ein Kreis oben, ein Stern unter der Erde«, murmle ich fasziniert. Das sind die Verbindungswege von Taglauschern und

Nachtaugen. Das Gleichgewicht der Elemente. Jetzt verstehe ich, was Papa Fjäll und Silva damit meinten.

Mein Vater strubbelt mir wortlos über die Haare und geht Ringel und Fleur Verboom entgegen, die den neuen Baumwipfelpfad bereits betreten haben.

Etwas pikst mich in den Finger. Erstaunt betrachte ich den filigranen Körper des neugeborenen Feuervogels. An den Spitzen der kleinen Flügelchen und auch am Schwanz sprießen bereits winzige Federkiele. Die haben so gepikt. Es wird nicht mehr lang dauern, bis die Flammenfedern durchbrechen.

»Lenya!« Kelvins hochroter Kopf taucht an der Treppe auf und reißt mich aus meinen Gedanken. Japsend stützt er sich an einem Balken ab und wedelt mit seinem Notizblock. »Ich hab ihn entschlüsselt … den Text … die fehlende Seite mit den Hieroglyphen … früher ging nicht … die Sache mit Ephnes Vater, ihr wisst schon. Hör zu: ›Zu den bekanntesten Vertretern der Feuervögel zählt der Phönix.‹« Er schnappt keuchend nach Luft. »Das ist enorm wichtig, weil …«

»Kelvin, warte«, versuche ich, ihn zu unterbrechen. »Guck doch!« Aber er wehrt ab, den Blick stur auf seine Notizen geheftet.

»Es geht noch weiter. Hier steht nämlich: ›Am Ende seines langen Lebens, von dem sie meinten, dass es bis zu fünfhundert Jahre dauere, baute sich der Phönix ein Nest und verbrannte darin. Aus dem in der Asche zurückgebliebenen Ei würde bald ein neuer Phönix schlüpfen. Seine erste Schwanzfeder beschützt die Academy für weitere fünfhundert Jahre, bis der Zyklus von Neuem beginnt.‹« Jetzt endlich hebt er den Kopf und sieht mich mit fiebrigen Wangen an. »Naran ist ein Phönix. Sie …«

»Wissen wir«, sage ich lächelnd.

»Aber …?«

»Es ist alles gut, Kelvin. Möchtest du mal Hallo sagen?« Ich halte ihm das Küken direkt unter die Nase.

»Aber das ist ja …«

»Naran zwei Punkt null«, sagt Benu grinsend.

»Na, da finden wir aber ganz sicher noch einen besseren Namen!« Ich tue entrüstet.

»Wie wäre es mit Moisha?«, fragt Saliah, die unbemerkt hinter uns getreten ist. Der Dachboden füllt sich mit meinen Freunden. Behutsam kommt sie näher.

»Das klingt wunderschön! Was bedeutet das?«

Sie hebt bedauernd die Schultern. »Keine Ahnung, ich hatte das Wort einfach im Kopf. Ich weiß nicht mal, welche Sprache das ist.«

»Ich weiß das«, meldet sich Benu. »Der Name kommt aus dem Altägyptischen«, erklärt er und streicht dem Vogelkind sanft mit einem Finger über das Babygefieder. »In meiner Heimat bedeutet er: die Sonne, die nach dem Feuertanz aufgeht.«

Ich nicke. »Moisha also«, sage ich leise. »Willkommen zu Hause.«

Das Kleine sieht mich aufmerksam aus atemberaubend funkelnden Diamantaugen an. Dann biegt es seinen langen Hals, steckt sein Köpfchen unter einen Flügel und schläft in meiner hohlen Hand ein.

Benu unterdrückt verstohlen ein Gähnen. Eine Mütze Schlaf könnte ich jetzt auch gebrauchen. Aber vorher muss ich dringend was essen.

Ringel lächelt mich an, als hätte sie meine Gedanken gelesen – na ja, hat sie wahrscheinlich auch. Verdutzt stelle ich fest, dass ich das inzwischen nicht mehr nervig, sondern sogar ausgesprochen praktisch finde – in solchen Ausnahmesituationen jedenfalls.

»Es gibt ein großes Büfett auf der Lichtung. Ich bin so erleichtert, dass ihr mir meinen kleinen Winkelzug verziehen habt, und ich möchte mich nochmal in aller Form für dieses Versteckspiel entschuldigen. Ohne euer Vertrauen in mich hätte das ganz anders ausgehen können!«

Benu und ich tauschen Blicke.

Ringel bemerkt es zum Glück nicht und spricht weiter. »Ich ahnte, dass Ephnes Vater etwas im Schilde führt, aber ich wusste nicht, wer da noch mit drin steckt. Uns fehlten Beweise. Diese Scharade war der einzige Weg, dich und die Feder heimlich aus der Academy und in Sicherheit zu bringen. Das war haarscharf. Ich bin unendlich stolz auf euch, dass ihr eure Vorurteile überwunden und so gut zusammengehalten habt. Du hast die Elemente wieder zusammengebracht.«

Ich räuspere mich verlegen. »Taglauscher und Nachtaugen – wir brauchen einander. Wir sind wie …«

»Yin und Yang«, sagt Ringel lächelnd. »Ihr ergänzt euch so, dass ihr gemeinsam ganz werdet. Und nun sieht es so aus, als hätten wir nicht nur *einen* Grund zu feiern. Ich habe gehört, es gibt eine Turmzeremonie nachzuholen.« Sie zwinkert mir zu.

»Zwei, um genau zu sein«, sage ich stolz und stupse Benu an.

»Und eine neue Flammenfeder an ihren Platz zu bringen«, ergänzt Saliah. Damit ist eigentlich nur noch eine Sache offen.

»Dad?«, rufe ich.

Wo steckt mein Vater denn schon wieder?

»Hast du mich gerufen, Erdstern?«

Draußen auf der steinernen Balustrade fliegt kreischend ein Eichelhäher auf. Wenn mich nicht alles täuscht, hat er so was wie eine Hülse am Bein.

»Ich bin hier.« Mein Vater kommt herein und sieht zerstreut durch mich hindurch, während er ein schmales Stückchen Papier zusammenrollt. »Fangt bitte ohne mich mit dem Essen an. Ich muss schon wieder packen, fürchte ich.«

»Was ist los?«

»Nur ein Yeti mit Zahnschmerzen«, sagt er und macht eine wegwerfende Handbewegung. »Kleinigkeit. Aber ... wenn du trotzdem mitkommen willst? Es genügt, wenn ich nach der Zeremonie aufbreche. Die werde ich mir um keinen Preis entgehen lassen.«

»Ein Yeti?«

Er tauscht einen Blick mit Ringel und runzelt die Stirn. »Das wäre eigentlich auch eine wunderbare Gelegenheit ...«

Sie schüttelt beinahe unmerklich den Kopf.

Dad seufzt. »Jaja. Eins nach dem anderen.«

»Ob ich ... ja, geht das denn?« Zögernd betrachte ich das schlummernde Phönixkind.

»Um Moisha kann ich mich so lange kümmern«, sagt Benu. »Ich passe auf sie auf, bis du wieder da bist.«

»Wir helfen dir«, sagt Zoe und die anderen nicken.

»Gut, ich stelle dich vom Unterricht frei. Euch beide. Aber erst wird gegessen und geschlafen«, fordert Ringel. »Für so eine Reise muss man fit sein. Ich schicke euch eine Flasche lila Sirup voraus. Und jetzt geht duschen und legt euch noch mal ein Stündchen hin, bis alles fertig ist.«

Dankbar sehe ich meine Tante an, meinen Vater, meine Freunde – und das schlafende Küken in meinen Händen. Ashwood. Nicht nur der Wald ist aus Asche geboren. Ein neuer Zyklus hat begonnen.

Schuppenstieliger Hexenröhrling.

Wie konnten wir jemals anderswo zu Hause sein?

Die fünf Türme der Ashwood Academy

Grüner Turm

Kategorie: Taglauscher
Klasse: Baumläufer
Element: Holz
Leiterin: Fleur Verboom

*»Wiesen und Wälder,
Blumen und Felder,
die grünen Kräfte
suchen euch aus.
Trittst du durch die Tür,
bist du hier zu Haus.«
sollst du bei uns geborgen
sein.*

Gelber Turm

Kategorie: Nachtaugen
Klasse: Hügelformer
Element: Erde
Leiterin: Tara Claybottom

Wurzeln und Erde,
alles, was werde,
nimmt hier den Beginn,
spürst du nur hin.
Lädt diese Tür dich ein,
sollst du bei uns geborgen sein.

Silberner Turm

Kategorie: Nachtaugen
Klasse: Schattenhüter
Element: Metall
Leiter: Demir Farron

Klar und wahr.
Struktur.
Pur.
Hier zieht nur ein,
wer gerechter will sein.
Nimmst du das in Kauf,
nimmt der Metallturm dich auf.

Blauer Turm

Kategorie: Taglauscher
Klasse: Nebelstimmen
Element: Wasser
Leiter: Marian Lagunov

Es bricht durch den Stein,
steigt aus Tiefen empor,
Durchdringt alles Sein
und bringt Leben hervor.
In Wellen und Quellen,
als Eis und Kristall.
Lässt die Tür dich herein,
ist überm Wasser dein Heim.

Roter Turm

Kategorie: Lichtwandler
Klasse: Feuerwächter
Element: Feuer
Leiterin: Felicity Ringwald

Was in und um Ashwood wächst, kreucht, schwimmt und fleucht

Esche

(englisch: *ash tree*, wissenschaftlich: *Fraxinus*) Die Esche gehört mit bis zu vierzig Metern zu den höchsten Bäumen Europas. Der Weltenbaum Yggdrasil in der nordischen Mythologie ist eine Esche und hält als Mitte des Universums die Verbindung zwischen Himmel, Erde und Unterwelt. Der Name ist vermutlich auf das althochdeutsche Ask (Speer, Bogen) oder das keltische Eska (Wasser) zurückzuführen. Ashwood bedeutet Eschenholz – aber auch Wald der Asche hervorragend Flöte und haben ein Händchen für Getreideanbau und Landwirtschaft, erschrecken aber Menschen auch gern mal.

Feuervogel

(griechisch: *Phönix*, ägyptisch: *Benu*) Sehr seltene Vogelart aus der Familie der Reiher. Den glühenden, in rot, gold und orange schimmernden Federn werden magische Heilkräfte zugeschrieben. Der Phönix verjüngt sich selbst, indem er am Ende seines bis zu fünfhundert Jahre dauernden Lebens ein Nest baut, darin verbrennt und aus der Asche wiedergeboren wird.

Filziger Gelbfuß

(wissenschaftlich: *Chroogomphus helveticus*) Dieser gelborange Lamellenpilz gehört zu den Schmierlingen. Er wächst unter Fichten und Kiefern und ist essbar! Er riecht und schmeckt leicht parfümiert. Beim Kochen verfärbt sich das Fruchtfleisch lila.

Gleithörnchen

(wissenschaftlich: *Pteromyini*) Dämmerungs- und nachtaktive Nagetiere mit kräftigen Kletterkrallen, die beim Spreizen ihrer Vorder- und Hinterbeine eine Haut wie eine Gleitschirm aufspannen können. Der Name Flughörnchen ist irreführend, denn sie können nicht fliegen. Mithilfe ihres buschigen Schwanzes können sie sogar in der Luft die Richtung ändern. Die kleinsten Arten sind nur wenige Zentimeter groß, die größten wiegen bis zu 1,5 Kilogramm.

Kopfige Kernkeule

(wissenschaftlich: *Elaphocordyceps capitata*) Ein parasitisch lebender, ungenießbarer Schlauchpilz. Sie ist ziemlich selten und wächst auf Hirschtrüffeln.

Myrrhe

(wissenschaftlich: *Commiphora myrrha*) Bezeichnung für einen bis drei Meter hoch wachsenden dornigen Strauch aus der Familie der Balsambaumgewächse, aber ebenso für sein getrocknetes Harz. Im alten Ägypten wurde es für die Einbalsamierung von Mumien verwendet und war eine wertvolle Zutat für Salböl, Räucherwerk und Medizin.

Nymphe

Dryaden sind weibliche Naturgeister, die eng mit ihrem Lebensraum verbunden sind. In der Literatur bekannt sind unter anderem Quell- oder Wassernymphen, Baum- oder Waldnymphen. Es handelt sich um sehr zarte, langlebige Wesen, die aber sterben können, wenn ihr Lebensraum verletzt wird. Sie tanzen gern, sind meist verspielt, hilfsbereit und extrem geräuschempfindlich.

Troll

(lateinisch: *Beluam troglodytum silvestrum*) Ein je nach Lebensraum in mehreren Unterarten vorkommendes, unberechenbares und meist schlecht gelauntes Naturwesen von schwerfälliger, massiger Statur, mit knolliger Nase, langem zotteligen Fell und großen Füßen und Ohren. Trolle sind leicht reizbar und gefährlich, aber im Normalfall sehr menschenscheu. Sie leben in Familienverbänden in unzugänglichen Steinwüsten, Berg- oder Waldregionen. Verwechslungsgefahr: Bigfoot, Yeti. Hauptverbreitungsgebiet: Entlegene Bergregionen Skandinaviens und Islands. Manche Arten sind extrem tageslichtempfindlich, bis hin zur drohenden Versteinerung.

Trollbeere

(wissenschaftlich: *Actaea spicata*) Gehört zu den Hahnenfußgewächsen und wird manchmal auch Hexenkraut oder Teufelsbeere genannt. Im Mittelalter galten das Kraut und die giftigen schwarzen Beeren als wirksame Medizin gegen die Pest, aber auch Asthma und andere Atemwegserkrankungen. Heute wird die Pflanze wegen ihrer Giftigkeit nur noch homöopathisch verwendet.

Wahrer Bärenklau

(auch *weiche Bärentatze*, wissenschaftlich: *Acanthus mollis*) Gehört zu den Akanthusgewächsen und zeichnet sich durch einen hohen Anteil an Gerb- und Schleimstoffen aus. Er hat nichts mit der Gattung Heracleum zu tun, die ebenfalls Bärenklau genannt wird. Schon im 16. Jahrhundert verwendete man Breiumschläge aus seiner Wurzel bei Brandwunden und Geschwulsten. Tee aus Wurzeln und dem gefiederten Kraut galt quasi als Universalheilmittel.

Wechselkröte

(wissenschaftlich: *Bufotes viridis*) Gehören zu den Lurchen und werden häufig mit Kreuzkröten verwechselt. Wechselkröten werden bis neun Zentimeter groß und haben eine marmorierte, dunkelbraun bis weißlich grüne Rückenfärbung, die sie an ihre Umgebung farblich anpassen kann. Sie lieben trockenwarme Gebiete mit lockeren und sandigen Böden und guten Versteckmöglichkeiten und haben hervorragende Augen. Auch bei schlechten Lichtverhältnissen können sie Insekten mit ihrer klebrigen Zunge sogar noch im Flug erwischen.

Wiesen-Bärenklau

(auch *Gemeiner Bärenklau*, lateinisch: *Heracleum sphondylium*) Zählt zu den Doldenblütlern. Unsere germanischen Vorfahren hofften, durch den Verzehr Bärenkräfte zu entwickeln. Damit lagen sie gar nicht so verkehrt, denn Bärenklau enthält pflanzliches Testosteron. In der Homöopathie wird Bärenklau gegen Hautentzündungen, Infektanfälligkeit und mangelnder Energie eingesetzt. Achtung: Der Pflanzensaft kann in Verbindung mit Sonnenlicht Hautentzündungen hervorrufen.

Die Autorin

Schon als Kind ist Karin Müller am liebsten mit Hund oder Pferd durch Ruinen, Felder, Wald und Wiesen gestromert und hat sich Geschichten ausgedacht. Viele Jahre später hat sie das Schreiben zum Beruf gemacht. Bevor sie sich als Buchautorin selbstständig machte, arbeitete sie in einer Tierarztpraxis, studierte Angewandte Kulturwissenschaften, wurde Radioredakteurin und schrieb für Zeitungen und Zeitschriften. Inzwischen wurden von ihr über 100 Kinder- und Jugendbücher, Tierratgeber und Romane für Erwachsene veröffentlicht. Karin Müller lebt auf dem Land bei Hannover und steht für Lesungen zur Verfügung. Und wenn sie nicht schreibt, ist sie immer noch am liebsten in der Natur unterwegs.